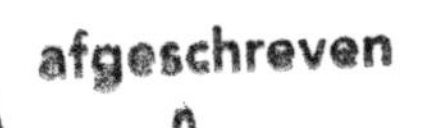
afgeschreven

De dochter van de burgemeester

De dochter van de burgemeester

Andrea Vitali

Vertaald uit het Italiaans door
Aafke van der Made

Serena Libri Amsterdam 2008

De personen en de situaties in deze roman zijn vrucht van de fantasie. De plaatsen waar het verhaal zich afspeelt zijn daarentegen bestaand.

Oorspronkelijke titel: *La figlia del podestà*

Vertaling uit het Italiaans: Aafke van der Made

Omslagontwerp: René Abbühl, Amsterdam

Druk- en bindwerk: Drukkerij Hooiberg, Epe

isbn 978 90 76270 432

nur 302

Aan Manuela en Domenico

I

Mercede Vitali van de gelijknamige fourniturenwinkel in Via Balbiani 27 in Bellano, was een broodmagere, grijze muis.

Ongetrouwd.

Maagd.

Vegetariër.

Veertig.

Al twintig jaar ging ze trouw naar de eerste ochtendmis.

Ze zei haar gebeden, en ging vervolgens onderbroeken verkopen.

Het meisje stond voor de nog gesloten deur van de winkel op haar te wachten.

Het was de ochtend van 12 februari 1931. Het schemerde nog een beetje, in de koude lucht hing de geur van versgebakken brood afkomstig uit de oven van Barberi.

Mevrouw Vitali had de gewoonte tegen zichzelf te praten. Hele gesprekken voerde ze, meestal over rekeningen. Alsof ze de rozenkrans bad somde ze de lijst van debiteuren op. Soms stelde ze brieven op die ze naar de Duce moest schrijven, maar die vervolgens nooit de deur uitgingen. Die ochtend had ze zichzelf niets te vertellen. In stilzwijgen had ze de kerk verlaten en was naar haar winkel gesneld. Toen ze de straat insloeg had ze een vage figuur in het zwakke licht van de vroege ochtend zien staan.

Na een paar stappen had ze haar herkend.

Het was Renata Meccia, de enige dochter van burgemeester Agostino Meccia. Ze was drieëntwintig en had net als haar grootvader cavaliere Renato een onstuimig karakter.

Wat wilde die nou van haar?

'Goeiemorgen Mercede,' zei het meisje.

'Goeiemorgen.'

Nog voordat mevrouw Vitali de deur open had kunnen doen, had Renata Meccia haar al verteld waarom ze er was.

Mercede begreep ook het waarom van dit ongebruikelijke tijdstip.

Het was een impliciet verzoek de bestelling in ontvangst te nemen en er met niemand een woord over te spreken.

Nou, mooie boel.

Het werd een dag van slappe handel. 's Avonds lagen onder in de kassa een paar eenzame centen.

Mercede nam de armoe met een schouderophalen in ogenschouw.

Ze had het probleem van die ochtend nog niet opgelost.

Misschien kon de kanunnik haar raad geven.

Ze sloot de winkel om zes uur.

Op straat gierde een ijzige bergwind, overal klonken mannenstemmen, de wijnlokalen zaten vol, alleen al in Via Manzoni waren er zeven.

Vrouwen kwamen van de avondmis en gingen ieder huns weegs, op weg naar huis. Mercede baande zich mompelend een weg door de kudde vrouwen. Een van hen stond stil toen ze haar zag.

'Ik was net op weg naar u toe,' zei ze. 'Ik had een meter ripslint nodig.'

Mercede keek haar aan.

Een meter, dacht ze. Toe maar.

'Ik ben gesloten,' antwoordde ze.

'Waarom zo vroeg?'

De ondervragende toon schoot Mercede in het verkeerde keelgat.

'Ben ik u verantwoording schuldig?' vroeg ze.

De vrouw stond met haar mond vol tanden. Mercede liet haar voor wat ze was en ging weer op weg.

'Ik haar verantwoording schuldig!' mompelde ze, nu ze eindelijk iets had gevonden dat ze zichzelf kon vertellen.

Ze was niemand verantwoording schuldig voor wat ze deed. Stel je voor. En al helemaal niet aan haar. Een meter lint! Zo, dat hakte er in. Misschien had ze volgens dat mens terug moeten gaan en de winkel weer open moeten doen voor een paar centen lint...

Ze kwam tot stilstand voor de buik van mijnheer de kanunnik die net een zijdeur van de kerk uitkwam nadat hij de hoofdingang had afgesloten.

De eerwaarde had haast.

Dat zei hij ook meteen. Hij kende mevrouw Vitali langer dan vandaag. Ze was lang van stof, en ze hield je eindeloos op, ook als ze biechtte.

De inleidende opmerking van de vrouw, 'Ik moet u spreken,' deed hem vermoeden dat hij niet duidelijk was geweest.

'Ik heb haast,' herhaalde hij.

'Maar het is iets van uitermate groot belang,' verklaarde Mercede zich nader.

'Wat niet tot morgenochtend kan wachten?'

'Ik zou niemand respectloos willen behandelen...'

'Wat heeft respect ermee te maken?'

'Respect voor het gezag.'

'Welk gezag?'

'De burgemeester. Is hij het gezag of niet soms?'

Stilte. De kanunnik was een goede vriend van de burgemeester. Een huisvriend. Hij at vaak bij hem.

‘Wat heeft de burgemeester ermee te maken?’ vroeg hij.

‘Dat kom ik u nu net vertellen,’ antwoordde Mercede.

‘Zegt u het maar,’ zei de priester berustend.

Mercede sprak met haar blik naar de grond gericht. Voor haar stond de imposante priester met opgeheven hoofd te luisteren, zijn armen op zijn rug. Twee schaduwen die maar net iets lichter waren dan het duister dat inmiddels was gevallen.

2

Toen de kanunnik het nieuwtje had aangehoord wist hij niet of hij moest lachen of huilen.

Wat had hij ermee te maken? vroeg hij.

'Dat zal ik u uitleggen,' zei Mercede.

Ze legde uit waarom en hoe dat verzoek haar van slag had gebracht; zozeer dat ze niet wist wat ze moest doen en zich tot hem had gewend voor raad.

Aan het eind van de uitleg was de kanunnik lijkbleek.

'Weet u het zeker?' vroeg hij.

'Ik zit al dertig jaar in dit vak,' was het antwoord van Mercede.

'En...' stamelde de priester.

Bedoelde ze, was ze zeker dat achter zo'n verzoek een doel, een duidelijke intentie schuilging?

Mercede haalde haar schouders op.

'Wat anders, eerwaarde! Zoiets is om tentoongespreid, gestreeld te worden...'

'Ja, ja,' onderbrak de priester haar. Hij had haar niet gevraagd om zo in details te treden.

'Wat moet ik doen?' sloot de vrouw van de fournituurenwinkel bondig af.

De priester haalde diep adem, terwijl hij zijn buik vooruitstak.

'Uitstellen,' was zijn advies.

'Dat kan wel,' wierp Mercede tegen. 'Een dag. Twee dagen. Maar dan?'

De priester had er geen antwoord op.

'Ik wil me geen ellende op de hals halen. U weet hoe de burgemeester is,' merkte Mercede op.

'Maar ik...' mompelde de kanunnik.

'Zijn vrouw komt toch elke vrijdag biechten?' wierp de vrouw plotseling op.

Dat was waar.

Elke vrijdag, 's ochtends na de eerste mis, bracht Evangelia Priola bij mijnheer de kanunnik verslag uit van haar zonden.

'Maar wat heeft dat ermee te maken?' vroeg de priester.

'Dan vertelt u het haar,' zei Mercede.

'Hoe?'

'Tijdens de biecht,' legde de vrouw van de fourniturenwinkel uit. 'U zegt haar dat u het in vertrouwen heeft vernomen en dat het u wenselijk leek haar te waarschuwen.'

'Waarom zegt u het haar niet zelf?' bracht de kanunnik daar tegenin.

'Geweldig. Dan sta ik dus niet alleen voor schut als leugenaarster, als het meisje het ontkent, maar ook als verklikster.'

De priester wist zich geen raad meer.

'Maar de biecht is een sacra...'

Mercede viel hem in de rede.

'Overmorgen is het vrijdag. Ik stel het één dag uit. Dan grijpt u in en de missie is volbracht.'

De kanunnik kon daar niets meer tegen inbrengen.

'Goeienavond,' zei Mercede en was in een oogwenk verdwenen, opgeslokt door het duister dat het kerkplein omhulde.

3

IJzige duisternis. De winter wist van geen wijken. Het aanzicht van overdag, tot muisgrijs gereduceerd.

De kanunnik had last van zijn likdoorns. Hij at te veel, en goed.

De haast van die avond was vanwege een afspraak met de *casoeûla*, een stoofschotel van kool en spek.

'Die is koud, ik heb hem uitgezet,' zei de huishoudster toen ze hem eindelijk thuis zag komen. 'Ik moest wel, anders was hij verpieterd.'

De kanunnik keek haar met toegeknepen ogen aan. Hij leek na te denken.

'Daarbij, etenstijd is etenstijd,' wees de huishoudster hem ijzig terecht.

'En nu, moet ik hem opwarmen?'

'Ik heb geen honger,' verweerde de kanunnik zich gedecideerd.

En hij verdween naar zijn studeerkamer.

Op de ramen zaten ijsbloemen. Toch hing er nog de zware geur van kool en vet.

De vrouw van de fourniturenwinkel had gelijk.

De burgemeester was iemand die je met fluwelen handschoenen moest aanpakken.

Lange tenen.

Achterdochtig.

Verwaand.

Wraakzuchtig, dat ook.

Niet kwaadaardig. Maar wee je gebeente als je hem in de wielen reed.

Hij leed onder het feit dat hij in het niet viel bij de schim van zijn vader, cavaliere Renato Meccia.

Het meisje daarentegen leek sprekend op haar grootvader.

In alle opzichten.

Onvoorspelbaar, onstuimig.

De kanunnik wist het maar al te goed. Hij had haar gedoopt, de eerste communie gegeven en het vormsel toegediend. Daarna was hij haar uit het oog verloren. Ze was niet erg kerkelijk. De zondagsmis met haar illustere ouders, alleen voor de vorm. Verder niets.

De priester snoof uit door zijn neus.

De vrouw van de fourniturenwinkel had zonder meer gelijk.

Renata had het niet zomaar gedaan. Het meisje had iets in de zin. En zo te zien, niets goeds.

De kanunnik stond op, liep wat heen en weer. Hij had het koud.

En honger.

Als er in zijn werkkamer nou niet die geur had gehangen...

Hij gluurde de gang in, richting de keuken. Onder de deur door scheen een streep licht. De huishoudster was nog niet naar bed.

Hij liep de keuken in, verbrak de stilte met een verzoenend 'Goedenacht'.

De huishoudster bromde iets terug.

Maar stond meteen op en ging de casoeûla opwarmen. Ze had de priester nog nooit met een lege maag naar bed zien gaan.

Twee borden.

Na twee borden was de priester verzadigd.

Hij keek met een gelukzalige blik om zich heen.

‘Wat er over is,’ zei hij, ‘warmen we op en dat eten we morgen.’

De huishoudster haalde haar schouders op.

Waarom sprak hij in het meervoud als hij de enige was die die troep at?

4

Vrijdagochtend liep de kanunnik naar het altaar en maakte met één blik de presentielijst op.

Evangelia Priola was er niet.

Hij slaakte een zucht van verlichting. Dus draaide hij zich om en begon met de viering.

Zelfs op het moment van de communie was de vrouw van de burgemeester niet in de kerk.

Mooi zo, dacht de kanunnik.

Als hij zich niet kon onttrekken aan de halve belofte die hij de vrouw van de fourniturenwinkel had gedaan, dan hoefde hij nog niet te overdrijven door Evangelia te gaan zoeken en haar de zaak door te vertellen, als de eerste de beste roddeltante.

Hij zegende de gelovigen en ook de ijzige kou, bar en boos geworden door de gletsjerwind die je gezicht aan flarden sneed, waardoor Evangelia waarschijnlijk besloten had onder de wol te blijven.

Hij trof haar aan in de sacristie.

Ze was binnengekomen door de deur die naar het koor leidde.

'Wat doet u hier nou?' barstte de kanunnik uit.

Hij zag meteen dat er iets niet deugde.

Het gezicht van de vrouw was verwrongen, haar ogen wijdopengesperd, haar lippen bloedeloos, haar haar met onzekere hand gekapt.

Evangelia antwoordde dat ze zich verslapen had. Ze had niet tijdens de mis willen binnenkomen en zo de plechtigheid verstoren.

Leugens.

De kanunnik voelde dat de vrouw loog.

'Wilt u biechten, zoals gewoonlijk?' vroeg hij.

Evangelia schudde haar hoofd.

'Nee.'

Nee? Des te beter.

Maar waarom was ze er dan?

'Ik moet u spreken,' piepte de vrouw.

Zij ook al!

'Onder vier ogen,' voegde Evangelia eraan toe.

De koorknaap, de enige, maakte zich ogenblikkelijk uit de voeten.

'Wat is er aan de hand?' vroeg de priester.

'Renata.'

O jee! dacht de priester.

5

Er was de vorige avond iets gebeurd.

De burgemeester was weggegaan, hij moest nog iets op het gemeentehuis doen.

Zij was alleen met haar dochter thuis.

Renata had om een uur of negen gezegd dat ze moe was.

Slaap lekker.

Een half uur later was op het meer de gletsjerwind opgestoken. Er was een raam gaan klapperen. Evangelia had het een tijdje aangehoord.

Wie liet met die wind nou een raam openstaan?

Toen had ze beseft dat het bij hen in huis was. Ze was op onderzoek uitgegaan.

Het was het raam van Renata's kamer.

Maar Renata was er niet.

Het bed was leeg.

Niks slaap lekker. Ze was het huis uitgegaan zonder iets te zeggen. Via het raam.

Evangelia dacht dat ze de grond onder haar voeten voelde wegzakken.

Wat moest ze doen?

Een ramp.

Ze had een tijdje naar het klapperende raam staan kijken, waarvan elk ogenblik de ruiten konden breken.

Dus had ze het maar dichtgedaan.

Toen was ze gaan nadenken.

Als haar man bij thuiskomst zou merken dat Renata er niet was brak de hel los.

Ze mocht hopen dat het meisje eerder thuiskwam dan hij.

Ze had het raam weer opengedaan, dat weer was gaan klapperen.

Ze was een hele tijd stokstijf midden in de kamer blijven staan in de hoop dat haar dochter op kwam dagen.

Ze had gebeden en gesmeekt haar wens te verhoren.

Het haalde niets uit.

Haar benen waren pijn gaan doen, ze had het koud gekregen.

Ze was op het bed gaan zitten wachten.

Ze was steeds blijven bidden.

Ze was in slaap gevallen.

Tegen middernacht was ze door Renata gewekt.

'Wat doe je hier, mamma?' had die haar gevraagd.

'Mag ik weten waar je bent geweest?' had zij als weerwoord gegeven.

Nee, was het antwoord geweest.

De burgemeester was nog niet thuisgekomen.

Des te beter.

Maar Evangelia had die nacht geen oog meer dichtgedaan.

Wat was er met dat meisje aan de hand?

Ze moest bij iemand haar hart luchten.

'Ik maak me zorgen,' zei Evangelia.

6

Daar had ze alle reden voor, dacht en zei de kanunnik vervolgens.

Hij kon zich nu niet meer afzijdig houden.

'Neemt u plaats.'

Evangelia ging op een bank zitten die tegen de muur stond, naast de kast waarin de koorhemden van de misdienaars werden opgehangen.

Het halfduister slokte haar op.

Des te beter, dacht de priester.

Want door wat hij haar moest zeggen kwam het hem goed uit net te doen of hij niemand voor zich had: het was alsof hij zachtjes tegen zichzelf praatte. Hij had het al zo vaak gedaan, precies hier, in de stilte van de sacristie, gekweld door de meest uiteenlopende zaken.

Hij sloot zijn ogen.

Hij sprak of hij werkelijk alleen was.

Toen hij ze weer opende, was Evangelia er niet meer.

De kanunnik wreef zich in de handen, hij had zijn plicht gedaan.

Nu mocht een ander het varkentje wassen.

7

De burgemeester vond vis uit het meer het lekkerste wat er bestond.

Evangelia vond het walgelijk.

Er waren drie dagen verstreken sinds het gesprek met de kanunnik.

Bij binnenkomst snoof Agostino Meccia de lucht op en wist meteen wat het was. Zijn vrouw had vis gemaakt voor het avondeten.

Waarschijnlijk houting. Met meel bestrooid en in olie gebakken.

Het water liep hem meteen in de mond.

Pas even later vroeg hij zich af: hoe dat zo?

Vanwaar die verrassing?

Sterker nog, die enorme opoffering?

Evangelia had een hekel aan vis. En vooral aan gebakken vis: die lucht die in elke hoek doordrong, bleef hangen in je kleren, in je haren.

De liefde van de man gaat door de maag, bedacht de burgemeester.

'O hemel,' mompelde hij.

Je zal zien dat...

Hoe lang had hij al niet meer met zijn vrouw geslapen?

Een maand?

Nee, twee.

Misschien drie.

Zou dat de reden kunnen zijn?

De tafel in de eetkamer was gedekt.

De burgemeester kreeg een ander angstig vermoeden. Hij ging de kalender af. Nee. Hij was geen naamdagen, verjaardagen, gedenkdagen of andere feestdagen vergeten.

'Waar is Renata?' vroeg hij aan zijn vrouw die in de keuken de laatste hand legde aan de mayonaise.

Die was er niet.

Ze was bij tante Rosina, verduidelijkte ze. Ze zou de nacht bij haar doorbrengen.

Tante Rosina was een van de weinige vrouwen met wie Evangelia in Bellano bevriend was geraakt, al woonde ze er nu al vijfentwintig jaar.

Ze had er inmiddels tachtig lentes op zitten, maar ze zag er nog goed uit en was helder van geest.

Evangelia was haar die middag gaan opzoeken. Ze had haar gevraagd of ze die avond niet een diplomatiek griepje kon krijgen.

'Hoezo dat?' had tante Rosina gevraagd.

'Omdat ik alleen met mijn man wil zijn,' was het antwoord geweest.

'Ah, goed zo,' had het oudje met een knipoog en een ondeugende glimlach gezegd.

Evangelia had gebloosd.

'Hè nee...' had ze gestameld.

'Maar dat is juist goed,' had tante Rosina haar onderbroken. 'Als ik nog de kans kreeg...'

Ze was nooit getrouwd, maar had zich weinig geneugten des levens ontzegd.

'Het is voor Renata,' had Evangelia haar weersproken.

'Ja natuurlijk, natuurlijk,' had Rosina glimlachend gezegd.

Renata was dol op haar. Ze noemde haar tante, hoewel ze dat feitelijk niet was, maar omdat ze haar altijd bij haar thuis had gezien. Rosina was haar eerste vriendin aan wie ze alles toevertrouwde. Beter dan een echte tante.

Dus als ze te horen zou krijgen dat tante zich niet zo goed voelde, zou ze aanbieden de nacht bij haar door te brengen, om haar gezelschap te houden en te helpen als dat nodig was. Dat was niet de eerste keer.

'En terwijl zij hier is,' had Rosina ten slotte gezegd, 'zijn jullie twee zo vrij als een pasgetrouwd stelletje.'

Evangelia's gezicht schoot weer in vuur en vlam. Maar ze had niets gezegd. Tegen de koppigheid van Rosina was geen kruid gewassen.

'Prima,' zei de burgemeester tevreden. 'Laten we hopen dat onze Rosina gauw beter wordt.'

Zijn gulzige blik kreeg de tafel in zicht.

Evangelia had uitgepakt: de mayonaise had hij daarnet al in de keuken gezien.

Maar op tafel prijkten een schaaltje met salsa verde, een kommetje olie met knoflook en kruiden, een rechaud dat een gerecht warm hield waar de geruststellende geur van azijn uit opsteeg. Teken dat er ook ingelegde visjes waren.

Er had ook nog wat polenta moeten zijn... Maar je kan niet alles hebben.

Hij ging aan het hoofd van de tafel zitten, Evangelia tegenover hem. Voordat hij op dit godsgeschenk aanviel wierp hij een blik op zijn vrouw.

Vanwaar deze maaltijd? vroeg hij zich nogmaals af.

Nou ja.

Die kwestie kon hij beter tot later orde uitstellen.

Zo'n maal verdroeg geen zorgelijke gedachten.

Hij schepte zijn eerste houting op.

Nauwgezet ging hij te werk, uiterst omzichtig ging hij van de meest verfijnde smaken naar de sterkere.

Bijna een uur at hij in stilte.

Van het laatste ingelegde visje bleef alleen de kop over, want hij wist niet waar hij die laten moest.

8

Armstoel, koffie, likeur.

De stoel was van zijn vader geweest, cavaliere Renato. Van leer, versleten, zeer comfortabel.

Ondanks dat de oude man in 1904 was overleden, op de voet gevolgd door zijn vrouw Camelia, steeg uit de stoel nog zijn geur op, een mengsel van kamfer en eau de cologne.

In die stoel had de oude Meccia de beste uren van zijn leven gesleten, plannen makend voor de avonturen die hem beroemd hadden gemaakt. In die stoel was hij gestorven, op de leeftijd van tachtig jaar, met een glimlach om zijn lippen en in zijn hoofd een nieuw project, een geheim dat hij mee het graf had in genomen.

Toen de oude man nog leefde, had de stoel altijd in zijn studeerkamer gestaan, in de meest afgelegen hoek van het huis. Ook in de zomer een koud vertrek.

Agostino kon kou niet verdragen. Zijn vader had hem daarom vaak gezegd dat hij geen bloed in zijn aderen had. Misschien had hij daar ook iets anders mee bedoeld.

Hoe dan ook, de burgemeester had de stoel verplaatst naar de kamer die uitkeek op de Tommaso Grossi, de weg langs het meer waar het 's zomers wemelde van de Bellanesen en toeristen, maar die 's winters totaal verlaten en troosteloos was.

Toen Evangelia had afgeruimd, kwam ze weer de kamer in, liep naar het raam, trok de dikke brokaten gordijnen dicht en ging recht voor haar man staan.

Agostino keek lodderig uit zijn ogen.

Ze moest de stilte die al een tijdje duurde doorbreken, bedacht de vrouw: als dat eenmaal gebeurd was, dan zou de rest vanzelf gaan.

'Nog wat koffie?' vroeg ze, om maar iets te zeggen.

'Dank je...' antwoordde haar man en onderbrak zichzelf.

Hij onderdrukte een boer.

'... nee.'

En hij liet zijn hoofd achterover vallen, zijn blik op het plafond gericht.

'Ik moet met je praten,' opende Evangelia de aanval.

'Zeg 't eens,' zei Agostino. Zonder een spier te vertrekken.

Maar hij sloot zijn ogen. Het moment was aangebroken. Binnen een minuut zou hij te weten komen wat de reden van die copieuze maaltijd was.

'Het gaat om Renata.'

Agostino richtte zijn hoofd op. Zijn ogen waren een beetje rood.

'Maar die is toch bij Rosina?' vroeg hij.

Ja. Maar er was iets niet in orde met het meisje.

'Wat dan?' vroeg Agostino.

Ze wist het niet precies.

Als ze het niet wist hoe kon ze het dan zeggen?

Het was niet zo dat ze het helemaal niet wist. Ze wist iets.

Iets?

Ja.

Nou, zeg dat dan.

Renata...

Ja?

De laatste tijd was ze veranderd.

Echt! Hoezo veranderd? In welk opzicht?

Misschien...

Misschien?

'Misschien is ze verliefd,' flapte Evangelia eruit.

Hun kleine meid?

Kleine meid! Drieëntwintig was ze!

Dat maakte niet uit.

'Op wie?' vroeg de burgemeester.

Dat wist ze niet.

Hoe kon ze dat dan zeggen.

Een moeder begreep het, voelde dat aan.

Agostino sprong overeind.

Ook een vader zou dat graag willen aanvoelen, begrijpen!

Op dat moment, bedacht hij, zou hij liever gehad hebben dat de reden voor de maaltijd de andere was geweest, de vorige die hij had bedacht. Net als zijn vrouw met de vis zou hij zich ook opgeofferd hebben. Dat zou nu allemaal al achter de rug zijn geweest en dan had hij lekker weg kunnen soezen.

Maar nu...

Wat waren die halve zinnen, die toespelingen?

'Als je iets zeker weet,' gromde hij, 'dan kan je dat maar beter zeggen. Anders... ik heb namelijk slaap.'

Evangelia trok wit weg.

Ze haalde diep adem om kracht te putten.

Daardoor kwam de visgeur die nog in de kamer hing in haar longen. En van daaruit in haar hersenen.

Ze verloor haar beheersing.

Wilde hij iets zekers horen?

Ze vertelde het hem, zonder een blad voor de mond te nemen.

9

Evangelia wachtte.

De teerling was geworpen.

Ze wachtte tot haar man de geschokte stilte waarin hij was vervallen zou verbreken.

Dat hij uitleg zou vragen met 'Wat is dat?'

Ze had zich voorbereid op een omhaal van woorden.

Maar Agostino zei niets.

Hij gaf geen antwoord.

Hij verbleekte op zijn beurt.

Hij slikte.

Hij ademde diep uit, waardoor ze omhuld werd door een kegel van vislucht.

'Hoe ben je het te weten gekomen?' vroeg hij ten slotte.

'Van de kanunnik.'

'En hij?'

'In de biecht.'

Weer stilte.

Evangelia huiverde.

'Waar haal je...'

De vrouw onderbrak zichzelf.

Zij had gesproken. Maar ze had haar eigen stem niet herkend.

Diep, hees. Alsof ze ineens een buikspreker was geworden. Ook

Agostino verbaasde zich over die onbekende, barse, zware rokersstem.

Zo tegenover elkaar, twee zwarte figuren in de kamer die ternauwernood verlicht werd door een staande lamp, leek het net of ze zich afvroegen wie er gesproken had.

'Waar haal je al die kennis van vrouwenondergoed vandaan?' vroeg Evangelia ten slotte.

10

Zacht.

Flinterdun.

Doorzichtig.

Fantastisch om te strelen.

Te zoenen, ook.

Vóór het haar uit te trekken.

Met twee vingers vastpakken, bij de pijpjes.

Langzaam omlaag trekken. Centimeter voor centimeter.

De navel was ontbloot.

Hij had er een kus op gedrukt.

Verder omlaag.

De heupen ontbloot.

Gekust, ook die.

Toen bleef het steken.

Het meisje was nogal weelderig gevormd. Misschien was het een maatje te klein.

'Wacht even,' had ze gezegd.

Ze was op haar knieën op het bed gaan zitten, had haar duimen onder het elastiek gestoken, met haar billen geschud en het tot halverwege haar dijen laten zakken.

'Nu jij verder,' had ze gezegd en was weer gaan liggen.

Het was de eerste en de enige keer dat Agostino een bordeel had bezocht.

Dat was in 1929, op een bijeenkomst van de burgemeesters uit het Lecco-gebied bij de prefect van Como. Hij was overgehaald door de burgemeester van een dorp aan de westoever, een beruchte schuinsmarcheerder.

Toen hij het meisje helemaal had uitgekleed, zat hij daar ineens met dat dunne, zachte, opwindende kledingstuk in zijn hand. Wel wat anders dan die ruwe, stevige onderbroeken van zijn vrouw.

Het was net of hij een vlinder tussen zijn vingers hield.

Wat is het, had hij gevraagd.

Een onderbroek, had het meisje geantwoord.

Dat wist hij. Maar de stof? Wat voor soort stof was het, hoe heette die?

Katoen.

Mousseline.

Pel d'oeuf, had ze in dialect gezegd.

Pel d'oeuf, had hij gemompeld.

Hij had gevraagd of hij het mocht houden.

Het meisje had het best gevonden, als hij maar extra betaalde.

Agostino had het in een van zijn broekzakken gestopt en een hele week bij zich gedragen. Deels omdat hij er af en toe naar wilde kijken, er even aan wilde komen, er aan ruiken. Deels omdat hij nog niet had bedacht waar hij het moest verstoppen, zonder dat de grijpgrage handen van Evangelia het zouden vinden.

Ten slotte was hij tot de conclusie gekomen dat hij thuis te veel risico zou lopen en had besloten dat alleen zijn bureau, in zijn werkkamer op het gemeentehuis, een veilige plek zou zijn.

11

'Ik heb nooit zoiets gedragen,' zei Evangelia.

'Zulke dingen weet je gewoon,' snoerde hij haar de mond.

'En Renata?' vroeg de vrouw kortaf.

Renata! dacht de burgemeester.

'Waar is het?' vroeg hij.

'Dat weet ik niet,' antwoordde zijn vrouw.

'Daar heb je het al!' zei hij.

Hoe kon hij zijn dochter aanpakken, ervan beschuldigen dat ze die onfatsoenlijke aankoop had gedaan, haar vragen, van haar eisen dat ze een reden ervoor gaf, als hij het corpus delicti niet kon tonen, ermee voor haar neus wapperen? Hoe zou hij haar meest waarschijnlijke verdediging kunnen weerleggen, namelijk dat ze het niet gedaan had, zonder dan voor leugenaar door te gaan?

'Nou?!' besloot de burgemeester met stijgende ergernis.

Evangelia antwoordde alleen met een blik.

Kletskoek, wilde ze zeggen.

Kletskoek, klinkklare nonsens.

Hij was gewoon bang om de strijd met zijn dochter aan te gaan, haar hard aan te pakken. Hij wist maar al te goed dat ze pap van hem zou maken. Renata had hetzelfde karakter als haar geridderde grootvader en als ze iets in haar hoofd had was ze daar onmogelijk van af te brengen.

Als ze in een goede bui zou zijn zou ze haar vader met een glimlach beantwoorden en haar schouders ophalen. Anders zou ze er niet voor terugschrikken om hem met gelijke wapens te bestrijden, door even hard en zelfs harder te schreeuwen dan hij, herrie te schoppen waarvan de ellende niet te overzien was.

Er was iets met Renata gebeurd. Maar wat?

Was ze verliefd?

Goed.

Maar ze kon gevallen zijn voor een nietsnut. De aanschaf van zo'n onderbroek voorspelde niet veel goeds.

'Het is zaak dat er niet geschreeuwd, beschuldigd, ruziegemaakt wordt,' zei Evangelia. 'Het is zaak dat we erachter komen hoe het zit.'

Agostino stemde woordeloos in.

'We zouden in de allereerste plaats moeten weten wie het is,' voegde de vrouw eraan toe.

'Nou,' antwoordde de burgemeester aanmatigend, 'laat dat maar aan mij over.'

Hij viel in slaap met de vraag hoe hij dat moest aanpakken.

Hij kon zich niet voorstellen dat hij zo snel antwoord zou krijgen.

12

1

De Casa del Fascio, gebouwd in 1927, was medio 1929 bioscoop annex theaterzaal geworden, toen het het gemeentebestuur had behaagd een regulier aanbod van filmprojecties in te stellen.

Degene die de projector bediende was Gerolamo Vitali, die vol trots aanspraak maakte op het bezit van een diploma filmoperateur. Al kon hij inderdaad goed met het apparaat omgaan, toch was het diploma waar hij zo over opschepte in werkelijkheid niets meer dan de schriftelijke en ondertekende verklaring van een zekere Leone Centocchi, uit Lecco, operateur bij Cinema Italia, die hem volgens die verklaring een paar jaar geleden naar volle tevredenheid als assistent in dienst had gehad. Van hem had hij ook de kneepjes van het vak geleerd.

De eerste reguliere voorstellingen, één op zaterdag, twee op zondag, waren begonnen in april 1930 en hadden de enorme potentie van de film aangetoond om mensen uit alle lagen van de bevolking naar de Casa del Fascio te lokken. Wel heel wat anders dan het publiek van het amateurtoneel of van de enkele variétévoorstelling die in de stad op de planken kwam.

Vitali geloofde dat hij tot het edele ras der slimmeriken behoorde en had bedacht dat hij dankzij zijn positie een uitstekend middel in handen had om zijn bescheiden maandelijkse loon dat de gemeente hem uitkeerde aan te vullen, door niet alleen te werken als operateur, maar ook als schoonmaker van de zaal en in alle opzichten als beheerder ervan.

In de pauze liep de zaal namelijk min of meer leeg omdat het grootste deel van de bezoekers wegging om even later terug te komen. De een met een drankje, de ander met een zak snoepjes of andere zoete waar. Al snel was het mechanisme geperfectioneerd: sommigen, de minderheid, kwamen de zaal binnen voorzien van versnaperingen, de meesten echter maakten gebruik van jongetjes die voor een fooi de bestellingen opnamen en als pakezels terugkwamen.

Op een zeker moment had Vitali een besluit genomen en zijn vrouw Albina ingeschakeld bij zijn project: toen zij daarmee had ingestemd, had hij in de hal van de Casa del Fascio een kleine bar neergezet.

Albina was een uitstekende kokkin, ze kon van alles: uit haar handen kwamen onovertroffen gesuikerde noten en zalige snoepjes. In de loop van de zomer had ze zelfs geleerd ijs en waterijs te maken die een laaiend succes waren geweest.

Wat ze niet kon maken, zoals de drankjes, kocht Gerolamo bij een groothandel in Dervio.

In korte tijd dreef het tweetal ineens een bloeiende handel, wat natuurlijk wel wrevel en gemor moest opwekken bij de winkeliers die dezelfde koopwaar aan de man brachten.

In oktober 1930 was Gerolamo op de onzalige gedachte gekomen om kastanjes te gaan rapen met de bedoeling die ook te verkopen, gepoft en wel.

Een woest plan: ze vlogen over de toonbank, maar het had achteraf de winkeliers het wapen in handen gegeven om zich bij het gemeentebestuur te beklagen over die activiteit waar hij geen vergunning voor had.

II

Vanesio Pulcinelli was een klein mannetje, een bekende figuur tussen Lecco en Colico, bijgenaamd Sachèt.

Om in zijn levensonderhoud te voorzien was hij straatverkoper, maar sui generis, want hij verkocht van alles: van snoepjes tot klosjes garen, van kalenders en misboeken tot bijouterieën.

Je kon hem overal tegenkomen, ook in de trein, waar hij zonder kaartje instapte, wat oogluikend werd toegestaan door het spoorwegpersoneel vanwege zijn bescheiden houding en de smekende blik op zijn gezicht dat altijd zwart was alsof hij net uit een schoorsteenpijp was gekropen.

Aan de gebruikelijke koopwaar voegde hij in de herfst gepofte kastanjes toe, die hij op speelplaatsen en openbare gelegenheden te koop aanbood.

Op zondag 16 november 1930 had hij zich met een enorme mand vol warme gepofte kastanjes geposteerd voor de bioscoop van Bellano, waar *La canzone dell'amore* van Gennaro Righelli werd gedraaid.

Hij had nog geen zakje verkocht. De hele markt was in handen van Albina. Hij had zich er niet over beklaagd; hij wist dat het in de handel tegen kon zitten.

Maar zonder het te weten had hij twee voorvechters van zijn gelijk getroffen in Basileo Calderoni, beheerder van de gelijknamige bar annex banketzaak die op nog geen honderd meter van de Casa del Fascio lag, en in Luigi Animato, eigenaar van een viezige tabakswinkel, verkooppunt van stoffige snoepjes en muffe koekjes.

Het tweetal had zich de volgende ochtend bij het gemeentehuis vervoegd waar ze om een onderhoud met de burgemeester vroegen en kenbaar maakten dat ze een protest van morele aard wilden indienen dat door talloze, zij het niet aanwezige, winkeliers van Bellano gesteund werd.

Zonder iets te zeggen had de burgemeester het requisitoir aangehoord: het was niet zozeer het op zondag gederfde inkomen, had het tweetal gezegd, met inbegrip van dat van Sachèt (mijnheer de burgemeester kende hem wellicht: een arme stakker die op die inkomsten de mogelijkheid om rond te komen baseerde). Dat was de reden niet dat ze helemaal hierheen waren gekomen.

De illegaliteit, daar ging het hen om!

Het slechte voorbeeld dat door de illegale handel van de bioscoopbeheerder en zijn vrouw gegeven werd!

Daarom vroegen ze mijnheer de burgemeester recht te doen en orde op zaken te stellen in een situatie die al te veel maanden voortduurde.

Agostino Meccia had akte genomen van het verzoek, meer kon hij niet doen.

Omdat hij administratieve materie lastig vond, had hij het probleem meteen met de gemeentesecretaris besproken. Die was eerst in lachen uitgebarsten: hij geloofde absoluut niet dat de winkeliers te goeder trouw waren, en had zonder een blad voor de mond te nemen geantwoord dat als het aan hem had gelegen hij het tweetal dat zich op het gemeentehuis had aangediend eerst een schop onder de kont had gegeven en ze vervolgens de namen had gevraagd van de andere initiatiefnemers van die smerige, slinkse handelwijze, om ze allemaal van hetzelfde laken een pak te geven.

Maar helaas, was de secretaris verder gegaan, hadden die twee en de rest van het tuig uit puur administratief oogpunt gelijk, en gezien de zaak naar buiten was gekomen was het niet mogelijk om te doen alsof hij niet bestond.

'Derhalve,' had de secretaris gezegd, 'moeten we het aanpakken.'

'Hoe?' had de burgemeester gevraagd.

Op de enig mogelijke manier om niet onrechtmatig te handelen: het perceel van de Casa del Fascio was gemeentebezit en men kon niet toestaan dat zich in het pand ongeoorloofde activiteiten of althans niet conform de geldende wetten afspeelden.

Dus óf men verbood de verkoop van voedingsmiddelen binnen het gebouw, waarmee de bar dus werd opgeheven; óf, in het geval die te laten bestaan, daar het inmiddels een dienstverlening was waar de mensen op rekenden, moest die aan de voorschriften voldoen en moest er een inschrijving aangekondigd worden, waarna het beheer ervan aan iemand die een vergunning had zou worden toevertrouwd.

Burgemeester Meccia had akte genomen van de situatie en had, na de secretaris te hebben aangehoord, Vitali ontboden om hem deelgenoot te maken van de ontwikkelingen. Aangezien hij Gerolamo aardig vond, had hij hem op de hoogte gesteld van het feit dat hij rekening zou houden met de goede diensten die hij tot dan toe had bewezen en dat hij de deelname aan de inschrijving door hem en zijn vrouw met een welwillend oog zou bezien.

Waarbij Albina overigens de juiste papieren moest kunnen overhandigen.

Vitali was de moed in de schoenen gezonken. Want hij kende zijn vrouw langer dan vandaag. Zo handig als ze aan het fornuis was, zo veel weerstand bood ze aan boeken. En om de strijd aan te gaan met de commissie van de Kamer van Koophandel in Como, om het middenstandsdiploma te bemachtigen, moest ze studeren.

Gebogen over welke tekst dan ook zag hij haar niet zitten.

'Tja,' had de burgemeester weerlegd. 'Dat moet toch te doen zijn? Met een beetje goede wil kom je een heel eind!'

Gerolamo had weer met zijn hoofd geschud.

'Misschien ben ik niet duidelijk geweest,' had hij gemompeld.

Om kort te gaan, Albina kon niet lezen en niet schrijven.

Het enige wat ze heel goed kon was cijferen: ze leek wel een rekenmachine.

Kortom, zo had Vitali afgerond, er bestond geen enkele hoop dat zij met een vergunning op zak aan de inschrijving kon meedoen.

'Denk er nog maar eens goed over na,' had de burgemeester ter afsluiting gezegd toen hij afscheid van Gerolamo nam.

Hetgeen Vitali had gedaan.

Bij zichzelf.

Op zoek naar oplossingen, uitvluchten; leugentjes bedenkend die hem zouden kunnen redden.

Zonder enig resultaat.

Toen hij ten einde raad tot de conclusie was gekomen dat zijn enige hoop alleen nog maar gevestigd kon zijn op het mededogen van Meccia, was hem ineens een laatste mogelijkheid door zijn hoofd geflitst.

Wat stom dat hij daar niet eerder aan had gedacht.

'Beter laat dan nooit,' had hij zich troostend toegesproken.

En hij had zich tot de advocaat gewend.

13

I

De advocaat had geen familie en hield kantoor in het wijnlokaal van Lena.

Of het nou zomer of winter was, hij droeg altijd een zwarte sjaal om zijn nek die niets te maken had met het regime van Mussolini. Hij had een zwakke keel, zei hij, en 's winters werd die door de kou, 's zomers door de vochtigheid belaagd. In werkelijkheid had hij een zeer onesthetisch kropgezwel dat maar weinig mensen ooit gezien hadden. De meeste mensen vermoedden het wel, want elke keer als hij zijn mening gaf, voelde de advocaat er even aan alsof hij het om goedkeuring vroeg en dat gebaar van zijn hals strelen was algemeen gebruik geworden: je hoefde het maar na te doen om duidelijk te maken dat je van plan was te handelen volgens het advies van de advocaat.

Zijn naam was Lanfranco Vescovi. Geboren in 1899 in Menaggio, zoon van Norberto Vescovi, beroemd strafpleiter in Como, en van gravin Cornelia d'Allaghi, gezelschapsdame van koningin Margherita gedurende de lange periodes die de vorstin doorbracht in de koninklijke residentie van Monza, een functie die ze pas vlak voor haar huwelijk met de jurist had neergelegd.

Op zijn tiende was Lanfranco al een vroegwijs kereltje: ernstig, goedgemanierd, bedaard, onberispelijk.

De enkele keer dat hij onder begeleiding buiten kwam werd hij aangewezen als voorbeeld door de ouders van zijn leeftijdgenoten, die overigens niet begrepen wat er na te volgen, te benijden viel, aan dat bleke jongetje dat niet van deze tijd was en leeftijdloos leek.

Dat hij zo geworden was lag aan de sfeer binnen het gezin.

Zijn moeder maakte hem hoorndol met de herinneringen van haar leven aan het hof. Ze gedroeg zich alsof ze er nog altijd deel van uitmaakte en bewoog zich door het huis alsof de koningin, toen het paleis gesloten werd na de moord op Umberto, bij hen was komen wonen, in plaats van naar Bordighera te zijn verhuisd.

Zijn vader terroriseerde hem met zijn striktheid zonder mogelijkheid van beroep, zoals ook zijn uitspraken waar hij berucht om was zonder mogelijkheid van beroep waren. Zoals onder andere de straffe hand waarmee hij de nutteloosheid van boeken, tijdschriften, kranten en alles wat naar literatuur riekte aan de schandpaal nagelde. Het enige wat voor hem telde was het recht. De enige lectuur die hij zichzelf toestond waren wetboeken en pandecten, gebundelde uitspraken, essays van advocaten en beroemde strafpleiters, net als hij.

Op zich niets mis mee. Maar het akelige was dat wat de vader las tevens de enig toegestane lectuur van zijn zoon Lanfranco was, die om aan de verstikkende vader te ontkomen geen ander alternatief zag dan zich in de armen van zijn moeder te storten, met het vooruitzicht dandy van beroep te worden.

Vader Norberto zou dat natuurlijk niet toelaten: zijn zoon moest jurist worden, net als hij. Discussie gesloten.

Begeleid door drie huisonderwijzers had Lanfranco in de veilige schoot van het gezin de opleiding klassieke talen afgerond, waarvan hij lijdzaam de Griekse en Latijnse teksten had ontrafeld en zoveel had opgestoken dat hij, volgens zijn vader, in staat was ieder hof 'verbaasd te doen staan met geschikte citaten en kwinkslagen'.

Overigens controleerde zijn vader dagelijks of hij verre bleef of liever gezegd helemaal niet in contact kwam met datgene wat grensde aan literatuur of poëzie.

'Ballast,' zei de vader, 'moet overboord gegooid worden als je hoog wilt vliegen.'

Het spreekt dan ook voor zich dat Lanfranco, toen hij zich aan de universiteit had ingeschreven, er evenveel van wist als de professoren, zo niet meer.

II

Aan het eind van het eerste studiejaar had Lanfranco geen tentamen mogen doen aangezien hij vrijwel geen enkel college had gevolgd. Een storm van vaderlijke woede had hij over zich heen gekregen die geenszins bedaarde toen de jongeman had opgebiecht hoe hij de uren had doorgebracht waarvan papa en mama dachten dat hij in de collegebanken zat: zwervend door Milaan. Waarbij hij bovendien alles ontdekt had waarvan hij tot dan toe het bestaan niet had vermoed.

Stegen, had de jongeman opgesomd, buurten, binnenplaatsen, wijnlokalen, bordelen, kerkjes, pleinen en pleintjes met het daarbijbehorende soort mensen. Uit die verkenningstochten was hem duidelijk geworden dat in tegenstelling tot wat er thuis werd gezegd en gedacht, de advocatuur voor hem niet het juiste vak was.

Zijn vader Norberto had bij het aanhoren van het verhaal een stotteraanval gekregen: dat overkwam hem altijd als hij buitengewoon kwaad was.

Met trillende onderkaak had hij zijn zoon gevraagd waar hij dan wel toe genegen was.

Daar had Lanfranco geen duidelijk antwoord op gehad. Hij twijfelde nog of hij dichter of schilder wilde worden. Beide kunsten fascineerden hem maar hij wist dat hij om uit te blinken zich moest toeleggen op de ene, en de andere laten schieten. Overigens rekende hij er op dat hem dat later, in de loop der tijd, duidelijk voor ogen zou staan.

Het merkwaardige antwoord van de jongeman had zijn vader doen bevriezen. Die had hem, nadat hij dus zijn kalmte had hervonden, ijzig toegevoegd:

'Of je wordt advocaat,' had hij gewaarschuwd, 'of je bent mijn zoon niet meer.'

En hij had hem een jaar respijt gegeven.

Lanfranco was zo wijs geweest geen weerwoord te geven. Het had hem strategisch geleken om in die hachelijke situatie een techniek toe te passen die zijn vader vaak in de rechtszaal gebruikte en die hij hem meerdere malen had toegelicht. Het behelsde dat je tegenover de tegenstander veinsde geen munitie te hebben, aan hem en de clementie van het hof overgeleverd te zijn, zodat de ander, in de verwachting dat hij de overwinning op zak had, ertoe verleid werd in één keer al zijn kruit te verschieten.

Pas dan moest je je ware gezicht laten zien om de bewijsvoering van de tegenstander te ontmantelen: rechters en jury waren meestal diep onder de indruk van de kalmte waarmee de aanval op de vijand werd uitgevoerd en de rust waarmee de argumenten van de tegenstander één voor één werden weerlegd.

Zo had hij het gedaan en dat tweede jaar gebruikt om te beslissen aan welke Muze hij zich zou wijden.

De schilderkunst had ten slotte gewonnen en Lanfranco was aquarellist geworden.

Na in kennis gesteld te zijn, was advocaat Norberto trouw gebleven aan zijn belofte van het jaar daarvoor en had zijn zoon laten weten dat het huis waar hij geboren en getogen was niet meer het zijne was.

Maar...

III

Er was een maar geweest en die was aan de lippen van Lanfranco ontsnapt.

Voor de ruime salons van de villa te verlaten had de jongeman de verbaasde vader een proeve gegeven van hoe goed hij geweest zou zijn als advocaat.

'Viventis non datur hereditas,' waren zijn openingswoorden, artikel 458 van het Burgerlijk Wetboek citerend. Overigens zou hij de wettige erfgenaam zijn van het vermogen van zijn vader, zolang, uiteraard, 'natura non facit saltus'! Opdat de vader erop zou kunnen rekenen dat die jongen hem nooit meer voor de voeten zou lopen, had Lanfranco voorgesteld een overeenkomst te sluiten waarin was opgenomen dat hij lijfrente zou ontvangen, in maandelijkse termijnen, in ruil voor zijn verplichting zich nooit meer te laten zien.

De vader had het voorstel gewikt en gewogen. Gezien het feit dat zijn zoon, die er weliswaar zijn beroep niet van had willen maken, goed thuis bleek te zijn in de wetboeken, de wetten en de mazen van de wet, was de advocaat van mening geweest dat hij maar beter kon instemmen. Hij had beseft dat hem anders vele galsteenkolieken te wachten stonden.

Hij had ingestemd en een maandelijks bedrag aangeboden dat de jongeman kon opnemen bij de regionale bank van Bellano waar hij vennoot en accountant van was.

Voor de jongeman was het manna uit de hemel.

De aquarellen die hij maakte waren namelijk minder dan primitief.

Helemaal in stijl met het leven van de bohemien die hij wilde zijn, hoopte hij van de kunst te kunnen leven, maar dat was hem nooit gelukt zonder de portefeuille van zijn vader.

Hij raakte zijn schilderijen alleen kwijt door ze cadeau te doen, waarna ze ergens op zolder of bij de vuilnis terechtkwamen.

In 1927, na drie jaar dolen door Lombardije op zoek naar mooie plekken om te schilderen, voelde Lanfranco nog altijd het heilige vuur in zich branden.

Plotsklaps moest hij echter zijn plannen herzien.

IV

Op een ochtend, toen hij in Bellano was om zijn periodieke uitkering op te nemen, was hem gezegd dat er geen geld meer was.

Rood aanlopend had hij geprotesteerd.

Onverstoorbaar had de bankbediende niet anders kunnen doen dan zijn opmerking staven.

Maar hoe was dat mogelijk? had Lanfranco gevraagd.

De man had zijn schouders opgehaald.

Hoe zou hij dat moeten weten?

Hij was maar een ondergeschikte. Als hij wilde konden ze het aan de directeur vragen.

Maar die wist ook van niets.

Hij kon niet weten dat Vescovi senior sinds een paar maanden in de gaten werd gehouden door de OVRA, de politieke organisatie die onlangs binnen het regime was opgericht om het oog te houden op antifascistische activiteiten.

De oude Vescovi was allesbehalve antifascistisch.

Hij had zelfs nooit een gelegenheid voorbij laten gaan om zijn absolute trouw aan het bewind van Mussolini te tonen, en had elk initiatief ervan toegejuicht: de Carta del Lavoro, oftewel de collectieve arbeidsovereenkomst, de Corporaties, de beperkende maatregelen voor de import, de richtlijnen van de Commissie voor het Italiaanse product en 'de strijd om het graan'.

Hij had zich ook in grote mate kunnen vinden in de opmerkingen van Mussolini tijdens zijn redevoering in Pesaro, waar de regeringsleider had verklaard de lire tot zijn laatste snik te willen verdedigen, de lire die zwaar gehavend uit de inflatie van de periode na de oorlog was gekomen, maar nu met moeite weer opkrabbelde in vergelijking met andere valuta.

Maar terwijl Vescovi zijn mond vol had over de noodzaak de Duce te steunen in zijn campagne de nationale munt te redden, voornamelijk in de salon van zijn villa in gezelschap van zijn gelijken, die dan ook met volle instemming reageerden, gaf hij in Zwitserland in het geheim zijn afgevaardigden de opdracht Engelse ponden te kopen. Vescovi was met het geritsel in 1923 begonnen en had de handel pas aan het begin van 1926 gestopt toen de Engelse munt 153.68 lire deed.

Inmiddels stond op de Zwitserse bank een aanzienlijk kapitaal, dat op een gegeven moment alleen nog maar terug naar het vaderland hoefde te komen.

Ware het niet dat er op een avond bij de villa in Menaggio een weinig geruststellende figuur was verschenen, die met nadruk om een onderhoud met advocaat Vescovi had gevraagd. Het ongure type had het meer bevolen dan gevraagd. Omdat het een bevel was had Vescovi senior hem dan ook in zijn werkkamer moeten ontvangen en had de vraag te horen gekregen of het met de waarheid strookte dat hij enorme bedragen naar het buitenland had weggesluisd, waarmee hij contrair aan de politiek van nationale steun handelde die de regering trachtte te verwezenlijken.

Vescovi had het resoluut van de hand gewezen.

Het louche type had verklaard verheugd te zijn hem dat te horen zeggen. Met een verholen, allesbehalve vrolijk glimlachje, had hij eraan toegevoegd dat hij persoonlijk nooit in dat gerucht geloofd had, de fascistische gezindheid van de advocaat kennende, zijn onvoorwaardelijke, enthousiaste adhesie aan het regiem en zijn initiatieven.

Dat wilde zeggen, had hij daaraan toegevoegd, dat de spion die hem die tip in zijn oor gefluisterd had een van die schoften was die uit was op gemakkelijke bijverdienste. Misschien iemand die de advocaat in zijn lange carrière een exemplaire straf had opgelegd en wellicht nu op wraak zon.

Bij hem, had de verdachte figuur benadrukt, was hij aan het verkeerde adres geweest; hij zou hem de poging de reputatie van de advocaat te bezoedelen met zijn lasterpraatjes betaald zetten.

Stotterend had Vescovi het sujet bedankt en toen hij hem naar de deur bracht gevraagd die informatie niet openbaar te maken.

Eenmaal alleen had hij hete tranen van woede gehuild. Alleen hij wist hoeveel geld op hem lag te wachten, vlak achter de bergen die boven zijn villa uittorenden. Tot die avond was het naar zijn gevoel binnen handbereik geweest. Maar nu was het niet veel meer dan een fata morgana, wist hij: het was hem namelijk niet ontgaan dat het bezoek van die kerel een impliciete waarschuwing was dat hij op zijn hoede moest zijn. Ze hielden hem in de gaten, zijn gangen werden nagegaan door de spionnen van het regime.

Het enige wat hij had kunnen doen was afwachten.

Maar wat?

De strijd om de 'quota 90', dat wil zeggen dat één pond 90 lire moest gaan doen, had opgang gemaakt en boekte een enorm succes. Eind juni 1927 was het pond zelfs gedaald naar 88 lire en Vescovi, somber thuis, in gezelschap gedwongen de schone schijn op te houden, had zich ertoe gezet het verlies van een kapitaal te berekenen – waarvan hij de hoop had opgeheven het ooit nog terug te zien – nu het ook nog eens om zeep werd gebracht door de enorme vlucht van de lire die de kranten vergeleken met die van kolonel De Pinedo, beroemd om zijn rondvlucht vanuit Italië via Melbourne en Tokyo.

Om zijn gebruikelijke levensstijl vol te kunnen houden en om de spionnen die hem zeker overal volgden niet achterdochtig te maken, had hij zich verplicht gezien bepaalde uitgaven terug te dringen: de lijfrente die hij maandelijks aan zijn zoon Lanfranco overmaakte was de eerste kostenpost die kwam te vervallen onder de woedende bezuinigingsmaatregelen van de advocaat.

Vescovi junior moest het dus ineens stellen zonder gevulde beurs en maag. Omdat hij zich geen raad meer wist had hij de rest van de dramatische ochtend op de kademuur van Bellano gezeten, zijn blik strak gericht op het meer, alsof daarvandaan het juiste advies moest komen.

Hij kon maar één ding doen, Lanfranco wist het: dat meer waarnaar hij zat te staren oversteken en aan wal gaan in Menaggio om van zijn vervelende vader rekenschap te eisen van zijn niet nakomen van de overeenkomst.

V

Inmiddels had de klok twaalf uur geslagen; de slagen hadden in zijn pijnlijk lege maag nagedreund.

Naast hem was zonder dat hij het gemerkt had een man gaan zitten: een stuk onbenul, haveloos gekleed, met knokige handen en een wijnkegel. Zwijgzaam. Maar bij de eerste blik die Lanfranco steels op hem had geworpen, had hij gezien dat hij trilde van woede.

Woede die uitgebarsten was in een vloek in de richting van een stipje dat zich los had gemaakt van de landtong van Puncia; langzaam maar zeker werd duidelijk dat het een roeiboot was.

De man had het met scheldwoorden ontvangen en scheen het al vloekend tot aan zijn aankomst bij de kademuur te willen begeleiden.

Toen hij de verbijstering van de jongeman opmerkte had hij zijn litanie onderbroken, zich verontschuldigd en ten slotte ter verdediging aangevoerd dat hij er helemaal genoeg van had.

Hij had helemaal genoeg van zijn broer die in de boot zat en alleen om hem te treiteren die een paar uur eerder had gepakt zonder dat eerst te vragen.

Is het uw boot? had Lanfranco gevraagd.

Ja, nee.

Ja of nee?

De boot hadden zijn vader en hij minstens twintig jaar gebruikt voor hun werk, aangezien ze vissers waren, had de man geantwoord. Zijn broer had hen af en toe geholpen maar had niet veel aanleg voor het vak. De sukkel gebruikte de boot soms om een tochtje te maken met een of ander grietje. Zijn vader was nu dood en had kenbaar gemaakt de boot aan hem na te willen laten. Maar zijn broer accepteerde dat niet en om hem te treiteren gebruikte hij die zo nu en dan zonder daar toestemming voor te vragen.

Maar dat moest nu eens afgelopen zijn.

Lanfranco had er even over nagedacht.

Heeft uw vader, had hij vervolgens gevraagd, dat gezegd of op schrift gesteld?

De man had hem met grote ogen aangekeken.

Gezegd, had hij geantwoord.

Maar op zijn doodsbed.

En iedereen had het gehoord.

Dat geldt niet, had Lanfranco hem de mond gesnoerd.

Waarom niet? had de ander geprikkeld gereageerd.

Daarom niet, had Lanfranco benadrukt.

Ik heb die boot dus twintig jaar gebruikt, had de man naar adem snakkend gezegd, en nu moet ik hem met die ezel daar delen?

De ezel was inmiddels vlak bij de kademuur.

In theorie wel, had Lanfranco geantwoord, want scripta manent.

Ik sla hem dood, had de man gemompeld aan het adres van de broer die nu binnen gehoorsafstand was.

Maar… had Lanfranco zich laten ontvallen.

Wat maar?

Er was de acquisitieve verjaring!

De ander had hem verbijsterd aangekeken: die woorden zeiden hem niets.

Lanfranco had gezucht.

Dat was een lang verhaal, en hij had honger.

Had hij nog niet gegeten? had de ander gevraagd.

Nee.

Hij kwam niet uit Bellano, had Lanfranco uitgelegd, en had niet geweten waar hij heen moest gaan.

De ander had op zijn borst geslagen.

Ik weet wel wat, had hij gezegd.

Het tweetal was meteen op pad gegaan naar de Trattoria del Ponte. Halverwege hield de man stil, ineens door twijfel bestookt.

Hoe wist die figuur dat eigenlijk allemaal?

Bent u advocaat? had hij gevraagd.

Lanfranco was niet van zijn stuk gebracht.

Een soort van, had hij geantwoord.

Zo was zijn carrière begonnen, met een bord perfect gestoofd rundvlees voor zijn neus.

VI

Lena had vervolgens, in de loop der tijd, de concurrentie van de andere twaalf trattoria's in Bellano verslagen dankzij de goede kwaliteit van haar niertjes.

Toen de advocaat die eenmaal had geproefd had hij haar een voorstel gedaan: hij zou daar kantoor houden, als zij hem voor de nacht een bed ter beschikking stelde.

De vrouw had hem eerst schuins aangekeken. Ze had dat sujet al in de stad zien rondlopen, er werd van alles over hem gezegd. En een beetje wantrouwen kon geen kwaad. Dus had ze hem op proef genomen.

Na een week had ze hem niet alleen een bed gegarandeerd maar hem ook beloofd dat de advocaat zich geen zorgen hoefde te maken als er magere tijden waren, een bord soep kon er altijd wel vanaf.

De advocaat was een geschenk uit de hemel.

Want hij kwam elke dag aanzetten, 's ochtends tegen elven, en 's avonds tegen zessen, met een sliert klanten in zijn kielzog.

Hij ging aan een tafeltje in de hoek zitten, luisterde en gaf raad. Vervolgens liet hij al naar gelang het gewicht van de behandelde kwestie als betaling het equivalent van twee, drie of vier gerechten in Lena's kassa storten.

Om de tijd te doden consumeerden de rij klanten intussen, de een een kwart, de ander een halve liter wijn.

Nog afgezien van degenen die een middagmaal of avondmaal nuttigden, omdat ze van buiten de stad kwamen.

De advocaat adopteren was de beste zakelijke transactie die Lena ooit had gesloten. In de loop der tijd was ze op hem gesteld geraakt. Zozeer dat als ze een dochter had gehad, ze hem die als vrouw had aangeboden.

14

Terwijl hij op zijn beurt wachtte had Gerolamo Vitali drie karafjes rode wijn achterovergeslagen, en toen hij de advocaat onder ogen moest komen, was hij net genoeg opgeladen om sterk en duidelijk zijn woord te doen.

De zaak leek eenvoudig, was het antwoord van de advocaat geweest.

Vitali had geglimlacht.

Maar kon ook ingewikkeld worden, had Vescovi er ogenblikkelijk aan toegevoegd.

Vitali had gevloekt.

'Alstublieft!' had Lanfranco hem terechtgewezen.

De strenge opvoeding die hij in de villa had genoten droeg hij nog altijd met zich mee. Gevloek en getier irriteerden hem.

'Ik zal het u uitleggen,' had de advocaat gezegd, 'op voorwaarde dat u zich inhoudt.'

Vitali was meteen ontnuchterd.

'Neemt u mij niet kwalijk,' had hij gemompeld.

Om geen woord te missen van de raadsman, had hij vervolgens zijn ogen gesloten en zijn handen voor zijn gezicht gevouwen, of hij in gebed verzonken was.

Het was van belang te weten dat de bevoegdheid tot uitgave van handelsvergunningen lag bij een speciale commissie en door zeer duidelijke wetten werd gereguleerd, was de advocaat van wal gestoken.

De commissie waakte uiteraard over de juiste toepassing van die wetten en de naleving ervan.

Wetten die, zo had Vescovi met geheven vinger benadrukt, een maximaal aantal vergunningen voor de branches vaststelden: het aantal varieerde, afhankelijk van de bevolkingsdichtheid, van het feit of de beoogde locatie een toeristische bestemming had of juist niet etcetera, etcetera.

In dit specifieke geval zat je als het ware in een kooi.

'De metaforische tralies zijn de hierboven genoemde wetten,' had hij benadrukt, tot Vitali's verontrusting.

'Maar...' had hij daar meteen aan toegevoegd, en zichzelf onderbroken om de spanning op te bouwen.

'Maar?' had Vitali mopperend gevraagd, terwijl hij met moeite een vloek inhield.

Maar het was van belang te weten dat de gemeentelijke commissie louter raadgevend was en werd voorgezeten door de burgemeester, die echter wel beslissingsbevoegdheid had.

Gerolamo had op een soort van openbaring gehoopt. Maar hij begreep er nog steeds geen bal van. Toch had hij zijn mond gehouden.

Men moest onder andere rekening houden met het feit dat eenzelfde persoon meerdere ondernemingen kon hebben die onder dezelfde vergunning vielen.

Daar het uiteraard niet mogelijk was tegelijkertijd hier en ergens anders te zijn, stond de wet een figuur toe om de vergunninghouder te vervangen, de zogenaamde Uitvoerende.

Deze handelde onder de verantwoordelijkheid van de daadwerkelijke vergunninghouder, die zich voor diegene garant stelde bij...

'Bij wie?' had de advocaat ondervraagd.

Vitali had hem glazig aangekeken, het leek wel of hij weer aangeschoten was.

'Bij de burgemeester natuurlijk,' had de advocaat glimlachend geantwoord.

De cirkel was gesloten, had Lanfranco als commentaar gegeven. Vond hij ook niet?

Vitali had hardop willen vloeken.

Wat moest hij ook niet vinden?

Didactisch was de advocaat van toon veranderd.

'Ik zie dat het nog niet duidelijk is,' had hij gezegd.

Dus:

'Kort gezegd,' zo was hij begonnen.

Vitali kon, kort gezegd, om zijn probleem op te lossen gebruik maken van de medewerking van een winkelier in het bezit van een reguliere vergunning die de bar van de bioscoop op zijn naam zou zetten maar de exploitatie ervan aan Vitali's vrouw zou overlaten. Zij zou dus zijn Uitvoerende zijn, en hij zou voor haar garant staan bij de commissie en de burgemeester. Aangezien die, zoals gezegd, beslissingsbevoegdheid had hoefde hij de commissie niet te raadplegen, of in ieder geval geen rekening te houden met eventuele negatieve adviezen.

'Waaruit voortvloeit,' had de advocaat afgerond, 'dat het goed van pas komt als de burgemeester u welgezind is.'

Vitali had het nu iets beter begrepen.

'Is hij dat?' had de advocaat gevraagd.

En weer had Vitali naar adem gehapt.

'Wie?' had hij gevraagd.

'De burgemeester! Is hij u welgezind? Of heeft u anders een idee hoe u hem voor u in kunt nemen?'

Vitali had aan zijn kin gekrabd.

Op stel en sprong kon hij niet zeggen of de burgemeester hem wel of niet welgezind was.

Hij had in ieder geval wel begrepen dat hij bij hem in het gevlij moest komen.

Met die gedachte in zijn hoofd had hij afscheid genomen van de advocaat, drie consumpties betaald en Lena's wijnlokaal verlaten.

Wekenlang had hij met die vraag rondgelopen: hoe moest hij bij de burgemeester in het gevlij komen?

Hij kon er niet meer van slapen, van eten en taalde niet naar zijn vrouw.

Zelfs het café liet hij links liggen, wijn smaakte hem niet meer.

Maar toen, hè hè, had hij ten slotte een goed idee gekregen.

15

De burgemeester werd wakker; zijn maag stond in brand, hij had een droge mond en een zwaar hoofd.

Zijn vrouw was al opgestaan.

Hij trof haar in de keuken met een bleek gezicht en wallen onder de ogen, omneveld door de stoom van een kop kamillethee die ze onder haar neus hield. Evangelia was ervan overtuigd dat zelfs de damp van het brouwsel een weldadig effect had.

Agostino groette haar vluchtig. Hij wilde koffie, maar die was nog niet klaar.

'En nu?' vroeg ze met een zucht en nam meteen een slokje kamillethee.

Het had haar beter geleken het voorzichtig aan te doen: als haar man hard werd aangepakt voelde hij zich meteen beledigd.

'En nu wat?' vroeg hij.

Maar hij wist het maar al te goed.

Maar hij moest nu eerst koffie hebben.

Die Evangelia niet had gemaakt.

Die koffie was eigenlijk Renata's taak, die stond namelijk meestal eerder op dan zij.

'Laat het nu maar aan mij over,' bromde hij.

'Wat?' vroeg de vrouw.

Die stem!

Klaaglijk.

Onderdanig.

Alsof ze elk moment in huilen kon uitbarsten.

Hij werd er gek van.

'Ik heb nu geen tijd om het uit te leggen,' zei hij. 'Ze verwachten me op het gemeentehuis voor dringende zaken.'

Kletskoek.

Hij draaide zich om voordat zijn vrouw iets terug kon zeggen en verdween de slaapkamer in om zich aan te kleden.

Hij had geen zin in een discussie.

Hij had geen zin in ruzie, zo vroeg op de ochtend.

Bovendien had hij geen flauw idee wat hij moest doen, welke stappen hij moest zetten.

Zonder te groeten liep hij het huis uit met een steeds groter verlangen naar een kop koffie.

16

Gerolamo had Albina verteld wat inmiddels zijn plan was.

'Maar weet je dat zeker?' had ze tegengestribbeld.

Oude twijfels hadden weer door Vitali's hoofd rondgespookt. Het had een paar weken geduurd voordat die weer tot bedaren waren gekomen. Ten slotte had Albina zich laten overtuigen. En het moment om in actie te komen was aangebroken.

Het was bijna middernacht toen Gerolamo met plechtige gebaren de envelop had klaargemaakt.

Hij had hem goed in het zicht op tafel neergelegd voor de volgende ochtend.

Toen ze in bed lagen en al bijna sliepen, had Albina hem met haar elleboog aangestoten en gevraagd hoeveel kaartjes hij in de envelop had gedaan.

'Tien,' had hij geantwoord.

'Doe er maar vijftien in,' was haar advies geweest.

Hij was opgestaan en had zuchtend vijf kaartjes toegevoegd aan de tien die al in de envelop zaten.

's Ochtends stond hij op tijd op, het was nog heel vroeg, een parelgrijze streep licht bescheen ternauwernood het dal van Menaggio.

Albina was nog eerder opgestaan en had koffie gezet, een vieze slappe bak die in de verte naar medicijnen smaakte.

Vitali liep de keuken in, keek eerst naar de envelop en toen naar zijn vrouw.

Hij trok twee conclusies.

Ten eerste: uit het feit dat de envelop niet meer tegen een vaasje midden op tafel stond zoals hij die de avond tevoren had achtergelaten, maar nu plat op tafel lag, maakte hij op dat Albina had gecontroleerd of hij de opdracht had uitgevoerd die zij hem een paar uur geleden had gegeven.

Het maakte hem razend.

Ten tweede: uit zijn vrouws gezicht, uitgezakt alsof haar kin niet de kracht meer had om op zijn normale plaats te blijven, zodat de vrouw een soort paardenkop kreeg, maakte hij op dat ze weer zo haar twijfels had, dankzij het denken van de afgelopen nacht.

Nog voor hij iets kon zeggen stak Albina van wal.

'Zal hij het niet raar vinden?' vroeg ze.

Gerolamo nam een man-van-de-wereldhouding aan.

'Jij mag dan goed zijn aan het fornuis,' zei hij, 'dat zal niemand ontkennen. Maar van mensen weet je niets, laat dat maar aan mij over. Daar in,' vervolgde hij met een hoofdgebaar naar de envelop op tafel, 'zit een cadeautje waar iedereen blij mee zou zijn. En bovendien...'

De man verstomde.

Zou zijn vrouw het raffinement van de manoeuvre die hij ging uitvoeren begrijpen?

'Bovendien wat?' vroeg Albina.

Het cadeau was natuurlijk niet voor de burgemeester.

Het voorhoofd van de vrouw werd een en al rimpel.

Als ze iets niet begreep, en dat gebeurde vaak, kreeg haar gelaatsuitdrukking bijna iets dierlijks.

'Daar heb je haar weer,' grinnikte de man.

Voor wie dan?

'Denk je dat de burgemeester het nodig heeft?' vroeg Gerolamo zonder op een antwoord te wachten.

De burgemeester had het niet nodig.

Maar hij ging hem de envelop brengen zodat de burgemeester die aan zijn dochter Renata kon geven. Het was net zoiets als dat je bij een vriend uitgenodigd was en een bos bloemen meebracht voor de vrouw des huizes.

Kortom iets deftigs.

En nu ging hij dus eindelijk naar het gemeentehuis, nu meteen, als zij eens ophield met al die vragen.

Hij ging erheen, liep bij de secretaris naar binnen, gaf hem de envelop met het verzoek die namens hem aan de burgemeester te overhandigen.

De burgemeester was een slimme man, begreep dingen, ook zonder er woorden aan vuil te maken.

Tegen elven, zijn gebruikelijke tijd om op het gemeentehuis te zijn, zou hij de envelop ontvangen en zou de zaak gaan rollen.

'Maak je geen zorgen,' zei Gerolamo, 'want we zijn nu uit de brand.'

17

De gemeentesecretaris Antonino Carrè was een grote, stevig gebouwde man.

Hij had een dikke buik, blozende wangen, en pronkte zelfgenoegzaam met een baardje dat hij als tweede luitenant infanterie tijdens de Eerste Wereldoorlog aan het front had laten staan, en nooit meer had afgeschoren.

Hij mocht de burgemeester niet. Die deed hem denken aan van die slapjanussen die hij onder zijn bevel had gehad tijdens een aantal offensieven bij de Isonzo: moederskinderen, geen soldaten.

Daarbij was Meccia een ijdeltuit, je hoefde hem maar naar de mond te praten of hij smolt.

Carrè liet Vitali zijn verhaaltje helemaal afdraaien.

'Waarom geeft u hem de envelop niet zelf?' zei hij ten slotte ijzig.

Gerolamo kreeg een droge mond, al zijn zekerheid verdween.

'Hoe bedoelt u?' vroeg hij.

Nou kijk, legde Carrè uit, die ochtend was de burgemeester, de hemel mag weten waarom, in plaats van zoals gewoonlijk om elf uur, klokslag acht uur het gemeentehuis binnengevallen en was meteen iedereen aan z'n kop gaan zitten zaniken. Hij was gespannen, alsof hij slecht geslapen had of met zijn vrouw ruzie had gehad.

Dus omdat zoiets zelden voorkwam moest Gerolamo zich die kans niet laten ontnemen.

‘Welke kans?’ vroeg Vitali.

Hè verdorie, de kans om de envelop direct en persoonlijk aan de geadresseerde te kunnen overhandigen.

En met die woorden stond secretaris Carrè op van zijn stoel en begon Vitali eerst uit zijn kantoor te duwen en vervolgens de gang in die naar de werkkamer van de burgemeester leidde, waarbij hij in die handelswijze de jeugdige kracht herkende van toen hij, met vergelijkbaar gehijg en niet te herhalen vloeken, bepaalde verdedigers van de vaderlandse bodem die nog bang waren in het donker de loopgraven uitduwde.

18

Burgemeester Meccia had koffie gedronken in de bar Imbarcadero.

Voor zijn maag was dat alsof er olie op het vuur was gegooid.

Hij was met een gezicht als een oorwurm het secretariaat binnengestapt en had meteen Alata Bianchi, een typiste met vele dienstjaren achter de rug, een uitbrander gegeven. Toen hij haar zag was hem namelijk te binnen geschoten dat hij in een raadsbesluit – juffrouw Bianchi had tot taak ze in schoonschrift over te schrijven voor de dossiers van het archief – met betrekking tot de opname in een verzorgingstehuis van het zwakzinnige meisje Rosa Pomponi het woord 'zwakzinnig' was tegengekomen met een s.

Toen had hij zich tot de bode Sbercele gewend die een dikke sigaar stond te roken waar de kamer dan ook naar stonk en had hem kortaf bevolen die rommel nooit meer tijdens het werk te roken.

Nog niet tevreden had hij alle ambtenaren gevraagd de balie die hen van het publiek scheidde niet te gebruiken als een aflegplek voor documenten, registers en andere kantoorspullen: voor je het wist had de een of andere grapjas voor de lol belangrijke papieren kunnen zoek maken.

Dus had hij zijn hoofd om de hoek van het kantoor van de secretaris gestoken en had hem op luide toon vriendelijk verzocht, hij was immers hoofd van de afdeling, erop toe te zien dat de gedragsnormen van de werknemers in acht werden genomen.

Ten slotte had hij verklaard dat hij naar zijn werkkamer ging en niet gestoord wilde worden.

Hij had het druk.

Tussen de middag kon hij niet thuiskomen, kon hij niet zijn vrouw onder ogen komen zonder een nauw omschreven idee over hoe het raadsel, waarin hun dochter verwikkeld zou zijn, opgelost moest worden.

Hij trok de bureaula open, pakte het befaamde onderbroekje eruit dat inmiddels elke geur verloren had.

Hij keek ernaar.

Zijn dochter, bedacht hij, was exact zo'n ding gaan bestellen.

Wat had ze zich verdomme in haar hoofd gehaald?

Er werd geklopt.

Snel stopte hij het broekje terug en schoof de la dicht.

'Wat is er?' schreeuwde hij.

Vitali maakte zijn opwachting op de drempel van de werkkamer.

'Wat wilt u?' vroeg Meccia.

Vitali bleef in de deuropening staan.

'Nou?' drong de burgemeester aan.

Goeie god, dacht Gerolamo, wat was het moeilijk om te praten.

'Excuseer...' mompelde hij.

En schuifelde in de richting van het bureau van de burgemeester. Onder zijn voeten kraakte het parket, een irritant geluid, gekmakend bij de zeurende hoofdpijn die Meccia toch al had.

'Zeg 't eens,' sommeerde Meccia bars.

Vitali versnelde zijn pas en stond toen voor het bureau. Het kwam niet bij hem op om te gaan zitten. Hij probeerde te bedenken wat de advocaat ook al weer had gezegd.

Waar waren die woorden gebleven?

Hij vond ze niet, hij bromde wat.

Hij stak zijn hand in zijn zak, haalde de envelop tevoorschijn en gaf hem aan de burgemeester.

'Wat is dat?' vroeg die.

Vitali gaf geen antwoord, want de burgemeester bekeek op dat moment de inhoud.

19

Kaartjes.

Toegangskaartjes voor de bioscoop.

Vijftien.

Met een stempel 'gratis'.

Wat had dat te betekenen?

Burgemeester Meccia vroeg het aan Vitali.

'Die zijn voor u,' zei Gerolamo duidelijk articulerend, en had wel door de grond willen zakken.

Hij begreep dat het niet de juiste ochtend was, de burgemeester was met zijn verkeerde been uit bed gestapt.

Misschien had hij Albina eens gelijk moeten geven.

'Voor mij?' vroeg de burgemeester.

Werkelijk?

Dan was Gerolamo de enige Bellanees die niet wist dat burgemeester Agostino Meccia een hekel had aan films!

Hij kreeg al kriebel bij het idee dat hij een paar uur in het donker zou moeten zitten kijken naar een stel idioten dat elkaar aflebberde of zwakzinnigen die elkaar overhoop schoten.

Of anders viel hij in slaap.

De bioscoop in Bellano, dat had hij toch zelf gewild?

Dat klopt.

En dus?

Dat had hij gedaan voor de stad. Voor de mensen die zich graag lieten afstompen door stomvervelende liefdesgeschiedenissen of oorlogsverhalen.

Maar wat hem betrof konden acteurs, regisseurs en consorten allemaal creperen van de honger.

Dus, wat hadden die kaartjes te betekenen?

Werd hem soms een oor aangenaaid?

Vitali zweette peentjes.

Vergeet het maar, dacht hij, hij had de verkeerde dag uitgekozen.

'Natuurlijk niet...' zei hij.

'O nee?'

Nee.

Ze waren voor zijn dochter, juffrouw Renata.

'Mijn dochter?' schreeuwde de burgemeester, hij stikte er bijna in.

O hemel! bekloeg Vitali zich.

20

Het was inmiddels bijna een ritueel wat zich zondagmiddag voor huize Meccia afspeelde.

Om twee uur, het kon een minuutje schelen, weerklonk de kreet 'Renata' voor het raam van het huis van de burgemeester.

Het waren de vier of vijf vriendinnen van zijn dochter.

Ze kwamen haar halen om op stap te gaan.

Wandelen, kletsen, even stoppen bij de bar Imbarcadero voor een ijsje of warme chocolademelk, al naar gelang het seizoen.

De gewoonte hun vriendin luidkeels te roepen was tijdens hun schooltijd ontstaan, en die waren ze ook na al die jaren trouw gebleven.

'Renata!'

Als papa en mama die oproep hoorden zeiden ze hun dochter gedag.

Renata blies ze een kusje toe en holde naar buiten.

De twee ouders vroegen haar niet waar ze heen ging.

Dat wist ze zelf ook niet, het waren middagen die alle kanten op konden gaan.

Maar sinds een paar maanden...

21

Naar de bioscoop?

Gerolamo had zijn best moeten doen, maar was ten slotte wat gekalmeerd en wist toen ook weer dat hij de burgemeester moest uitleggen dat die kaartjes een cadeautje voor juffrouw Renata waren, die sinds een paar maanden bijna elke zondag naar de bioscoop ging.

'Naar de bioscoop?' vroeg de burgemeester verbaasd.

O verdomme, dacht Vitali.

Wedden dat hij het niet wist?

'Ja,' bekende hij zachtjes, als om de spanning die in de lucht hing af te zwakken.

'Naar de bioscoop,' herhaalde Meccia, nu zonder die ondervragende toon, omdat hij alleen tegen zichzelf sprak.

Toen zweeg hij.

Vitali haalde diep adem. Het ergste was voorbij, dacht hij. Nu de burgemeester wat rustiger was, kon hij misschien het andere onderwerp aansnijden: de woorden van de advocaat begonnen hem langzaam maar zeker weer voor de geest te komen.

Hoewel, bedacht hij.

In de positie waarin hij zich nu bevond was het de moeite waard de burgemeester het doorslaggevende duwtje te geven, kwistig met zijn cadeautjes te zijn.

'Daarna,' zei hij.

'Daarna?' vroeg de burgemeester.

Niets, ging Gerolamo verder, hij bedoelde dat daarna, als de kaartjes op waren, hij het hem maar hoefde te zeggen als er meer nodig waren.

Meccia had ze niet geteld. Dat deed hij nu.

'Overmorgen,' zei hij, aangezien het vrijdagochtend was, 'en de zondag daarop. Dan zijn ze al weer op.'

Vitali fronste.

Hij had ze wel tien keer geteld: er waren er vijftien, juffrouw Renata zou twee maanden gratis naar de bioscoop kunnen gaan.

'Als er vijftien zijn...' had hij glimlachend tegengeworpen.

Precies, er zijn er vijftien, bevestigde de burgemeester.

Aangezien Renata met vier of vijf vriendinnen, dat wisselde, op stap ging, zouden de kaartjes al met al na twee zondagen op zijn.

Op zijn hoogst drie.

'Althans als twee plus twee vier is,' besloot de burgemeester, met een beginnende glimlach.

Maar Vitali verbleekte.

Want hij zag de glimlach op Meccia's gezicht een vroege dood sterven.

De burgemeester had het nog niet gezegd of de twijfel had weer de kop opgestoken.

Hij fronste zijn voorhoofd, trok zijn wenkbrauwen samen.

Hij richtte een priemende wijsvinger op Vitali.

'Want mijn dochter gaat toch met haar vriendinnen naar de bioscoop?' vroeg hij. 'Is het niet?'

22

Een half uur.

Nee, bijna drie kwartier, stelde secretaris Carrè vast toen hij op zijn vestzakhorloge keek.

Gerolamo Vitali was nog steeds binnen.

Misschien had hij er geen goed aan gedaan, dacht hij. Misschien had hij overdreven met zijn optreden van daarnet.

Maar dat was nu eenmaal zijn karakter, impulsief, fel.

Ook daardoor had hij het in de oorlog nooit verder geschopt dan tweede luitenant. Bevel is bevel, dus dwong hij de soldaten in de aanval te gaan, stuurde ze het bloedbad in, joeg ze de loopgraven uit, zo nodig met een schop onder hun kont.

Daarna, als het voorbij was, speet het hem.

Hij was niet een van die kolonels of generaals die de soldaten als kanonnenvlees, als eigendom beschouwden.

En burgemeester Meccia zou zo geweest zijn, als hij een oorlog had moeten voeren.

Vandaar dat het gevoel van spijt dat hij nu ervoer louter en alleen Vitali gold, een naïeveling tenslotte, een soldaatje uit de loopgraven dat hij het slagveld op had gestuurd, de burgemeester tegemoet.

De hemel mag weten wat er in die envelop zat, overdacht hij.

Dat zou hij Gerolamo nog vragen.

Althans, als die het treffen met de burgemeester zou overleven.

23

Een half uur.

Nee, drie kwartier.

Vitali had het gecheckt op de staande klok die vanuit een hoek van de werkkamer met een doffe tik de minuten aangaf.

Hij moest aan het werk, zei hij, hij was al te laat.

Een half uur? wierp de burgemeester tegen.

Drie kwartier?

'Ik houd u de hele dag hier als u mij de naam niet zegt.'

Vitali schrok op.

O hemel, dacht hij, hij had zich mooi in de nesten gewerkt.

En eigenhandig.

Hij zou zich wel voor de kop willen slaan.

En Albina?

O jezus, Albina. Hij zou het haar moeten opbiechten en hoorde nu al haar eindeloze litanie: ik wist het, ik had het je nog zo gezegd.

Maar goed, wat moest hij nu tegen de burgemeester zeggen?

'Ik weet het niet,' zei hij.

'Dat geloof ik niet,' snauwde Meccia.

'Maar...'

'De naam!'

'Als de mensen...'

Hij wilde zeggen: als de mensen de bioscoop in kwamen was hij al in het hokje om de filmspoelen te installeren en om te checken of de projector in orde was. Dus kon hij niet zien wie er binnenkwam of wegging.

Maar:

'Ik geloof er niets van!' loste de burgemeester nog een schot, en trof doel.

Terecht dat hij het niet geloofde.

Want Vitali was weliswaar in het hokje om de spoelen en de projector te checken als de mensen binnenkwamen.

Maar zo gauw het licht in de zaal uit was, ging hij naar beneden en ging nieuwsgierig als een oud wijf, onzichtbaar in het donker, tegen de muur achter in de zaal staan om de laatste rijen te begluren, waar zich stelletjes nestelden met een voorkeur voor de nachtelijke scènes in de film omdat het duister in de zaal dan ondoordringbaar werd.

Zodoende had hij de dochter van de burgemeester betrapt, maar niet bedacht dat het stiekeme ontmoetingen waren.

'Weet u...' mompelde hij.

'Nee, geen donder!' onderbrak Meccia hem en sloeg met zijn vuist op tafel.

En met een vuurrood gezicht nam hij hem onder vuur.

'Vitali, ik waarschuw u,' zei hij, 'de naam óf je kunt je baantje van filmoperateur wel vergeten. Dwing me niet om onaangenaam te worden.'

Vitali voelde zich net als wanneer hij in het café kaartspeelde.

Als het moment van de laatste kaart aanbrak, was hij altijd een beetje bang. Want zijn partner schold hem vaak, bijna altijd, uit voor stomkop: wat ook zijn laatste kaart was, de ander zou beweren dat hij die eerder had moeten spelen. En het mooie was dat hij hem het wanneer, het hoe en het waarom uitlegde.

Nu was het net zo.

De naam wist hij uiteraard.

Maar hij aarzelde die te noemen, want zijn zwager... nog wel een paar maanden geleden... toen hij hem van die ontdekking verteld had... kortom, zonder al te veel in details te treden, had hem gewaarschuwd...

Hoe dan ook, hij had nu niet zijn zwager maar meneer de burgemeester voor zich.

Moest hij die kaart spelen?

Zou hij weer voor stomkop uitgescholden worden?

'Nou?' zei de burgemeester ongeduldig.

'Vittorio Barberi,' zei Vitali.

Secretaris Carrè was in twee sprongen bij de drempel van zijn kantoor. Ook hij, net als de andere ambtenaren die elkaar nu aankeken, had net een schreeuw uit de werkkamer van de burgemeester horen komen.

Niemand zei iets.

Op ieders gezicht stond een vraag geschreven.

Wat was er in godsnaam gebeurd?

24

I

Op 13 maart 1902, op achtentwintigjarige leeftijd, begeleid door zijn moeder Camelia Sartori en zijn vader cavaliere Renato, om tien uur 's ochtends, liep de toekomstige burgemeester van Bellano, Agostino Meccia, langzaam en tot in de puntjes gekleed, naar het hoofdaltaar van de kerk gewijd aan de heiligen Nazzaro en Celso, om de aankomst van Gerbera Neri, zijn toekomstige bruid, af te wachten.

De ceremonie zou om half elf beginnen, maar de rechterkant van de kerk, gereserveerd voor de familie van de bruidegom, zat al helemaal vol genodigden die bij binnenkomst van de jonge Meccia luidruchtig klapten.

Toen de kanunnik, die zich voor de plechtigheid stond voor te bereiden, het tumult hoorde was hij de sacristie uit gekomen om de aanwezigen te verzoeken meer respect te tonen voor de gewijde plaats. Hij had het vriendelijk gedaan, half grappend. Vervolgens had hij, alvorens de sacristie weer binnen te gaan, even een paar woorden gewisseld met de aanstaande bruidegom en de ouders respectvol begroet, hen overstelpend met felicitaties.

Hij had cavaliere Renato langdurig de hand geschud, tegen hem staan glimlachen alsof hij en niet zijn zoon de bruidegom was.

De zoon Agostino was dan wel de erfgenaam van het fortuin van de cavaliere, maar het beheer van het enorme fortuin was nog volledig in handen van de vader, inmiddels de vijfenzestig gepasseerd en al lang niet meer actief in de zakenwereld waarin hij zijn benijdenswaardige kapitaal had vergaard. Hij werd gerespecteerd en altijd vol eerbied behandeld door alle Bellanesen, die zich dikwijls tot hem wendden om raad over de meest uiteenlopende zaken of met het verzoek zijn invloed aan te wenden.

Zoiets had onlangs plaatsgevonden naar aanleiding van een kwestie die de Curie zeer na aan het hart lag, en verwoord werd door de kanunnik van Bellano.

Maanden eerder gebeurde het dat de kanunnik van Bellano aan Meccia senior de intentie had geuit om een voorstel aan het gemeentebestuur te doen dat van harte werd gesteund door de Curie: de hoofdkapel van het kerkhof te verkopen om die te veranderen in de Kapel van de Clerus, als definitieve rustplaats van de overleden en – wee ons – de huidige en de toekomstige kanunniken.

De cavaliere had de worsteling van de priester meteen begrepen.

Het gemeentebestuur was onlangs gekozen, was socialistisch georiënteerd en had de tegenpartij verslagen, aan welke laatste de kanunnik zonder al te veel geheimzinnigheid zijn steun had gegeven met toegespitste preken en persoonlijke adviezen.

De kanunnik vreesde nu, en terecht, een bot nee, of een zodanig buitensporig verzoek dat het neerkwam op een afwijzing.

Oude vos die hij was, had de cavaliere tegen de priester gezegd dat hij zich geen zorgen moest maken en hem de tijd moest geven de zaak nader te beschouwen.

Een idee had hij al.

Niet lang daarna was de eerste stap gezet.

Al een tijd wist Meccia dat Arcangelo Imberbi, commandeur van de koning, rijk geworden met de exploitatie van steengroeves die hij zo'n beetje overal langs het meer had van plan was een eigen familiekapel te laten bouwen op het hoogste punt van het kerkhof, op terrein dat eigendom was van de Curie.

Hij zei altijd dat hij per se daar wilde, zodat hij ook na zijn dood van het uitzicht op het meer kon genieten. Hoe dan ook, het in gang zetten van het project werd maand na maand uitgesteld, misschien wel puur uit bijgeloof.

De cavaliere vond dat het tijd werd het getalm te doorbreken en had dat aan zijn vriend de commandeur gezegd. Meccia had hem echter voorgesteld niet direct met de Curie over de aankoop van het terrein te onderhandelen. Maar liever met de gemeente om de hoofdkapel te kopen, die hij dan later met de kanunnik kon verruilen.

De commandeur had erover nagedacht maar zag er ten slotte van af, met als verklaring dat hij er nog niet aan toe was om over zo'n toekomst na te denken.

'In feite,' had hij gezegd, 'maakt het na je dood niet zo veel uit of je uitkijkt op het meer of op de wortels van de planten die boven je hoofd groeien.'

Meccia had de moed niet verloren.

Hij had er een tijdje overheen laten gaan en was weer aan de slag gegaan met een nieuw voorstel waarin de commandeur zich deze keer helemaal kon vinden. Het plan was nog altijd om van de gemeente de hoofdkapel te kopen en die later te verruilen voor het terrein van de Curie.

Maar, en dat was het slimme van de zaak, in plaats van er zijn eigen kapel op te bouwen, moest de commandeur het terrein simpelweg vast houden. Want vroeg of laat zou het kerkhof uitgebreid moeten worden en aangezien het niet naar beneden kon uitdijen zou het naar boven moeten. Zijn terrein zou dus al snel minstens twee keer zo veel waard zijn.

De zaak was tot een goed einde gebracht en in februari 1902 had het gemeentebestuur al twee voorstellen tot aankoop van het terrein in kwestie ingediend die de commandeur niet eens in overweging had genomen, van oordeel dat hij een veel betere prijs kon krijgen.

Als de waardering die Meccia senior kreeg voortkwam uit zijn grondige kennis van mensen en zaken en uit zijn bemiddelaarskwaliteiten, dan werd de eerbied voor hem gevoed door zijn onstuimige en exuberante karakter en door de ondernemingen die de cavaliere, zijn instincten volgend, tot een goed einde had gebracht.

Met het laatste avontuur had de naam van Renato Meccia de kranten gehaald, hoofdschuddend bekeken door die paar jaloerse mensen die hadden willen zijn zoals hij.

Dat was op 27 april 1901 geweest toen hij in een auto, model BI gebouwd door het bedrijf Panhard & Levassor en voor de gelegenheid gekocht, samen met dertig andere coureurs had deelgenomen aan de eerste Italiaanse autorally, georganiseerd door de *Corriere della Sera*.

Over een parcours van 1642 kilometer had cavaliere Meccia Genua, La Spezia, Florence, Siena, Rome, Terni, Perugia, Fano, Rimini, Cesena, Bologna, Padua, Vicenza, Verona aangedaan en was ten slotte op 11 mei in Milaan over de finish gegaan.

Het was een buitengewone prestatie die zeker niet onopgemerkt was gebleven en waarvan de cavaliere een logboek had bijgehouden dat in afleveringen gepubliceerd werd in de *Resegone*, het katholieke weekblad van Lecco. Dit had ertoe bijgedragen de legende te voeden dat hij een man was die alles kon en misschien ook mocht.

Onder de vleugels van zo'n vader was Agostino een beetje in de schaduw opgegroeid en die 13e maart stal hij voor het eerst de show, nu niet zijn vader maar hij eindelijk in het middelpunt van de belangstelling stond.

II

'In mijn herinnering was ze knapper,' was het commentaar van cavaliere Meccia geweest, toen hij naar het oor van zijn vrouw boog direct nadat hij een blik had geworpen op de toekomstige bruid die klokslag half elf de kerk was binnengekomen, min of meer hangend aan de arm van haar vader.

Het meisje had tot een maand geleden met een zekere regelmaat het huis van haar toekomstige schoonouders bezocht.

Daarna had ze zich niet meer vertoond.

Agostino had haar een week niet gezien.

Hij was op afstand gehouden door haar moeder, eerst met de brave toelichting van een zekere buikpijn waarvan de jongeman pas na een tijdje de oorzaak begreep.

Later met het excuus dat de traditie het zo wilde: de bruid zien op de vooravond van het huwelijk bracht ongeluk.

Met haar blik strak gericht op het beeld van Christus aan het kruis dat boven het hoofdaltaar prijkte had Gerbera Neri haar plaats naast haar toekomstige bruidegom bereikt. Ze keek niet naar rechts, ze keek niet naar links, het gedeelte waar intussen haar genodigden plaats hadden genomen.

Bij de bidstoel aangekomen stortte ze erop neer, sloeg haar handen voor haar gezicht en bleef zo zitten tot het moment dat de kanunnik, tien minuten te laat, uit de sacristie was gekomen om met de plechtigheid te beginnen.

III

Ook de priester had er volgens hem anders uitgezien.

De cavaliere had zich weer naar het oor van zijn vrouw gebogen, en had het haar gezegd.

'Wat is er mis met hem?' had ze gevraagd.

'Niets,' had hij geantwoord.

Maar toen hij even eerder naar hen toe was gekomen en hen had begroet, was hem niet opgevallen dat de priester zo bleek was.

En er was hem ook niets opgevallen aan zijn voorhoofd, dat nu wel een wegennet van rimpels leek.

Om de waarheid te zeggen, en daarna zou hij zijn mond houden totdat de plechtigheid was afgelopen, leek het wel of hij in iets meer dan tien minuten baardstoppels had gekregen; misschien was dat het effect van zijn bleekheid of misschien lag het aan hemzelf omdat hij daarnet niet goed had gekeken.

Camelia had haar man vol begrip aangekeken.

Ze was heel erg dol op deze zo onvoorspelbare man, ze kende al zijn slechte en al zijn goede kanten.

'Houd eens op met deze muggenzifterij,' had ze gezegd. 'Vandaag trouwt onze enige zoon. Het is een blijde dag en daar moet je met volle teugen van genieten.'

De cavaliere had instemmend geknikt en had ten overstaan van iedereen, zonder zich er iets van aan te trekken dat hij in een kerk was, een klapzoen gegeven op het voorhoofd van zijn vrouw.

Toen had hij zich omgedraaid naar de genodigden en met uitgespreide armen gezegd:

'Laat hij zich ook maar te gronde richten,' wat een onderdrukt gelach veroorzaakte.

Ten slotte had hij zijn blik weer gericht op de priester die de huwelijksmis opdroeg.

Hij bleef zo zijn bedenkingen houden.

IV

De kanunnik was gewaarschuwd.

Klokslag half elf was iemand de sacristie in gekomen.

Hij was van buiten de stad.

Hij had zich gekwalificeerd als familie van de bruid.

Oom, had hij gezegd: broer van de vader.

Hij was als een dief binnengeslopen, was in een hoek gaan staan, had gewacht tot de priester met al zijn paramenten getooid was.

Toen had hij een gebaar naar hem gemaakt.

De kanunnik had ook met een gebaar de misdienaars weggestuurd en was naar de man toe gelopen.

'Eerwaarde,' had die gezegd.

Zijn stem trilde.

'Tijdens de plechtigheid kunnen er problemen rijzen,' had hij daar in één adem aan toegevoegd.

De kanunnik was als door de bliksem getroffen.

Hij had het begrepen. Maar wilde dat niet.

'Welke?' had hij gevraagd, om maar wat te zeggen.

De ander had het hem uitgelegd.

Och lieve hemel, was het commentaar van de kanunnik geweest terwijl hij bleek wegtrok.

De ander was weggeslopen.

Hij was alleen achtergebleven.

Vol twijfel.

Het kon toch niet waar zijn? had hij zich afgevraagd.

Was het misschien een grap? Een flauwe streek, daarbij godslasterlijk, een duivelse list om dat huwelijk, op zich al uitzonderlijk, nog bijzonderder, onvergetelijker te maken?

Maar wie kon er zo onbezonnen zijn zo'n gemeen complot te smeden?

De kanunnik had enkele minuten handenwringend gewacht, in de hoop weer even kalm en sereen te worden als voor de binnenkomst van die man in de sacristie.

Maar, had hij zich afgevraagd, dat zijn toch niet te tolereren grappen?

Zo ging je toch niet om met een gewichtig sacrament als het huwelijk?

Ondanks alles was hij bereid geweest hem of hen die zo'n leugen verzonnen hadden te vergeven.

Hij was overal toe bereid, als de informatie maar kletskoek was.

En later, tijdens het huwelijksdiner, er zelfs om te lachen.

Maar toen hij eindelijk bij het altaar was verschenen en het bruidspaar welkom had geheten, had hij meteen begrepen dat het helaas geen grap was, naar het gezicht van Gerbera, de sombere blik en de wallen onder haar ogen te oordelen.

Niemand had iets verzonnen.

Het was allemaal waar.

En binnen afzienbare tijd zou de waarheid zich luid en duidelijk aan de aanwezigen openbaren.

V

Het 'nee' dat Gerbera Neri had uitgesproken was kort maar krachtig.

Het was gevallen halverwege het rituele zinnetje.

'Wilt u, Gerbera Neri, voor uw wettige echtgenoot aanvaarden de hier aanwezige...' had de kanunnik met onzekere stem ingezet.

'Nee.'

Het was als een bom ingeslagen in het geroerde zwijgen van de genodigden, zonder die aan te tasten.

Daarvoor was het al stil geweest, zo ook daarna.

Het meisje was van plan geweest het schot te lossen aan het eind van de rituele vraag.

Toen het moment was aangebroken was ze maar net iets te vroeg geweest omdat ze de spanning niet langer aankon.

De kanunnik had zijn woorden meteen onderbroken.

Hij had een zucht van verlichting geslaakt. Het was voor hem ook niet gemakkelijk geweest.

Toen had hij een vluchtige blik geworpen op de aanwezigen.

In het gedeelte van de genodigden van de bruid zat een groot aantal met gebogen hoofd, de ogen gesloten.

Over het gezicht van de moeder van Gerbera stroomden tranen, de vader keek wanhopig. Misschien hadden ze tot het laatst gehoopt dat het niet zou gebeuren.

Aan de linkerkant had het merendeel van de genodigden een verbijsterde blik, zat met gestrekte hals alsof ze vol ongeloof wachtten om dat botte 'nee' weer te horen, dat daarnet nog als een korrel hagel op hen neer was gekomen.

Achter in de kerk had zich één enkele stem verheven.

'Waarom gaat de eerwaarde niet door?'

Het was de gerechtvaardigde vraag van een van de vele kwezels die weliswaar niet voor het huwelijk waren uitgenodigd, maar zich geen plechtigheid of wat voor mis dan ook door de neus lieten boren.

In de ijzige stilte was de vraag over de hoofden van alle gasten heen ten slotte neergedaald bij het bruidspaar.

Dat was het moment waarop Gerbera een goed van pas komende flauwte had gefingeerd, mijnheer de priester zijn ogen smekend ten hemel had geslagen en in de voort durende stilte een lachbui klonk die met moeite werd bedwongen in de borstkas waar die ontstaan was.

Velen hadden hun blik op cavaliere Meccia gericht die zo reageerde op de ramp die zich voor zijn ogen voltrok.

VI

Even later had in de sacristie een melodramatische bijeenkomst plaatsgevonden, waarbij de kanunnik, cavaliere Meccia en zijn vrouw, de mislukte bruidegom, die nog geen woord kon uitbrengen, en de vader van Gerbera aanwezig waren.

De moeder van het meisje had het af laten weten. Zo gauw het meisje uit haar flauwte bij leek te komen, was ze meteen met haar naar huis gegaan.

'Hoe is het mogelijk?' had de kanunnik gevraagd.

Vader Neri, ter verantwoording geroepen, had geen keuze.

Al sinds een maand, had hij opgebiecht, had het meisje hem te denken gegeven.

Ze was veranderd.

Ze at bijna niets meer, kon niet slapen.

Was lelijk geworden.

Hij en zijn vrouw hadden haar zonder succes aan de tand gevoeld.

Een week voor de bruiloft had ze gevraagd haar toekomstige echtgenoot elk bezoek te beletten.

Toen haar om uitleg was gevraagd had Gerbera alleen maar haar schouders opgehaald.

Het had zijn vrouw veel fantasie en geduld gekost om smoesjes te verzinnen die haar verloofde moesten overtuigen.

Vanochtend vroeg, de zon was nog niet op, had Gerbera hen ten slotte naar de keuken ontboden en hun verteld wat ze van plan was te doen.

Ze dachten dat ze stierven.

Ze hadden gedacht dat het een grap was.

Tot voor kort hadden ze gehoopt dat het meisje hen voor de gek had willen houden.

Maar...

'Gedane zaken nemen geen keer,' had cavaliere Meccia bepaald, Neri onderbrekend. 'Zand erover.'

'En wat doen we nu?' had mevrouw Camelia aangevoerd.

Neri wist niet wat hij daarop moest zeggen.

Ook voor hem was het nee van zijn dochter op het huwelijk met Agostino een klap in het gezicht geweest waar hij met moeite van herstelde.

'Ik weet het,' had mevrouw Camelia toen gezegd.

'Werkelijk?' had de vraag van haar echtgenoot geluid.

Geen spoortje ironie in de toon.

Nee, zelfs bewondering.

'Zoiets kan hier beter niet aan de grote klok gehangen worden,' had de vrouw gezegd.

'Dat zal niet gemakkelijk zijn,' had de kanunnik te berde gebracht. 'Hoe wilt u dat voorkomen?'

'Zo,' had Camelia geantwoord.

Een en al spitsvondigheid straalde ze nu uit.

Vóór alles moest er een geloofwaardige verklaring voor het betreurenswaardige incident gegeven worden.

'En wel deze,' had Camelia voorgeschreven.

Er moest een gerucht verspreid worden dat Agostino een paar maanden geleden verliefd was geworden op een andere vrouw.

Uit fatsoen had hij zijn verloofde meteen van het feit op de hoogte gebracht. Aangezien hij een jongeman van eer was had hij toch zijn trouwbelofte niet willen intrekken. Hij had verklaard desondanks in het huwelijk te willen treden. Hij zou een trouw en zorgzaam echtgenoot zijn, en zijn liefde voor de andere vrouw vergeten.

Gerbera had aanvankelijk geen bezwaren, ze hechtte te veel waarde aan hun huwelijk.

Maar toen de tijd begon te dringen had ze beseft dat het niet juist was hun twee jonge levens een dergelijke opoffering op te leggen en dus had ze, dappere vrouw die ze was, dat allerlaatste moment benut om hen beiden in vrijheid te stellen.

'Iemand zou kunnen opperen dat ze dat wel eerder had kunnen doen,' had de kanunnik opgemerkt.

'Wij,' had Camelia weerlegd, 'moeten een verklaring verschaffen waar niet aan te tornen valt. We moeten ons in geen geval aan een verhoor onderwerpen. De eventuele bezwaren betreffen ons niet. Dus...'

Ze was doorgegaan.

Haar zoon Agostino zou vanavond nog de stad verlaten.

Ze had al bedacht naar wie ze hem toe zou sturen: naar een heeroom in Val Travaglia, met het categorisch imperatief daar zes maanden te blijven – wat lang genoeg zou zijn om kletspraatjes en nieuwsgierigheid te doen bedaren – en met echtgenote en al in de stad terug te komen. De heeroom zou hem een handje helpen een deugdzaam meisje te vinden om naar het altaar te voeren.

'Al met al,' had ze benadrukt, 'zijn vrouwen onderling verwisselbaar en het is niet gezegd dat wat ons nu een ramp lijkt in de toekomst een gelukstreffer zal blijken te zijn. Ten slotte...'

Ze had ook over het bruidje nagedacht.

Ook het meisje moest een tijd uit de stad verdwijnen.

Zes maanden was voor haar ook gepast. Ze kon in een klooster gaan, waar ze ook nog eens de kans zou krijgen na te denken over de ellende die ze had aangericht.

Hoe dan ook: ze kon gaan en staan waar ze wilde, zolang ze zich maar niet liet zien voordat Agostino met een echtgenote terug was in Bellano.

Aan het eind van mevrouw Camelia's betoog kon je in de sacristie een speld horen vallen.

Agostino was verbijsterd, cavaliere Meccia vol bewondering voor de slimheid van zijn vrouw.

De kanunnik liet het programma nog eens de revue passeren, terwijl vader Neri, wiens mening iedereen wilde horen, nog even niets wilde zeggen.

En weer was het Camelia die hem stof tot nadenken had aangereikt.

'In plaats van deze oplossing,' had ze gezegd, 'is er natuurlijk een andere. We laten het schandaal over ons heen komen. Wíj hebben niets te vrezen en de rechtbanken zullen er geen moeite mee hebben om vast te stellen wie schuld heeft aan het verbreken van de huwelijksbelofte.'

Dat had vader Neri weer wakker geschud.

'Het lijkt me een verstandig plan,' had hij gezegd.

'Dat wil ik wel geloven,' had Camelia opgemerkt.

'Is alles nu duidelijk?' had de kanunnik gevraagd.

'Nee,' had Camelia geantwoord.

En ze keek de vader van haar misgelopen schoondochter recht in de ogen.

'Nu we toch onder ons zijn,' had ze gevraagd, 'zou ik graag willen weten wat zich in hemelsnaam in het hoofd van uw dochter heeft afgespeeld.'

Neri was wit weggetrokken.

Hij had gezucht.

'Ik ook,' had hij zachtjes gezegd.

En dat was waar, hij wist het niet.

VII

Het was allemaal zo gegaan zoals mevrouw Camelia had bepaald.

Bijna helemaal.

In de eerste week was het mislukte huwelijk van mond tot mond gegaan.

Maar de afwezigheid van het gemankeerde bruidspaar had er ruimschoots toe bijgedragen de met opzet in omloop gebrachte suikerzoete versie van de feiten geloofwaardig te maken. Na een maand had niemand meer zin erover te praten, de gebeurtenis was in het vergeetboek geraakt.

Bij iedereen, behalve bij mevrouw Camelia, bij wie het bleef knagen, maar ze vermeed met haar man erover te praten. En bij vader en moeder Neri die dagelijks hun dochter met vragen bleven bestoken.

Want Gerbera had van begin af aan geweigerd zich in een klooster of ergens anders te verschuilen.

Op de tegenwerping van de vader:

'Als we ons niet aan de afspraak houden, slepen ze ons voor de rechter.'

Had ze geantwoord: 'We leven al een tijdje niet meer in de middeleeuwen.'

Ten slotte had ze, om van het gezeur van haar moeder af te zijn, ermee ingestemd die zes met de Meccia's overeengekomen maanden in afzondering thuis door te brengen.

Aan het eind daarvan, als Agostino met zijn vrouw in zijn kielzog terug was in de stad, had ze verklaard, zou ze zich vrij voelen om naar eigen goeddunken te handelen en haar toekomst zelf te bepalen.

Wat die toekomst zou zijn, had ze niet onthuld.

Ondanks de herhaaldelijke vragen van de ouders had Gerbera niets gezegd over de redenen die haar ertoe gedreven hadden dit uitmuntende huwelijk af te blazen.

'Als ik mijn straf heb uitgezeten zullen jullie het weten,' had ze gezegd.

En dat was het.

VIII

Eind augustus 1902 had heeroom in een lange brief vader en moeder Meccia, *magno cum gaudio*, aangekondigd dat hun zoon Agostino eindelijk een meisje naar zijn smaak had gevonden. Van goede familie, dochter van een industrieel uit Varese, met een goede christelijke moraal, voorzien van een aanzienlijke bruidsschat.

Ze heette Evangelia Priola, en als de ouders ermee instemden was de zoon van zins zich snel te verloven en nog voor de advent in het huwelijk te treden.

Als commentaar bij het nieuws over zijn neef liet heeroom weten dat de jongen volledig tot rust was gekomen na zijn onaangename ervaring die hem naar zijn huis had gevoerd.

Na de beginfase was hij zelfs nooit meer op het onderwerp teruggekomen.

En wat was dit anders, schreef de priester, dan een onmiskenbaar teken dat die liefde niet meer was dan een dwaallicht, waarschijnlijk gedoemd om slecht af te lopen?

Tot staving van deze veronderstelling voerde de heeroom aan dat Agostino, een paar dagen geleden nog in een gesprek met hem de wens had geuit dat het huwelijk door de heeroom persoonlijk ingezegend zou worden en dat de getuige dezelfde moest zijn als die hij in maart had uitgekozen en die van nabij de schijnvertoning met Gerbera had meegemaakt.

Een goed en verstandig plan, had de priester als commentaar gegeven. Dat zou de theorie over het niet voltrokken huwelijk die direct daarna was verspreid versterken.

Wat was er immers beter dan een getuige die ten slotte met eigen ogen zag dat Agostino goed terecht was gekomen en dat bovendien rond ging vertellen?

De brief had de twee Meccia's verheugd.

Mevrouw Camelia weliswaar meer dan de oude man. Hij was namelijk een nieuw autoavontuur aan het voorbereiden en had na lezing van de missive als commentaar gegeven:

'Als hij maar trouwt. En laat het deze keer ook gebeuren!'

De taak om Jacopo Barberi, de vriend die Agostino als getuige had aangewezen, voor te bereiden was toevertrouwd aan mevrouw Camelia, die vol tevredenheid eindelijk haar genoegdoeningsplan uit zag komen.

IX

Barberi was een van de vele vrienden van Agostino Meccia.

Niet de beste of de dierbaarste, maar hij had zich om twee redenen het recht verworven getuige te mogen zijn.

Ten eerste was hij de schipper van de *Bella Elena*, een tweemaster in bezit van de Meccia's die, toen de vader zijn hartstocht voor zeilen eerst door paarden en vervolgens door motoren verving, exclusief ter beschikking van Agostino kwam te staan. Omdat de knul niets te doen had was hij maar in afmattende zeiltochten over het Comomeer heen en weer gaan varen. Soms bleef hij zelfs drie of vier dagen van huis. Barberi ging altijd met hem mee: hij was zijn officiele stuurman, in betaalde dienst voor de tijd dat hij op het water was, ver weg van de bakkerij van zijn vader, die niet blij was met al de tijd die verspild werd aan dat lanterfanten op het meer, maar zich niet durfde te verzetten tegen de wens van een zo hooggeplaatste zoon.

De tweede reden was gerijpt in de loop van 1901.

Gerbera Neri woonde tegenover de bakkerij van Barberi. Jacopo kende haar vanaf de allerprilste leeftijd en Agostino had haar via hem leren kennen.

De jonge Meccia had zijn oog laten vallen op het meisje dat in haar vaders kleermakerij in de Via Porta werkte.

Barberi was de bezorger van de eerste briefjes geweest die Meccia junior aan het meisje had gestuurd.

Hij was de bode geweest die bij haar vader een uitnodiging voor een zeiltochtje bezorgde.

En alweer hij had garant gestaan voor de deugdzaamheid van Meccia bij de kleermaker, die pas zijn toestemming had gegeven na zijn belofte dat hij hen niet uit het oog verloor.

Het was een dramatisch tochtje geworden.

Want op de terugweg, toen het middaglicht al vervloeide tot avondschemer, halverwege Menaggio en Bellagio, werd de *Bella Elena* overvallen door een zware storm die het grootzeil aan flarden had gescheurd, waardoor ze voor anker hadden moeten gaan in de haven van Grand Hotel Villa Serbelloni.

Het drietal had daar op kosten van Agostino de stormnacht doorgebracht, terwijl de respectieve ouders wanhopig en dan weer vloekend op de uitkijk hadden gestaan op de pier van Bellano.

Bij thuiskomst, de volgende ochtend, werden de zeilers met meer omhelzingen dan boze woorden verwelkomd.

Het optreden van Barberi was dan ook onberispelijk geweest; dankzij hem waren de opvarenden niet blootgesteld aan nutteloze, wellicht fatale risico's.

In die sfeer van algemene opluchting was de basis gelegd voor de verloving van Agostino Meccia en Gerbera Neri.

X

Jacopo Barberi leek op zijn moeder.

Hij had rood haar, felblauwe ogen, en een gezicht vol sproeten.

Bij de onverwachte confrontatie met mevrouw Camelia was hij wit weggetrokken. Zijn ogen waren nog feller geworden en het was net of de sproeten, nog opvallender door zijn bleekheid, zich vermenigvuldigden.

Bij de woorden van de vrouw, na het horen van het verzoek, was hij nog witter geworden.

Waarom hij weer? had hij gevraagd.

Vol overredingskracht had mevrouw Camelia het uitgelegd.

Maar mocht die verklaring niet genoeg zijn geweest, dan had Agostino Meccia die letterlijk bekrachtigd op de ochtend van het huwelijk, dat op 12 oktober 1902 was voltrokken.

Meccia had het overduidelijk uitgesproken. En wat zijn moeder voorzichtig te verstaan had gegeven daar had hij omstandig over uitgeweid, met een overdaad aan details.

Namelijk dat het tot iedereen nu eens moest doordringen dat Gerbera hem die dag een grote dienst had bewezen, waardoor hij dat had gekregen wat hem, vanwege een erekwestie, anders nooit ten deel was gevallen.

'Ik zou een standbeeld voor dat meisje moeten oprichten,' had Agostino verklaard.

Jacopo had de woorden van zijn vriend met intens veel genoegen aangehoord.

Hij was onberispelijk geweest in de rol van getuige van de bruidegom en had vrolijk deelgenomen aan het huwelijksdiner.

's Avonds, weer terug in Bellano, was hij meteen naar het huis van de kleermaker gegaan en had daar naar Gerbera gevraagd.

'We hoeven ons niet meer te verbergen,' had hij tegen haar gezegd. 'Ik weet nu absoluut zeker dat Agostino alleen met je getrouwd was om zich aan zijn belofte te houden.'

'O ja?' had het meisje gevraagd.

'Ja,' had Jacopo bevestigd, 'dat heeft hij mij zelf gezegd. En hij meende het oprecht, geloof me maar, want ik ken hem goed. Hij was helemaal niet in jou geïnteresseerd.'

'Wat gaan we nu doen?'

'We gaan door met waar we die avond gebleven zijn,' had hij geheimzinnig geantwoord, maar hij had wel een veelbetekenende blik naar Gerbera geworpen.

XI

Waar Jacopo op had gezinspeeld was de avond van de overleefde schipbreuk.

De vonk was toen overgeslagen.

Na de maaltijd.

Toen ze alledrie, uitgeput, verkwikt en opgebeurd na het gevaar naar hun respectieve kamers waren gebracht.

Bij de deur van de zijne had Agostino beiden een goede nacht gewenst.

Zij hem ook, toen hadden hun blikken elkaar gekruist.

Lichtgevend, bijna koortsachtig die van Jacopo.

Donker en warm die van Gerbera.

De suggestie gewekt door het kant en fluweel waarmee het hotel was ingericht, de geur van comfort, de hoffelijkheid van het personeel, dat alles leek wel speciaal gemaakt om de betekenis van die blikken te begeleiden.

Ze waren beiden met een licht gemoed hun kamer in gegaan en dankten de tegenspoed die hen daarheen had gevoerd. Ze hadden onrustig geslapen in een bed dat geurde naar pasgewassen lakens. Apart, maar al bereid tot elkaar te komen.

Een enkele blik had volstaan om ook de volgende ochtend elkaar te begrijpen.

Maar nu was het Agostino geweest die, na de complimenten over de ontsnapping aan het gevaar, het meisje aan zijn ouders had voorgesteld en inderdaad met één blik de trouwe stuurman naar huis had gestuurd.

De herfst was inmiddels ingetreden; de tijd voor zeiltochtjes maakte zich voor dat jaar op om afscheid te nemen. Nu brak de tijd aan voor diners, voor huisbezoeken bij deze of gene: de periode van eindeloos gebabbel dat voor de hogere kringen de monotonie van het winterseizoen moest doorbreken.

Gerbera had zich van de ene dag op de andere aan Agostino's arm bevonden, hoofdrolspeelster in een niet te stuiten maalstroom van diners en tea parties waar ze ieders ogen op zich voelde rusten.

Soms had ze het gevoel gehad dat het allemaal veel te snel ging. Ze had de rem willen aanhalen. Dat was haar niet gelukt, want Meccia junior stevende in zijn triomfmars als een stoomwals op hun verloving af. Toen die aangekondigd werd konden de ouders van Gerbera hun oren niet geloven.

Gekust door het lot had haar moeder het genoemd, waarmee de deur van de gevangenis waar het meisje zich naar haar gevoel in bevond voor de zoveelste keer nog vaster op slot werd gedraaid.

Af en toe zagen zij en Jacopo elkaar.

Geen van beiden durfde iets te zeggen.

Ze keken elkaar aan.

Intense, veelzeggende blikken.

De avond van 13 maart 1902, een paar uur na het afgeblazen huwelijk, waren die blikken verwoord.

'Ik heb het voor jou gedaan,' had Gerbera in de deuropening van de kleermakerij gezegd, vlak voor ze zich in het huis terugtrok om de confrontatie met haar ouders aan te gaan.

'Voor ons,' had ze er ogenblikkelijk aan toegevoegd.

'Ik weet het,' had Jacopo geantwoord. 'En wat nu?'

Nu?

'Wie zal 't weten!' had Gerbera geantwoord terwijl ze in het duister van de kleermakerij verdween.

Wie kon het weten?

XII

Op de ochtend van 15 februari 1903 had Jacopo Barberi zich om een uur of tien bij het huis van Agostino gemeld.

Meccia was inmiddels al weer drie maanden terug in Bellano, met zijn vrouw Evangelia. Hij had geen andere bezigheid dan steeds weer nieuwe uitwegen vinden om de avond te halen en dan zuchtend het programma te maken voor de volgende dag.

Toen Agostino Barberi zag had hij meteen zin gekregen de oude gewoonte van die eindeloze zeiltochten in ere te herstellen. Maar Evangelia had haar onoverwinnelijke afkeer van het meer, nog afgezien van de vissen eruit, aan hem kenbaar gemaakt. Bovendien had dat gezeil hem op een te harde manier kunnen herinneren aan de smadelijke nederlaag die hij het jaar daarvoor had geleden. Misschien, was door hem heen geschoten, had hij de *Bella Elena* beter kunnen verkopen om zich aan andere sporten te wijden: alpinisme bijvoorbeeld, of de autosport waar zijn vader helemaal aan was verslingerd.

Jacopo had zich op zijn paasbest gekleed.

Hij droeg een pak van zwart laken dat Gerbera's vader voor hem had vermaakt.

Zo uitgedost ervoer Barberi de gêne van mensen die zich in een pak ingekapseld voelen en zich bewegen als marionetten, omdat ze niets anders gewend zijn dan werkkleren te dragen.

Toen Agostino hem daar zag staan, vroeg hij zich af hoe hij zo'n lomperik als getuige voor zijn huwelijk had kunnen vragen.

Hij vroeg hem wat hij van hem wilde.

'Ik moet je om een gunst vragen,' had Jacopo geantwoord. 'Een enorme gunst.'

Agostino had zich er al een voorstelling van gemaakt.

Geld, had hij gedacht.

Jacopo kwam om geld vragen.

Dat deden ze allemaal op die manier, het leek wel een draaiboek. Ze dienden zich halverwege de ochtend aan – de hemel mag weten waarom – in hun beste pak, ze gedroegen zich lomp en deden aanvankelijk geheimzinnig.

Dan, na duizenden aarzelingen, kwamen ze met het bedrag op de proppen.

Hoeveel zou Jacopo willen? had hij zich afgevraagd.

Hij zou het hem niet kunnen weigeren.

Maar zou het bedrag wel gehalveerd hebben, wat het ook was.

Barberi had zijn gedachtegang onderbroken.

'Ik zou je willen vragen,' had hij gezegd, 'of je mijn getuige wilt zijn.'

Agostino had zich in eerste instantie dus vergist.

Getuige? Waarvan?

Van mijn huwelijk natuurlijk! had Jacopo verhelderd.

'Ah, jij gaat dus ook trouwen!' had Meccia uitgeroepen.

Hij dacht dat hij dat wel wist, had Barberi gezegd. Dus… ja… dat was al een tijdje bekend in het dorp.

Dat kan best, had Meccia daartegen ingebracht. Maar hij ging niet zo veel met de mensen uit het dorp om…

Dan wist hij dus ook niet met wie hij ging trouwen, had Jacopo opgemerkt.

Agostino had een geeuw onderdrukt.

Nee, dat wist hij niet. Wie was de gelukkige?

Lachend had Jacopo geantwoord dat het degene was voor wie hij een standbeeld had willen oprichten.

Agostino had eerst uit beleefdheid geglimlacht, maar alleen omdat hij de toespeling niet meteen begrepen had.

Wat had dat te bete…

Hij had zichzelf onderbroken. Hij had zijn ogen samengeknepen. Een standbeeld. Het kwartje was gevallen.

Zijn mond was opengezakt.

Er was een koude rilling over zijn rug gegaan.

Hij had zich verontschuldigd, was naar de keuken gevlucht en had een hartversterkertje achterovergeslagen.

Maar hij kon niet anders dan het spel meespelen.

Was teruggegaan.

Had ja gezegd.

Sterker nog:

'Met veel genoegen,' had hij bevestigd.

De lijdensbeker werd tot op de bodem leeggedronken.

De laatste druppel was de kus die hij als getuige aan Gerbera had gegeven, na het 'ja' dat ze hem had ontzegd.

25

Had mijnheer de burgemeester soms iemand geroepen?

De nagalm van de schreeuw hing nog in het kantoor.

'...eri... eri...'

Maar als hij iemand had geroepen, wie dan?

Er was niemand op het gemeentehuis wiens naam eindigde op 'eri'.

De secretaris, Carrè.

De typiste met vele dienstjaren achter de rug, Bianchi.

De juffrouw van het bevolkingsregister, Aliboni.

De ambtenaar van de afdeling boekhouding, Vitali.

De bode, Sbercele.

Het opengaan van de deur van de kamer van de burgemeester, gevolgd door het geluid van voetstappen, verbrak de stilte. Slepende voetstappen. Die van Vitali, die om het gemeentehuis te verlaten en eindelijk naar zijn werk te gaan wel langs de ambtenaren en de secretaris moest.

Vitali liep voorbij.

Met gebogen hoofd.

Terneergeslagen.

Zonder te groeten.

Zo van achter gezien, zoals secretaris Carrè deed, leek het zelfs of hij een bochel had gekregen.

'Nou ja,' zei hij zachtjes: jammer dat hij niet in de envelop had gekeken.

Nu moest de burgemeester nog naar buiten komen.

Die ze, zijnde wie hij was, zeker niet konden gaan zitten aanstaren zoals ze bij Vitali gedaan hadden, alsof het een zeldzaam dier was.

Met een hoofdgebaar naar de ambtenaren liet Carrè weten dat ze er goed aan zouden doen als ze hun ogen op hun bureau richtten en de gebeurtenissen afwachtten.

Zoals wanneer aan het front de vijand begon te schieten en hij zijn soldaten de opdracht gaf dekking te zoeken.

26

Ze moest het tegen iemand zeggen.

Wilde dat.

Een gevoel dat ze sinds een paar maanden met zich meedroeg, in haar hoofd en in haar hart, maar ook in haar maag, en nog lager, een gevoel van vreugde dat gedeeld moest worden.

Alleen dan zou ze de smaak ervan ten volle proeven.

Maar tegen wie?

Renata had haar vriendinnen meteen verworpen. Sinds ze verliefd was geworden op de zoon van Jacopo Barberi en Gerbera Neri, vond ze hen maar domme rebbelgansjes.

Tegen haar moeder?

Daar zou ze gezucht en zorgelijke blikken, allerlei lastige vragen en goede adviezen voor terug krijgen.

Tegen haar vader?

Geen denken aan.

Hij zou meteen ook over haar zaken de burgemeester gaan spelen, wikkend en wegend, met een gewichtigheid waar ze altijd een beetje om moest lachen.

Te zijner tijd, als ze honderd procent zeker was van het gevoel dat nu behoorlijk sterk en ongetemd was, zou hij het ook mogen weten.

Maar ze moest het aan iemand vertellen om te genieten van haar woorden die het allemaal verklaarden, het hoe en waarom, het waar en wanneer.

Tante Rosina, de oude vrouw die alleen volgens de gegevens van het bevolkingsregister oud was, had Renata de aangewezen persoon geleken om in vertrouwen te nemen.

Deze tante Rosina had het al door, zonder dat Renata haar iets gezegd had.

Ze had veel meegemaakt in al de jaren die ze achter zich had liggen. Maar die waren snel voorbijgegaan. Zo snel dat de mooie jaren van haar jeugd zich naar haar gevoel eergisteren hadden afgespeeld. Als ze erop terugkeek zag Rosina ze nog glashelder voor zich.

In geuren en kleuren. Ze zag weer de mooie dingen die ze had meegemaakt, de gevoelens, de liefdes.

Ze vond de tekenen, de aanwijzingen.

Zoals op het gezicht van Renata, waar de liefde zich niet kon verbergen. Die bloeide op haar wangen, in de schittering van haar ogen.

Ze zou zelf het onderwerp hebben aangeroerd als het meisje het niet had gedaan.

Zo was het gegaan.

Na het eten had de oude vrouw zich inderdaad niet kunnen inhouden.

'Wie is de gelukkige?' had ze gevraagd.

Renata had van blijdschap gelachen.

Ze had het verteld.

O lieve hemel, had tante Rosina gedacht.

27

In 1902 was tante Rosina vijftig.

Ze werkte hard omdat ze geen man had op wie ze terug kon vallen. Ze kon net rondkomen van het enige soort werk dat ze goed kon: naaien.

Zij had de trouwjurk van Gerbera gemaakt.

Twintig dagen voor het huwelijk had ze het meisje gevraagd nog een keer te komen passen. De jurk moest perfect zijn, te veel mensen zouden haar zien, beoordelen, bekritiseren.

Weliswaar had Rosina geprobeerd zich er niet in te mengen, maar het was haar wel opgevallen dat de toekomstige bruid geen enkele geestdrift toonde. Tijdens het passen was ze bijna even levenloos als een etalagepop, op vragen antwoordde ze met niet meer dan 'Doet u maar' of 'Wat u het beste lijkt'.

Een week voor de noodlottige datum was de jurk klaar. Een fraai staaltje vakmanschap naar Rosina's oordeel.

En had dat tegen het bruidje gezegd.

'U zult er schitterend in uitzien,' had ze verklaard. 'Let maar op, ze zullen er nog maanden over praten.'

In antwoord hierop was Gerbera Neri in tranen uitgebarsten.

De naaister had perplex gestaan.

Wat nu? had ze zichzelf afgevraagd.

Inmiddels begreep ze dat er iets niet in orde was.

Ze had een hand op de schouder van het meisje gelegd.

'Wilt u niet met hem trouwen?' had ze gevraagd.

'Nee,' snikte Gerbera.

'Echt niet?'

'Nee.'

Tante Rosina had gezucht.

'Dan moet u hem weigeren. Verwoest uw leven niet door aan de fatsoensregels te gehoorzamen. Uw vrijheid is meer waard dan welk huwelijk ook. Maar...'

Gerbera had opgekeken bij het horen van dat maar.

'Maar schiet wel op,' was tante Rosina verdergegaan, 'U heeft niet veel tijd meer, bedenk dat wel. De bruiloft is al over een week.'

28

De ambtenaren, secretaris Carrè inbegrepen, hadden gerust naakt kunnen zijn.

De burgemeester zou het niet zijn opgevallen.

Hij kwam een kwartier na Vitali zijn werkkamer uit.

Hij liep met zijn borst vooruit, alsof ze een stok in zijn achterwerk hadden gestoken.

Zijn ogen wijd opengesperd, zijn blik strak voor zich uit.

Geen groet, geen gebaar, alsof hij ze niet zag; toen werd hij opgeslokt door de deur en verdween.

Ondanks de uiterlijke schijn vond secretaris Carrè dat hij de meest beproefde was.

Had hij maar in de envelop gekeken!

En nu, vroeg hij zich af, wat zou er nog meer gebeuren?

29

Koud.

Als je alleen al naar het vlakke, onbeweeglijke water van het meer keek, liepen de rillingen je over de rug.

Het leek solide, alsof je eroverheen kon lopen.

Op de boulevard langs het meer was het gemeen koud maar hij voelde het niet.

Hij kookte van binnen.

Van woede, van schaamte, van onmacht.

Kon hij bij zijn vrouw thuis aankomen met dat fraaie nieuws?

Haar vertellen dat Renata verliefd was geworden op de zoon van Gerbera Neri, de vrouw die hem voor het altaar geweigerd had?

Haar ook nog uitleggen dat zij Gerbera's plaats had ingenomen louter en alleen voor de vorm, om zijn gezicht te redden?

Dat hij de gedachte niet kon verdragen dat Renata thuis aan zou komen zetten met de zoon van de vrouw op wie hij tevergeefs verliefd was geworden?

Dat die vrouw daarna met een van zijn vrienden was getrouwd, de trouwe stuurman, de bemiddelaar van zijn eerste verloving?

Kon hij haar dat allemaal vertellen teneinde zijn verbod, een hard, resoluut, onherroepbaar nee op die omgang te rechtvaardigen?

Nee.

Dat kon niet.

Om duizenden redenen niet.

Vooral niet omdat hij Evangelia nooit iets had verteld.

Dat oude verhaal was zijn geheim, dat hoefde verder niemand te weten.

Begraven...

Begraven?

Goed verborgen diep in zijn geheugen en wee degene die het op durfde te rakelen.

De strijd was eventueel tussen hem en Renata.

Renata.

Had ze maar niet dat karakter.

Was ze maar niet net als zijn vader, de cavaliere.

Waarom, zo had Agostino Meccia zich dikwijls afgevraagd, was dat karakter, zoals de rest van de erfenis, niet aan hem toebedeeld, en had het zich in plaats daarvan in de gebaren, de daden, de woorden van zijn dochter geopenbaard?

Als dat kind eenmaal haar zinnen ergens op had gezet kon je dat haar met geen mogelijkheid uit het hoofd praten, precies zoals met cavaliere Renato.

Alleen al bijvoorbeeld die onderbroek die ze bij Mercede was gaan bestellen. Ergens, waarschijnlijk in de bioscoop, had ze zoiets gezien en wilde het toen meteen hebben. Voor wat, daar wilde de burgemeester liever niet aan denken. Vast stond dat ze het aan niemand had gevraagd; ze had dat ding besteld en daarmee uit.

Renata was het echte probleem.

Haar hard aanpakken, haar tot gehoorzaamheid dwingen, proberen zijn wil op te leggen?

Dat zou oorlog worden waarvan de afloop onzeker was.

Hij kon haar beter om de tuin leiden, afwachten.

Het op zijn beloop laten: de tijd was gewoonlijk een trouwe bondgenoot.

Hij ging zijn huis binnen.

Hij wist wat hem te wachten stond en had zich voorbereid.

'En?' vroeg Evangelia meteen.

'We laten het op zijn beloop,' antwoordde hij. 'En intussen gaan we zondag met z'n drieën naar Bellagio, naar burgemeester Ghislanzoni.'

30

De burgemeester van Bellagio was een blaaskaak, een irritante, oude zeurpiet.

Zo had Agostino Meccia hem altijd omschreven, en in de huiselijke kring liet hij geen gelegenheid voorbijgaan om hem belachelijk te maken.

In plaats van praten, deed hij uitspraken. Over alles. Hij had geen enkele fantasie. Met hem kon je geen grappen maken, hij nam alles serieus en duldde geen tegenspraak.

Daarom was hij bij het merendeel van de burgemeesters van het merengebied niet populair, en als de prefect hen in Como bijeenriep, was er altijd een onderlinge strijd om niet naast hem te zitten.

Zijn vrouw Annacleria was zo mogelijk nog saaier.

Het stel had ook een dochter, Carlotta. Opgegroeid in die omgeving kon ze niet anders zijn dan haar vader en moeder: precies, ook heel saai.

Ghislanzoni was de oudste burgemeester van de gemeenten rondom het meer en aangezien hij alle mogelijke persoonlijke wensen had vervuld, had hij er nu nog maar een, een obsessie. Namelijk een spoor van zichzelf achterlaten, iets waardoor het nageslacht hem niet zou vergeten.

Hij had van alles geprobeerd.

Hij had zelfs op eigen kosten een dichtbundeltje uitgebracht met de onwaarschijnlijke titel *Zwartgehemde verzen* dat aan iedereen die het cadeau had gekregen een schampere glimlach ontlokte.

Zes maanden eerder had Ghislanzoni zichzelf ervan overtuigd dat hij het juiste idee had gevonden om na zijn dood geëerd te worden met een monument, een buste of minstens een gedenkplaat.

Hij had namelijk bedacht dat er voor het Comogebied de Confederatie van Fascistische Olijventelers moest komen en had zich er vol geestdrift op gestort. Om te beginnen had hij de provinciale partijbond ervan op de hoogte gebracht om expliciete steun te verkrijgen.

De reactie van de bond was lauwtjes geweest: de landbouwsector, waaronder de olijventelers, was uitstekend ondergebracht en daar moest die ook blijven, namelijk in de respectieve vakbonden, en binnenkort in de op te richten corporaties, wacht maar af.

In afwachting daarvan had Ghislanzoni de statuten van de vereniging opgesteld, het profiel van een organigram uitgewerkt, een eerste ontwerp van de lidmaatschapskaart gemaakt die hij persoonlijk aan alle geassocieerde olijventelers wilde geven, en een memorandum opgesteld ten behoeve van alle burgemeesters van het Comogebied, dat vol stond met opmerkingen over het nut van een confederatie die zich sterk kon maken om weerstand te bieden aan de overmacht van de olijventelers in het Zuiden, in Toscane en in Ligurië.

Ook de reacties van de burgemeesters waren lauw geweest. Ze waren zich allemaal bewust van het mooie initiatief, maar van het idee ook maar iets met Ghislanzoni van doen te moeten hebben kregen ze het spaansbenauwd.

Burgemeester Meccia had meer dan alle andere zijn collega uit Bellagio belachelijk gemaakt.

'Over mijn lijk,' had hij thuis dikwijls gezegd als er over die zaak gesproken werd.

Dus.

Wat betekende die onverwachte ommezwaai, dat uitje naar Bellagio dat voor de volgende dag op het programma was gezet?

Renata had er niet van kunnen slapen.

Ze moest er met iemand over praten.

'Ik ga even kijken of tante Rosina helemaal beter is,' zei ze daarom.

Evangelia had bijna geantwoord dat die nooit ziek was geweest, maar zweeg, dat leek haar beter.

Tante Rosina hoorde de hele lijst van bezwaren aan die het meisje opsomde.

Waarom? vroeg Renata ten slotte.

De oude vrouw wist dat ze vroeg of laat op dat punt zouden komen. Ze had niet verwacht dat het zo snel zou gaan.

Wat moest ze nu doen? Renata zeggen wat ze wist? Vertellen waarom haar vader haar met elk middel zou tegenwerken?

Niemand zou daar iets bij winnen. Sommige geheimen moesten geheim blijven.

Maar daar hoefde Renata niet onder te lijden.

'Jouw vader vermoedt of weet iets. En ik denk niet dat het idee dat zijn dochter met een simpele bakker omgaat hem bevalt.'

Over Renata's gezicht gleed een zweem van ergernis.

'Goed,' zei ze, 'dat wil dus zeggen...'

Tante Rosina onderbrak haar met een handgebaar.

'Dat wil zeggen dat ook jij voorlopig moet doen alsof er niets aan de hand is,' zei ze.

'Hoezo?' vroeg Renata.

Hem hard aanpakken, legde de vrouw uit, werkte averechts. Zeker nu de ontdekking nog zo vers was.

Afwachten was echt beter.

'Wat afwachten?' haalde Renata fel uit.

Het juiste moment, legde Rosina uit.

De gelegenheid waarvan ze kon profiteren.

'Ja,' weerlegde het meisje, 'maar als die zich nu niet voordoet?'

'Die komt heus wel,' stelde tante Rosina het meisje gerust. 'Je moet alleen geduld kunnen opbrengen en dan toeslaan.'

Ze moest vertrouwen hebben.

In háár die in haar leven bar weinig goede gelegenheden had laten schieten.

31

Vittorio Barberi wachtte op haar tot bijna aan de tweede pause. Toen besefte hij dat ze niet meer zou komen en ging weg, zich afvragend wat er gebeurd kon zijn.

Bovendien was de film stomvervelend en had hij hem al een keer gezien.

Zo ging hij altijd te werk. Hij ging ook naar de zaterdagavondvoorstelling om zich een idee van de film te vormen, hoeveel donkere momenten er zouden zijn, op welk punt van het verhaal; dus hoeveel gelegenheden om Renata te omhelzen, te zoenen, haar te durven liefkozen.

En wat liefkozingen betreft, Renata had hem vorige week nog, tegen het eind van de film, beloofd dat ze de komende zondag een verrassing voor hem zou hebben.

Verrassing? had hij gevraagd.

Wat voor verrassing?

Renata had geglimlacht.

Als ze het had gezegd dan was het toch geen verrassing meer?

'Maar ik kan je wel vertellen dat je het op mijn lichaam zal vinden,' had ze er meteen daarna aan toegevoegd.

Vittorio's handen waren gaan trillen.

Het meisje deed hem altijd weer versteld staan, ze was een natuurkracht.

Vlak voor de film afliep had hij haar nog een laatste keer gezoend en toen had zij haar tong tussen zijn tanden geduwd.

32

Olijfolie, olijven, olijventelers.

Burgemeester Ghislanzoni was echt aan het versuffen: hij had het over niets anders gehad.

Dat zei burgemeester Meccia op de boot die hen eindelijk terugbracht naar Bellano.

Ondanks de kou had Renata naar de voorsteven willen gaan. Ze genoot van de ijskoude lucht die haar om de oren sloeg na de slaapverwekkende zondag doorgebracht in de villa van Ghislanzoni, waar alles, tot en met de risotto die op tafel was gekomen, naar schimmel had geroken. Dankzij de wind die door haar haren joeg, had ze zelfs het gevoel gehad dat ook haar opgekropte woede bedaarde. Razend was ze geweest toen ze zaterdagochtend, vanuit tante Rosina en voor ze naar huis ging, nog even langs de fourniturenwinkel was gegaan, die gesloten bleek. Op de deur hing een briefje met de mededeling aan de klanten dat de eigenaresse ziek was.

Dat deed er inmiddels weinig toe.

Het beruchte onderbroekje waarmee ze Vittorio had willen verrassen kon Mercede nu mooi zelf houden.

Ze had wel wat anders aan haar hoofd.

Het was nu niet ver meer naar Bellano, dat in duisternis gehuld lag, op het vuilgele lantaarnschijnsel bij de afmeerplek van de boot na.

Renata ging de passagiersruimte weer in.

Haar vader was nog steeds kritiek aan het leveren op het gezwam van zijn collega uit Bellagio over olie en olijven. Evangelia hoorde het zwijgend aan.

'Waarom zijn we er dan heengegaan?' kon het meisje niet nalaten te zeggen.

Ze had meteen spijt van haar opmerking. Niet het juiste moment, tante Rosina had het waarschijnlijk afgekeurd.

Agostino haalde zijn schouders op, glimlachte flauwtjes en gaf geen krimp.

Hij had het eerste gevecht met zijn dochter gewonnen door haar verre te houden van de bioscoop en haar niet nader te noemen verloofde.

Weliswaar ten koste van een belofte aan Ghislanzoni voor een nog hechtere samenwerking om de bond der olijventelers van de grond te krijgen.

Maar het waren loze beloftes geweest, gedaan aan een oude man die met de dag dwazer werd.

Nu had hij een hele week om iets anders te bedenken voor de komende zondag.

Hij moest het op zijn beloop laten. Op die leeftijd vergat je snel.

Dat wist hij maar al te goed.

Hoewel...

De burgemeester wilde er niet meer aan denken.

Spookachtig was Piazza Tommaso Grossi, alsof het op die drie had liggen wachten tot ze waren overgestoken, om vervolgens de lantaarns te kunnen doven en te gaan slapen.

Ze liepen met snelle passen, omhuld door de wolkjes van hun adem, ieder van hen verzonken in zijn eigen gedachten. Zo schold Evangelia zichzelf uit voor domme gans omdat ze geen bouillon in huis had voor het zondagse soepje.

33

Het had Vittorio eenvoudig geleken te doen of er niets aan de hand was.

Zulke dingen kunnen gebeuren, had hij tegen zichzelf gezegd toen hij de bioscoop uit liep.

Ja, maar wat was er dan toch gebeurd?

Hij had nog geen tien stappen op Via Roma gezet of die vraag was zijn gedachten binnengeslopen. Hij moest er van rillen en niet alleen van de kou die in scherpe vlagen vanuit de bergspleet naar beneden kwam zetten en wervelend over het kerkplein buitelde.

Er kon van alles gebeurd zijn.

Zelfs iets onherstelbaars.

Renata kon wakker geworden zijn en van het ene moment op het andere besloten hebben dat hij niet meer de ware was, waarmee ze hem uit haar leven bande.

Daar was niets tegenin te brengen. Sterker nog, het was helemaal in de lijn van het impulsieve, onstuimige, onbeteugelbare karakter van het meisje dat absoluut geen last had van gebrek aan initiatief.

Want eerlijk is eerlijk, als zij het initiatief niet had genomen was het niet bij hem opgekomen haar zoals laatst voor te stellen om op zondagmiddag samen naar de film te gaan.

Toen haar moeder zeven of acht maanden geleden een tijdje ziek was, had Renata maar al te graag de taak op zich genomen boodschappen te doen en was toen begonnen met haar bezoekjes aan de bakkerij.

Wat krijgen we nu toch? had vader Barberi gevraagd.

Ze had verteld dat haar moeder lichte koorts had. Zo had Renata elke ochtend moeten vertellen hoe het er met Evangelia voorstond, die overigens op een gegeven ogenblik weer beter was. Maar Renata was naar de bakkerij blijven gaan. In de hoop in gesprek te komen met Vittorio, die behalve ja of nee geen woord uitbracht.

Tot op een ochtend, toen de vader er niet was, Renata in de aanval was gegaan:

'Heb je alleen ogen voor kadetjes?' had ze lachend gevraagd.

Vittorio was verlegen geworden.

'Of ben je ook geïnteresseerd in de vleeswaren,' had ze eraan toegevoegd, nu zonder te lachen.

Zo was het begonnen: korte ontmoetingen, bliksembezoekjes, halve uurtjes afgesnoept van de tijd dat ze met haar vriendinnen op stap was.

Toen ten slotte de bioscoop. Een plek die redelijk veilig leek om wat langer bij elkaar te zijn, te kletsen, plannen te maken. Ook om te zoenen, en de rest.

De kerkklok waarschuwde Vittorio dat het inmiddels zeven uur 's avonds was. Over een uur moest hij in de bakkerij zijn om het deeg te maken.

Met die twijfel in je hoofd echt geen pretje!

Hij dacht na.

Hij had wel een vaag idee.

Moest hij het wagen?

Wie niet waagt wie niet wint.

Hij ging op weg.

In de bar Imbarcadero was een openbare telefoon. Het meisje aan de kassa was een vriendin van hem. Ze zou hem vast wel het plezier willen doen om naar het huis van de burgemeester te bellen met de smoes dat ze een vriendin van Renata was en vervolgens haar dan aan hem doorgeven.

Schiet op, zei Vittorio tegen zichzelf.

34

Een, twee, drie keer.

Drie pogingen.

Nutteloze.

De telefoon was steeds bezet.

'Hij geeft steeds in gesprek,' zei het meisje van de kassa. 'En ik moet weer aan 't werk.'

Vittorio mompelde een dankjewel.

'Misschien hebben ze de hoorn van de haak gelegd,' zei het meisje nog.

Barberi was inmiddels ten prooi aan de somberste gedachten.

Ook het schemerduister dat nu alles omhuld had, de doodse stilte die het hele dorp in slaap wiegde werkten niet opbeurend.

Op enkele passen afstand van de bakkerij werd hij overmeesterd door de zwarte gedachte dat Renata expres, om hem niet aan de telefoon te hoeven krijgen, de hoorn van de haak had gelegd, waarmee ze hem voor altijd uit haar leven bande.

35

De telefoon ging over in het huis van burgemeester Meccia.

Het was zeven uur, of misschien een paar minuten voor.

Hij nam zelf op.

Hij liet zich niet gemakkelijk beetnemen, hij was niet gek. Hij kon de zetten van de tegenstanders voorzien.

Een kind kon bedenken dat die knul zou laten bellen door een vriendin en dan Renata aan hem laten doorgeven.

Hij nam dus op, al helemaal voorbereid de zogenaamde vriendin op haar nummer te zetten.

Maar het was Vestreni, de burgemeester van Dervio.

Een onnozele hals, het was een raadsel dat hij met zo'n hoog ambt was bekleed. Op officiële gelegenheden stond hij altijd voor schut vanwege zijn onhandigheid.

Hij opende het gesprek met een begroeting in dialect en ging toen direct over op de reden van zijn telefoontje:

'Wanneer kunnen we elkaar zien over die zaak?' vroeg hij. 'De tijd begint te dringen.'

Welke zaak? dacht Meccia.

Toch niet weer olijfolie en olijven.

Het kon niet anders.

Burgemeester Vestreni had zich laten inpakken door de kletspraat van Ghislanzoni en kortzichtig als hij was hem steun en solidariteit toegezegd. Waarschijnlijk had Ghislanzoni hem gebeld, trots dat hij Meccia voor de zaak had gewonnen, met de aansporing direct contact met hem op te nemen.

Wat een gedonderjaag.

'Welnee,' antwoordde Meccia, 'we hebben alle tijd. Ghislanzoni's fantasie is een beetje op hol geslagen en...'

Vestreni onderbrak hem.

'Wat heeft Ghislanzoni ermee te maken?' vroeg hij. 'Het is mij niet bekend dat de gemeente van Bellagio is verzocht aan de zaak deel te nemen.'

Agostino Meccia was even van zijn stuk gebracht.

'Neem me niet kwalijk hoor,' zei hij, 'maar bel je dan niet over dat gedoe met die olijventelers, de confederatie die Ghislanzoni op poten wil zetten?'

Burgemeester Vestreni moest er hartelijk om lachen: gebulder dreunde na in Meccia's oor.

'Nog steeds in de weer met de hersenschimmen van die oude gek?' vroeg hij vervolgens.

'Nee?' stamelde Meccia.

'Welnee, stel je voor dat we tijd verspillen met die onzin!'

Waarom had hij hem dan gebeld?

Waarom? vroeg Vestreni, verbaasd dat zijn collega uit Bellano hem om de reden vroeg.

Het werd meteen uitgelegd.

Maar hij vond het wonderlijk, en liet niet na dat ook te zeggen, dat het Meccia was ontgaan.

36

De tijdelijk aangestelde ambtenaar Edvige Rinaldi was die maandagochtend in dienst getreden op het gemeentehuis van Bellano.

Dus kon zij het niet weten. Er was feitelijk geen tijd geweest het haar te vertellen.

Namelijk dat als Agostino Meccia in paradepas het secretariaat instormde, met gespannen kaakspieren en een zuur mondje, dat hij dan een rothumeur had en dat je hem in zijn eigen sop moest laten gaarkoken of het in het ergste geval ondergaan.

Maar zij sprong bij zijn binnenkomst meteen op terwijl de andere ambtenaren zich over hun bureau kromden.

'Goede...'

'De se-cre-ta-ris,' sprak de burgemeester afgemeten.

Juffrouw Rinaldi raakte in de war. De andere ambtenaren zwegen.

'Laat hem weten dat ik hem nodig heb en hem in mijn kantoor verwacht. Nu direct,' commandeerde Meccia.

Waarna hij zich op zijn hakken omdraaide en weer in paradepas de gang in verdween die naar zijn kantoor voerde.

De bode Sbercele hief toen pas zijn hoofd op, keek om zich heen en maaide met zijn hand door de lucht. Dat betekende dat er stront aan de knikker was.

De burgemeester wist namelijk best dat secretaris Carrè op dat uur op zijn kamer was: hij hoefde alleen maar de deur open te doen en hem te roepen.

Als hij zijn toevlucht nam tot zo'n omslachtige actie was dat om duidelijk te maken dat hij buitengewoon geïrriteerd was en dat graag wilde laten zien en voelen: de secretaris kon zich voorbereiden op een pittig gesprek.

Juffrouw Rinaldi stond nog steeds.

'Je kunt nu wel gaan zitten,' zei de bode tegen haar.

'Ik moet de secretaris waarschuwen,' weerlegde juffrouw Rinaldi.

'Dat doe ik wel.'

Juffrouw Rinaldi slaakte een zucht, bedankte hem en ging zitten.

De bode stond op, liep naar de deur van het kantoor van de secretaris en klopte aan.

Bij het schorre 'Binnen' stak hij zijn hoofd om de hoek en bracht de boodschap over.

Vervolgens ging hij stokstijf naast de deur staan wachten.

Toen de secretaris briesend verscheen liep hij een paar meter voor hem uit, kondigde hem aan bij de burgemeester, sloot de deur, maar in plaats van naar zijn bureau terug te gaan bleef hij staan waar hij stond.

Om af te luisteren.

Op geen enkele andere manier had hij te weten kunnen komen waarom mijnheer de burgemeester zo razend was.

37

'Waarom ben ik niet op de hoogte gebracht?' schreeuwde de burgemeester.

Waarvan? dacht de bode.

'Waarvan?' vroeg de secretaris uiterst kalm.

Hiervan, was het antwoord.

Er viel een stilte. De burgemeester stond al wijdbeens en zette dus nu zijn handen in zijn zij.

'Hiervan,' herhaalde hij.

En zei meteen daarop met nadruk dat hij het de vorige avond van de burgemeester van Dervio te horen had moeten krijgen.

O hemeltjelief! dacht de bode.

'Wat dan?' vroeg secretaris Carrè weer.

Het ging hierom dat ongeveer een maand geleden de SBOLT, Stichting ter Bevordering en Ontwikkeling van het Luchtvaart Toerisme, gevestigd te Rome, de gemeentebesturen van Varenna, Bellano en Dervio ter kennisneming een conceptovereenkomst had doen toekomen terzake van de oprichting van een luchtverkeersdienst op het Comomeer.

De SBOLT was al volop aan het werk de bijbehorende vergunningen te verkrijgen voor vluchten op Zwitserland. Het ging om tweewekelijkse vluchten van Como, met een tussenlanding bij een van de centraal gelegen dorpen rondom het meer, om vervolgens naar Lugano en weer terug te vliegen.

Het gemeentebestuur van de hoofdstad van de provincie was bezig het aanbod te beoordelen. Met Lugano en het gemeentelijke overheidsapparaat van Zwitserland waren de onderhandelingen tot zover gunstig verlopen.

Er was alleen nog geen besluit genomen over een geschikte tussenlandingsplaats en om die reden had de SBOLT naar de drie gemeenten geschreven, die volgens de stichting alledrie geacht werden ideaal te zijn voor een tussenstop.

Het gemeentebestuur van Varenna had geantwoord dat ze niet geïnteresseerd waren.

Dat van Dervio daarentegen had in een dergelijk voorstel een buitengewone kans gezien de naam op te stoten naar nationaal niveau en economisch profijt te behalen. Maar de betalingsverplichting van 4.500 lire bij aanname, waar jaarlijks nog de som van 2.500 lire bij kwam als de vluchten eenmaal van start gingen, was exorbitant hoog.

Dus had het de burgemeester van Dervio wel een idee geleken zijn collega uit Bellano te schrijven of hij geïnteresseerd was om samen met zijn gemeente een coöperatie te vormen, dit om de kosten te delen en zo'n mooie kans niet te hoeven laten schieten.

Aangezien hij daar niets op had teruggehoord, had hij gisteravond maar eens gebeld om hem eraan te herinneren dat de termijn bijna was verstreken.

Meccia had het in Keulen horen donderen en met een leugen had hij nog net weten te voorkomen betrapt te worden op totale onwetendheid. Hij had verteld dat het de afgelopen tijd erg druk was geweest en dat de zaak hem was ontschoten; maar, had hij eraan toegevoegd, hij had instructies gegeven voor een grondige bestudering van de kwestie en hij zou binnenkort alle gewenste antwoorden ter beschikking hebben.

'Ik laat het je zo gauw mogelijk weten,' had hij besloten.

Waarna hij de hoorn op de haak had gesmeten en een ellendige nacht had doorgebracht.

'En nu?' schreeuwde de burgemeester. 'Waarom ben ik niet op de hoogte gesteld?'

Secretaris Carrè haalde zijn schouders op.

De woorden, de woede van de burgemeester konden hem geen moer schelen; het waren losse flodders en richtten geen enkel kwaad aan.

'Dat leek mij niet nodig,' antwoordde hij droogjes.

Hij kende het saldo van de gemeentekas maar al te goed. Op dit ogenblik waren er al financiële verplichtingen voor de aanleg van een sportveld, voor de grote weg die Bellano met Vendrogno en Val Muggiasca moest verbinden, de vrijwel volledige renovatie van het openbare electrische netwerk en schulden uit hoofde van eerder door de banken verstrekte leningen. Het had hem niet nodig geleken verstrikt te raken in een nieuwe onderneming.

Hij kende bovendien het karakter van de burgemeester maar al te goed: geneigd om vanachter zijn bureau warm te lopen voor ondernemingen die zijn vader zonder dralen eigenhandig had ondernomen. Die vluchten naar Zwitserland was het soort project dat hem het hoofd op hol had kunnen brengen, volledig ten nadele van de publieke gelden. Daar kwam ook nog eens bij dat vliegtuigen en piloten hem, als oud-infanterist, geen zak konden schelen.

Daarom had hij op eigen initiatief zowel de brieven van de SBOLT als die van burgemeester Vestreni uit de roulatie gehaald door ze in een la van zijn bureau te stoppen.

'Zo,' schreeuwde de burgemeester, 'we laten ons dus verneuken door dat stelletje dooie dienders van Dervio!'

De secretaris haalde zijn schouders op.

'Laten zij zich maar fijn in de schulden steken,' zei hij.

'Schulden noemt u het?'

'Dat zijn het nu eenmaal, leuker kan ik het niet maken,' was de bijtende opmerking van Carrè.

'Dat is uw oordeel,' zei de burgemeester.

'Beoordeeld op de rekeningen die ik onder ogen krijg.'

'M'n beste secretaris,' barstte de burgemeester los, 'we moeten naar de toekomst kijken. Daarin investeren. En dat is het wel degelijk!'

'Wat?'

'Een investering.'

Achter het baardje van Carrè verstierf de welwillende glimlach.

'Voor investeringen moet er liquide geld zijn,' merkte hij op. 'En dat hebben we niet.'

Meccia liet een minachtend lachje horen.

Ook de bode Sbercele moest even proesten; hij vond het wel leuk zoals de burgemeester lik op stuk kreeg van de secretaris.

'Ach werkelijk?' vroeg de burgemeester slinks.

En zweeg toen.

Carrè had een direct antwoord verwacht dat echter niet kwam.

Veeg, zeer veeg teken.

Het betekende dat Meccia iets had bedacht en dat aan het uitwerken was om er daarna mee op de proppen te komen. En het kon voor de gemeentekas alleen maar een gevaarlijk idee zijn.

Van welke kikker wilde hij nu weer veren plukken? was de gedachte van de secretaris.

'Werkelijk,' zei hij in een poging het enthousiasme van Meccia te temperen, en hij stelde vast een lijst samen van alle schulden en betalingsverplichtingen die het gemeentebestuur al was aangegaan.

'Ziet u mijnheer de secretaris,' begon de burgemeester, 'geld beheren vereist fantasie, vindingrijkheid. De balans sluitend maken volstaat niet. Wie niet waagt, wie niet wint, zegt men wel.'

'Ja, en?' vroeg Carrè.

Hij had willen zeggen dat volgens hem de echte helden zelf hun medaille gingen ophalen in plaats van vrouw en zoon erop af te sturen omdat zij al onder de grond lagen. Maar zou de burgemeester de subtiele filosofie begrijpen die het concept behelsde?

Nog afgezien van het veel praktischer feit dat er voor dat jaar weinig sluitend viel te maken aan de balans van de gemeente Bellano, begreep hij niet welke troef de burgemeester achter de hand leek te houden.

Hoe dan ook, aangezien hij niet de hele ochtend wilde verdoen met het aanhoren van de hersenspinsels van de burgemeester, besloot hij het kort te houden.

'En waar denkt u, burgemeester, de benodigde gelden vandaan te halen?'

Meccia hief zijn wijsvinger.

'Uit de reservefondsen,' antwoordde hij.

De secretaris hapte naar adem.

Uit de reservefondsen!

Dat was gekkenwerk.

De reservefondsen waren een garantie om onbevreesd het hoofd te bieden aan de tientallen tegenslagen die zich bijna wekelijks voordeden: opnames van behoeftige zieke mensen, uitbetalingen aan tijdelijke ambtenaren, onvoorziene kosten voor het onderhoud van wegen, acquaducten, verlichting, speciale premies en wat niet al.

Nog buiten beschouwing gelaten dat er zich altijd een natuurramp kon voordoen, lawines, overstromingen, die ingrijpen van het gemeentebestuur zouden vereisen.

Ze bedroegen, op dit moment, de som van 15.000 lire. Voor 5.000 daarvan waren al uitgaven voorzien; er nog 4.500 lire afhalen plus op korte termijn nog eens 2.500, betekende je zonder rugdekking blootstellen aan de gebeurtenissen, met je broek op de enkels.

Dat moest de burgemeester goed weten al begreep hij het waarschijnlijk niet.

Maar Carrè raakte niet in paniek. Hij rekende op een zekerheid. Daarvan maakte hij de burgemeester deelgenoot.

'De Provinciale Raad zal geen gunstig oordeel geven.'

'Laat de Provinciale Raad maar aan mij over,' wees de burgemeester hem terecht met een stem die meteen schril werd. 'Houdt u zich liever bezig met het opstellen van een conceptovereenkomst met die SBOLT.'

De secretaris streek over zijn sikje.

'Ben ik niet duidelijk geweest?'

Dat was hij wel, hij had het voor het zeggen.

'Wat spreken we met Dervio af?' vroeg Carrè.

De bode hoorde een verstikt gekuch: speeksel was de burgemeester het verkeerde keelgat ingeschoten.

'Dervio?' schreeuwde hij. 'Wat heeft Dervio ermee te maken?'

'De samenwerking...'

'Samenwerking... wat nou samenwerking! Secretaris, bemoeit u zich met hetgeen waartoe u bevoegd bent en laat de Provinciale Raad en die lui uit Dervio aan mij over!

De onderhandelingen zullen gaan tussen de gemeente Bellano en de stichting die het voorstel heeft ingediend. Verder doet niemand mee. We delen niets met niemand. En al helemaal niet met die lui uit Dervio. En nu we het er toch over hebben,' ging Meccia met groeiende ergernis verder waardoor zijn stem steeds schriller werd, 'raad ik u aan hier met geen woord over te spreken en u in de toekomst zich niet meer te veroorloven in mijn plaats besluiten te nemen. Ík ben de burgemeester, knoop dat goed in uw oren!'

Daar was verder niets aan toe te voegen, dacht de bode die, om niet op heterdaad betrapt te worden op afluisterpraktijken, zijn post verliet en terugliep naar het secretariaat.

De ambtenaren zaten te wachten op zijn binnenkomst. Nieuwsgierig keken ze zijn richting uit.

In reactie maaide Sbercele weer met zijn hand door de lucht, maar nu met nog weidsere gebaren.

Hij vertelde wat er was gebeurd, maar bij het horen van de zware voetstappen van de secretaris die terugging naar de loopgraven ging hij achter zijn eigen tafel zitten.

Stommelingen, dacht hij, doelend op zijn collega's. Ze stelden zich tevreden met het horen van wat hij wilde dat ze te horen kregen. Maar je kon wel zeggen dat dat alleen de laatste druppel was geweest, die de woede van de burgemeester had gewekt, en die overvolle emmer was deze keer over het infanteristenhoofd van de onverstoorbare secretaris uitgestort.

Maar er waren andere oorzaken.

Heel andere.

Hij kende ze.

Maar hij was niet stom, je moest geheimen kunnen bewaren.

Dat had hij zijn zwager een tijdje geleden ook aangeraden toen die de gebruikelijke gratis toegangskaartjes voor de bioscoop bij hem thuis was komen brengen.

38

Maandagochtend tegen tienen, het gebruikelijke tijdstip, stond tante Rosina op en keek in de spiegel.

De huid van haar gezicht was glad, de ogen helder.

De haren grijs, maar goed verzorgd; twee slagen met de borstel en haar kapsel was in orde.

Ze glimlachte: ook een bijna perfect gebit.

Dat was niet goed, dacht ze. Het was absoluut niet te zien dat ze tweeëntachtig was.

Om te beginnen deed ze haar oorbellen uit, een cadeau van een vroegere verloofde die ze op tijd de bons had gegeven, net als alle andere.

Een beetje poeder, bedacht ze vervolgens. Om die rose wangen te bedekken waarop alleen een web van haarvaatjes de egale teint een weinig onderbrak.

Dan haar haar.

Ze vond het jammer haar kapsel te verpesten.

Was die opoffering echt nodig?

Nee, zei ze tegen zichzelf.

Ze moest gewoon een sjaal omdoen. Natuurlijk niet een van die gekleurde, vrolijke, zijden, waar ze zo dol op was. Maar een zwarte, zo'n goedkope. Zo een die je je voorstelt op het hoofd van de Boze Heks en inderdaad alle vrouwen die ze dragen in oude toverkollen verandert.

Ze bekeek zichzelf nog eens.

Niet slecht.

Maar haar ogen, haar blik konden de maskerade verraden.

Ze moest, binnen de mogelijke grenzen, haar oogleden een beetje laten zakken, om de indruk te wekken dat ze slaap had of niet helemaal bij zinnen was.

En wat dat betreft zou het geen slecht idee zijn als ze zich een beetje doof hield en daardoor te hard praatte.

Weg met dat lichte bloesje, de koralen ketting, het dure wollen vest.

In plaats daarvan een vormeloze grijze trui, een schort dat ze alleen tijdens de grote schoonmaak droeg, een donkerbruine winterjas met drie enorme knopen, die op kilometers afstand naar mottenballen rook.

Ten slotte pakte ze een stok en deed voor de spiegel de onzekere passen na die je van iemand van haar leeftijd kon verwachten.

Ze was tevreden.

Het beeld in de spiegel was werkelijk van een halfblinde, verlepte, kindse en bibberige oude vrouw.

Het beeld van iemand die niet meer op zichzelf kon passen.

Die ternauwernood haar huishouden op orde kon houden.

Iemand wie je dus niet kon weigeren de boodschappen aan huis te brengen. Om die arme ziel tenminste die moeite te besparen.

Even later liet Barberi senior het zich geen twee keer vragen, hij trapte meteen in de val.

'Maakt u zich geen zorgen, mevrouw Rosina,' stelde hij haar gerust, 'Vittorio zal u elke morgen brood bezorgen.'

Toen hij haar vervolgens de bakkerij uit zag gaan zei hij tegen zichzelf dat mevrouw Rosina het vast niet lang meer zou maken.

39

Sebastiano Sbercele had op zijn tiende jaar een klap gekregen.

Een harde klap.

Op zijn hoofd.

Zulke tikken had zijn vader hem nooit gegeven.

Het was de kanunnik geweest.

Op 13 mei 1902, in de sacristie van de kerk, na de dramatische bijeenkomst die gevolgd was op de even dramatische afloop van het huwelijk tussen Agostino Meccia en Gerbera Neri.

Na de klap had de kanunnik een geheven wijsvinger voor zijn neus gehouden.

Hij had hem gevraagd of hij soms daar was gebleven, ergens verstopt, om mee te luisteren.

'Je hebt niets gehoord of gezien,' had hij dreigend gezegd. 'Begrepen?'

Dat alles, de klap, de wijsvinger voor zijn neus, de boze stem van de priester, waarom toch?

Omdat de kleine Sebastiano, toen de mensen die in de sacristie waren samengedromd weg waren, had gevraagd:

'Waarom heeft die mevrouw nee gezegd?'

Toen was de klap gevallen.

Wat had hij fout gezegd?

In die tijd had hij vijftig, misschien zestig huwelijken meegemaakt als misdienaar.

Misdienaar met de langste staat van dienst, bijna een kleine ceremoniemeester. Inwijder van de nieuwelingen.

Hij streek de hoogste fooien op.

Die dag had hij een klap geïncasseerd.

En wat voor klap!

En wie zijn neus schendt, schendt zijn aangezicht. Want vervolgens was de kanunnik hem in de loop der tijd langzaamaan in de parochie gaan weren.

Eerst had hij hem voor één op de twee huwelijken opgeroepen.

Daarna één op de drie, één op de vier.

Ten slotte, helemaal niet meer.

Waarom?

Aan de kanunnik had hij het niet durven vragen. Hij was bang om nog zo'n klap te krijgen.

Waarom?

Hij had het thuis gevraagd.

Er was weer een klap gevallen, nu met de rug van de hand vol in zijn gezicht.

Zo deed zijn vader dat.

'Dat weet je best,' had het antwoord in zijn oren gedreund.

Hij wist van niks.

Waarom?

Hij had het nog maar eens aan zijn moeder gevraagd, toen zijn vader er niet was.

'De hemel mag 't weten.'

Wat was dat nou voor antwoord?

Hij had inmiddels wel begrepen dat de klap van de kanunnik, die van zijn vader, het duistere antwoord van zijn moeder, op de een of andere manier te maken hadden met die vrouw, met het 'nee' dat ze voor het altaar had uitgesproken.

Alle anderen die hij had meegemaakt, hadden altijd 'ja' gezegd.

Maar zij...

Hij was jaren lang elke ochtend wakker geworden met die vraag in zijn hoofd.

Waarom?

Ook toen de anderen die hele toestand waren vergeten, toen de jaren voorbij waren gegaan.

Hij was het niet vergeten.

Hoe kon hij dat vergeten?

Het waarom was tot diep in zijn hersenen doorgedrongen. De keiharde klap van de kanunnik destijds had de vraag daarin vastgenageld, zoals een hamer een spijker inslaat.

Waarom?

Na een hele tijd had hij het antwoord zelf gegeven.

Nu, dankzij zijn vasthoudendheid, dankzij de klap van de kanunnik destijds, kon hij zeggen dat hij meer wist dan de anderen.

Hij wist precies waarom de burgemeester razend was.

Natuurlijk mochten zijn collega's het niet weten.

Dat waren gladjanussen, met een giftige tong.

Een ander waarom kwelde hem nu. Wat was er tussen zijn zwager en de burgemeester voorgevallen?

Hij zou er niet veel tijd aan hoeven besteden om daar achter te komen.

Hij hoefde het maar te vragen.

40

Als hij in vorm was kon Gerolamo Vitali, na zijn werk bij garage Ghilardi, voordat hij naar huis ging om te eten, wel tien, twaalf koppen wijn drinken in het dranklokaal van Lena.

De maateenheid was een eigen bedenksel van Lena. Zo'n kop kwam overeen met een vol kwartliterkarafje wijn. Ze serveerde die in vuile aardewerken kommen in plaats van de met bloemen beschilderde mokken voorzien van opschriften die het Comomeer, Bellano, de grotten van Biosio of die van Meneghina Porto bezongen, en dus niet in glazen. De klant dronk direct uit de kom.

Bode Sbercele kwam nooit in het wijnlokaal van Lena.

Zijn status van medewerker op het gemeenthuis liet dat niet toe. Wat hem ook tegenhield was de wetenschap dat na zes uur 's avonds hij, net als bij Prisco of Pierino, zich bij Lena in het gezelschap zou bevinden van halfdronken lieden die zonder een blad voor de mond te nemen hem zouden vertellen wat ze dachten van gemeenteambtenaren, namelijk mensen die de hele dag geen sodemieter uitvoerden en van hun belastinggeld hun loon opstreken.

Maar goed, als hij zijn zwager wilde zien, moest hij daarheen.

En die avond wilde hij hem zien, om een heel eenvoudige reden: om te weten te komen wat hij in godesnaam bij de burgemeester was gaan doen en wat er in jezusnaam was gebeurd, aangezien hij als een bultenaar de werkkamer was uitgekomen alsof hij stokslagen had gekregen, en Meccia daarna totaal verdwaasd was alsof de Madonna van Lezzeno plotseling aan hem verschenen was.

Gerolamo was er, en hoe.

Het was bijna zeven uur en hij had al het respectabele quotum van acht koppen bereikt.

Alles in zijn eentje gedronken, aan de toog, met zijn blik op de houten verhoging, waar Lena, die ongeveer één meter veertig was, overheen hipte als een kwikstaart.

Kop na kop werden Vitali's gedachten helderder.

Het was al tot hem doorgedrongen dat hij iets stoms had gedaan, dat hij de burgemeester op zijn tenen had getrapt.

Maar hij had graag willen weten hoe, in welk opzicht.

En toen niet meer, nee, hij wilde het niet meer weten. Hij was in een mijnenveld terechtgekomen en wilde daar niet blijven.

Maar het zou prettig zijn als de burgemeester zou weten dat hij hem niet expres of zo had beledigd.

Zonder het te weten en vooral onbedoeld.

Maar hoe moest hij dat aanpakken?

Bij de negende kop was zijn fantasie op hol geslagen.

Inmiddels was de ongerustheid die hij sinds dat gesprek met zich meedroeg door de wijn kopje onder gegaan.

Dus was er onder de toeziende blik van Lena een onnozele glimlach op Vitali's gezicht verschenen. Hij stelde zich voor dat als in een wonder, dat af en toe sommige arme drommels overkomt, de burgemeester het wijnlokaal van Lena binnenkwam.

Hij, opgebeurd door de drank en de omgeving, zou hem tegemoet lopen, hem netjes begroeten en hem vervolgens alles uitleggen. De burgemeester zou het begrijpen en zeggen dat hij zich geen zorgen hoefde te maken.

Het was een beste man, de burgemeester, dacht Vitali. En bestelde de tiende kop, om meteen weer terug te keren naar zijn troostrijke verzinsel.

Maar toen hoorde hij achter zich het geluid van de deur die openging.

De pul bleef halverwege zijn mond hangen, zijn nog naar wijn gulzige lippen naar voren getuit.

Het zal toch niet waar zijn? dacht hij.

Zou het wonder zich voltrekken?

Voordat hij achterom keek nam hij een ferme slok.

Hij zag de bode Sbercele die zijn richting uit kwam.

Een klein wonder, dacht Gerolamo.

Het was dan wel niet de burgemeester, maar zijn zwager vertoefde in de kringen van het gemeentehuis.

Door hem het hele verhaal te vertellen, zou hij wellicht als tussenpersoon kunnen optreden.

De bode stond nu bij de bar. Hij bestelde een glaasje witte wijn, dat Lena hem met een misprijzende blik serveerde: ze hield niet van die vrouwenmaatjes.

Hij was van plan geweest omzichtig tot de reden van zijn bezoek aan Lena's bar te komen; zijn nieuwsgierigheid mocht zijn zwagers achterdocht niet wekken.

Die voorzorg bleek nergens voor nodig.

Vitali vertelde hem alles, zonder dat hij ernaar hoefde vragen, het hele verhaal van a tot z.

Ten slotte zweeg hij.

Lena had zijn elfde kop al voor zijn neus gezet.

De bode zuchtte.

Hij had hem nog zo gezegd zich verre te houden van die toestand.

'Wat ben je toch een sukkel,' zei hij.

41

O wat ziet hij eruit, dacht tante Rosina toen ze Vittorio Barberi dinsdagochtend zag.

Iemand die door liefdesverdriet verteerd wordt en die sinds zondagmiddag niet meer at en ook niet meer sliep. Zijn gezicht was bleek, met wallen onder zijn branderige ogen die niets meer in zich opnamen.

'Voel je je niet goed, Vittorio?' vroeg Rosina.

Ze was pas op.

Nog net op tijd had ze de laatste hand aan haar uiterlijk gelegd om eruit te zien zoals ze wilde: een oude vrouw met alle symptomen van verval.

'Nou?' drong ze aan. 'Voel je je niet goed?'

Vittorio was netjes opgevoed, hij zou het zich nooit veroorloven een onhebbelijk antwoord te geven aan een oude vrouw. Maar ze moesten hem nu even niet aan zijn kop zeiken.

'Ik voel me prima,' antwoordde hij.

'Maar moet je zien hoe je eruit z...' kon tante Rosina nog net uitbrengen.

'Waar zal ik het brood leggen?' onderbrak hij haar.

En laat me met rust, had hij willen toevoegen.

'Heb je al koffie gehad?' vroeg het oude vrouwtje.

O jezus, mompelde de jongeman binnensmonds.

Zijn vader had hem gewaarschuwd dat juffrouw Rosina behoorlijk doof was geworden. Misschien had ze hem niet verstaan. Hij moest harder praten.

'Zal ik het hier op tafel leggen?' schreeuwde hij.

Tante Rosina sloeg een sjaal om zich heen die tot over haar heupen viel.

'Ga zitten,' was haar enige antwoord, 'dan maak ik meteen een kopje koffie voor je.'

Vittorio liet zijn armen moedeloos langs zijn lichaam vallen.

Hij wilde alleen zijn, niet gestoord worden, nadenken.

Maar nu moest hij met alles wat hij aan zijn hoofd had ook nog eens luisteren naar die half demente vrouw die daar voor hem stond.

Aan de andere kant, als hij die verdomde koffie niet aannam, zou hij misschien nog wel veel meer tijd verliezen.

'Goed dan,' zei hij zonder op de toon van zijn stem te letten. 'Dan drinken we die koffie. Dan ben ik daar ook weer vanaf!'

Tante Rosina glimlachte.

'Wat?' vroeg ze alsof ze het niet begrepen had.

'Niets,' antwoordde Vittorio die, als dit op een ander moment was gebeurd, er ook nog wel de grap van had ingezien.

'Wat fijn,' zei Rosina, 'dat je ook brood voor me hebt meegebracht.'

Dat ontlokte een glimlachje aan de jongeman, hij kon het niet tegenhouden. Zijn vader had gelijk, ze was niet alleen doof maar ook een beetje kinds.

Zo iemand, dacht Barberi, kon je gemakkelijk te grazen nemen, kinderspel.

Als hij niet zo'n brave jongen was, maar een crimineeltje...

Best mogelijk dat ze 's nachts vergat de deur dicht te doen.

Wel zo verstandig dat ze een belletje had opgehangen dat een beetje geluid gaf.

Maar zo doof als ze was...

Hoe had ze dat getingel kunnen horen, ting, ting, ting...

Zoals nu bijvoorbeeld, dat er iemand binnenkwam...

Ting, ting, ting...

En zij vertrok geen spier.

Vittorio schrok op uit zijn gedachten.

Iemand kwam het huis binnen.

'Tante Rosina,' klonk een stem, 'ik ben het.'

Het was niet een stem.

Het was háár stem.

42

Secretaris Carrè had geprobeerd twijfel te zaaien.

Maar burgemeester Meccia lapte de Provinciale Raad aan zijn laars.

Dienden de reservefondsen immers niet om buitengewone zaken te financieren?

En dit was toch zeker een buitengewoon project?

Het zou zelfs bij zijn vader niet opgekomen zijn. En eerlijk gezegd, als hij er nog was geweest dan had hij de kans niet voorbij laten gaan.

Iets om geschiedenis mee te schrijven, had de burgemeester gedacht, wel wat anders dan olijfolie en olijventelers!

Met een honende grijnslach aan het adres van Ghislanzoni was burgemeester Meccia maandag tegen middernacht in slaap gevallen.

Dinsdagochtend werd hij zo fris als een hoentje wakker. Klokslag elf uur was hij op het gemeentehuis.

Als eerste bekeek hij de tekst van het besluit dat voorgelegd moest worden aan de Raad, met spoed bijeengeroepen voor diezelfde avond nog, betreffende de opname uit de reservefondsen om het luchtvaartproject te financieren. Het document was van de hand van de secretaris, die het met tegenzin had opgesteld. Hij had zijn wijze hoofd geschud, maar bevel was bevel, dat wist hij maar al te goed.

Tevreden verzocht hij Carrè naar zijn kamer te komen; het was hoog tijd onverwijld over te gaan naar het tweede deel van zijn plan: er moest contact opgenomen worden met Rome.

'Een normale brief, een aangetekende, een fonogram of telegram?' vroeg Carrè die had besloten een neutrale houding aan te nemen in de zaak, dit in schril contrast met zijn bemoeizieke karakter.

De burgemeester glimlachte even.

'Niets van dat al,' zei hij.

'Wat dan wel?' vroeg de secretaris.

Meccia toonde Carrè zijn rechterhand: pink en duim uitgestoken, de andere vingers tegen zijn handpalm gedrukt.

'Te-le-fo-nisch!' dicteerde hij.

Carrè deed een stap achteruit. Het zou de eerste keer zijn dat vanuit die vertrekken een telefoontje zou gaan naar zo'n verafgelegen post.

43

'Het werd tijd,' zei tante Rosina toen ze Renata zag binnenkomen.

Eigenlijk was ze bang geweest dat haar toneelspel een beetje te overtuigend zou zijn en dat Vittorio zich was gaan ergeren aan het gedrag dat niet het hare was, en weg was gegaan omdat hij dacht zijn tijd daar te verspillen.

Met Renata had ze voor die ochtend, tegen elven, een afspraak gemaakt, bij haar thuis. Maar zonder opgaaf van redenen.

Aan Barberi had ze voor de bezorging van het brood dezelfde tijd doorgegeven.

'Weet u,' had ze gedrensd, 'nu het zo koud is blijf ik liever lang in bed.'

Op die manier, had ze eraan toegevoegd, bespaarde ze op het hout voor de kachel.

En Barberi had een reden te meer gehad medelijden met haar te hebben.

Nu het spelletje geslaagd was kon Rosina haar masker afwerpen.

'Kennen jullie elkaar?' grapte ze tegen beiden.

Vittorio kon zijn ogen en oren niet geloven.

De plotselinge verschijning van Renata.

De verandering van Rosina's stem.

Wel verdomme, wat krijgen we nou...

Renata had het allemaal wel begrepen.

‘Leg het eerst maar even aan elkaar uit,’ zei de oude vrouw. ‘Daarna praten we verder.’

44

1

Het gevoel voor drama van Addolorata Degrandi was wel bekend aan de mensen uit Bellano die om te bellen naar het telefoonkantoor moesten.

Het was onderdeel van haar vrouwelijke natuur. Veel had het haar in het leven niet geholpen, maar ze kon het toch niet nalaten alles wat ze deed ermee te kruiden.

Ruim een jaar geleden was ze van haar geboortedorp Lomazzo naar Bellano gekomen, om zoals zij dat noemde aan het roer te staan van het openbare telefoonnet; in werkelijkheid was ze een medewerkster, een telefoniste.

Haar aankomst was iets van een evenement geweest.

De stoptrein van 16 uur 15 waarmee de vrouw reisde had op het station van Bellano namelijk een vertraging van meer dan tien minuten opgelopen. De tijd die het uitladen van alle bagage die de vrouw bij zich had in beslag had genomen.

De stationschef, arbeiders en treinpersoneel hadden zich volledig ingezet om haar te helpen. Toen de klus was geklaard en de trein eindelijk kon vertrekken had Addolorata vanaf het trottoir temidden van haar bagage met handkussen afscheid genomen van de conducteurs en de machinist; die hadden vanachter de raampjes haar vereerd met een applaus.

Op dat moment was de stationschef, ene Trombin, nieuwsgierig geworden naar de identiteit van de reizigster. Met het excuus haar hulp aan te bieden was hij op de vrouw afgelopen en had een steelse blik geworpen op de etiketten van een paar koffers en had gelezen: Lulu.

Het had hem meteen op een spoor gezet. Zijn vermoeden werd bevestigd toen de vrouw op een directe vraag had geantwoord dat ze in hotel Tommaso Grossi zou logeren.

Een actrice: ja, er was een actrice in Bellano uitgestapt. Het kon niet anders, gezien haar uiterlijk, lang en slank, met een mager gezicht en een doordringende blik in haar zwarte ogen, die weidse gebaren, dat charmante gesticuleren terwijl ze praatte, alsof haar handen bladeren waren die elk moment van hun takken konden vallen.

Hij had het tegen zijn familie gezegd, op het station, en het gerucht verspreidde zich bliksemsnel.

In het hotel Tommaso Grossi hadden ze het binnen de kortste keren gehoord. En tussen de eigenaar, de boekhouder Dionisotto, tot aan de laagste bediende had zich een stille strijd ontsponnen om informatie in te winnen over de pas aangekomene en waarom ze daar was, in welke films ze had gespeeld, welke acteurs er nog meer zouden komen.

De stille maar grote nieuwsgierigheid die ze had gewekt was Addolorata niet ontgaan.

Ze had die toegeschreven aan de aantrekkingskracht die haar persoon uitstraalde en aan het feit dat ze waarschijnlijk in een dorp was terechtgekomen waar de mensen ontvankelijk waren voor het mooie en het goede.

Ze had zich met geen mogelijkheid kunnen voorstellen dat het ging om een ernstig misverstand voortspruitend uit haar levensstijl, iets waaraan de fantasie van de stationschef in grote mate had meegewerkt.

In de loop van een week was het allemaal opgelost, toen het flatje dat het telefoonbedrijf haar ter beschikking had gesteld klaar was om te betrekken. Addolorata had met veel luister de percelen van hotel Grossi verlaten, onder de teleurgestelde blikken van het bedienend personeel, want daarmee was de reden die haar naar Bellano had gebracht onthuld: ze werd de telefoniste bij het onlangs in bedrijf genomen telefoonkantoor.

II

Lulu was in functie getreden bij de telefooncentrale met de woorden die haar beroemd zouden maken: ze had verklaard dat zij met haar handen het dorp in contact met de wereld bracht.

Het was inderdaad een boeiend schouwspel haar te zien jongleren met kabels en pluggen. Het was net of haar vederlichte handen spraken.

De fantasie van vele jongemannen was gaan werken.

Stel je voor die snelle handen over je hele lichaam te voelen gaan!

Lulu had die met verlangen geparfumeerde sfeer opgesnoven.

En elke ochtend kwam er een druppeltje geurstof bij.

De fantasie die haar handen opriepen, werd steeds rijker, gelardeerd met details.

Sommigen droomden ervan.

Maar de eerste die had geprobeerd de droom te verwezenlijken had er een blijvend litteken aan overgehouden.

Dat was Evelino Mirabile gebeurd. Hij was een paar jaar daarvoor in Bellano gekomen ter vervanging, halverwege het semester, van de oude schooljuffrouw Letizia Spazzati, die op een mooie ochtend niet in het leslokaal was verschenen om de simpele reden dat ze die nacht, in haar slaap en in haar bed, was overleden.

Wat betreft gevoel voor drama deed Mirabile geenszins onder voor Lulu en hij had de uitlaatklep daarvoor gevonden door toe te treden tot het Bellanese amateurtoneel, waarvan hij na een paar maanden de bezielende leider werd.

De schoolmeester belde af en toe naar zijn familie, die in de Abruzzen woonde, om die van zijn wel en wee op de hoogte te houden. Weliswaar niet zo vaak, om geen geld te verspillen en niet steeds dezelfde dingen te moeten vertellen. Hij schreef liever.

Maar sinds de komst in de centrale van Addolorata had hij zijn gewoonte radicaal veranderd en wilde het wel gebeuren dat hij zelfs twee keer per week kwam, waarmee hij zijn familie van slag bracht omdat die niet meer begreep wat er aan de hand was.

Ook hij was gevallen voor Lulu en als hij naar de handen van het meisje keek voelde hij het bloed naar zijn hoofd stijgen en niet alleen daarheen.

In tegenstelling tot de andere min of meer uitgesproken aanbidders had Mirabile voor hij tot de aanval overging zijn prooi goed bestudeerd; hij had een soort psychologisch portret van haar gemaakt teneinde haar in haar zwakste punt te treffen en meteen voor zich te winnen.

Een keer laat op de middag, gebruikmakend van het feit dat ze de enigen waren in het telefoonkantoor, had hij de vijandelijkheden geopend.

'Een actrice,' was hij losgebarsten toen hij de telefooncel had verlaten.

Lulu had hem uiterst kalm met haar grote, donkere ogen aangekeken: ze liet zich door niets en niemand van haar stuk brengen.

Een actrice, had de meester herhaald met als nadere toelichting dat hij haar al een tijdje observeerde. Maar, let wel, niet met de ordinaire, gulzige aandacht van die lui die hier vaak binnenliepen.

'Nee,' had Mirabile hoofdschuddend gezegd en hij wist een smartelijke toon te treffen.

Verder, zijn blikken hadden verder gereikt.

'Naar de geest!'

Naar de geest die schuil ging achter een bolster van uiterlijke schijn.

En nu juist achter die bolster had hij in Addolorata de geest van de actrice gezien. Waarvan het jammer zou zijn die niet te openbaren, naar buiten te laten komen.

'Waarom de wereld daarvan beroven?' had de meester zich afgevraagd.

Waarom het volk niet met volle teugen laten genieten van een geschenk uit de hemel, van een bovenaardse schoonheid die die van Dolores del Rio evenaarde, zo niet overtrof?

Op dat moment had de telefoniste zich onvoorwaardelijk overgegeven.

Zonder het te weten had de meester een gevoelige snaar geraakt: de gelijkenis met de beroemde actrice was precies waar ze al zo lang haar best voor deed. Een actrice die het lot ook nog eens bijna dezelfde naam had toebedeeld en die zij had aangepast vanwege haar filmcarrière, zo wilde Addolorata graag denken.

Eindelijk was het iemand opgevallen.

'Maar hoe?' had ze gevraagd.

Een fluitje van een cent, had de meester geantwoord.

III

Meester Mirabile was de jonge, inspirerende acteur bij het amateurtoneel van Bellano. De keuze van de teksten, de selectie van de acteurs, de toewijzing van de rollen vielen onder zijn bevoegdheid.

Net in die periode dacht hij na over wat er over een paar maanden op de planken zou komen. Zijn voorkeur ging uit naar een lichte klucht, getiteld *De koningin der spiegels*, een onbekend werk van een zekere Domezio Gitanti.

De koningin, zoals de titel al liet raden, had er een centrale rol in en de rol was, zo begreep hij nu pas, op Lulu's lijf geschreven.

Het was alleen van belang om op tijd de concurrentie van een paar meisjes met artistieke pretenties uit te schakelen; ze waren zeker niet zo goed als zij maar hadden het voordeel dat ze de rol al hadden ingestudeerd.

Maar hoe moet dat dan? had Lulu gevraagd.

Mirabile had net gedaan of hij over het probleem moest nadenken.

Hij had naar het plafond gekeken, er waren rimpels op zijn voorhoofd verschenen.

Toen had hij met zijn hand een klap op de balie gegeven die tussen de publieke ruimte en het bureau van de telefoniste stond.

'U moet beter zijn dan de anderen,' had hij verklaard.

Zeven of acht avonden zouden volstaan. In die tijdspanne had hij haar vast en zeker alle geheimen van de rol geopenbaard. En Lulu zou op het moment van de rolverdeling de concurrentie inmaken, waardoor zij de rol van koningin zou verwerven.

Natuurlijk mocht niemand het weten of zien.

Dus, om het geheim te bewaren, konden ze absoluut niet op de Casa del Fascio deze repetities houden.

Beter op een rustig plekje, waar geen mens hen kon zien.

'Waar dan?' had Addolorata gevraagd.

Mirabile had zijn armen gespreid.

'Aan u de keuze,' had hij gezegd, 'mijn huis, uw huis. Of hier, na het werk. Kunst met een grote K voelt zich overal thuis.'

Lulu had het voorstel even overwogen.

'Goed,' had ze gezegd, 'boven, bij mij.'

En ze hadden afgesproken de zaak gedegen aan te pakken. Dus zou meester Mirabile om de avond tegen sluitingstijd het telefoonkantoor binnengaan en dan verscholen in een cel wachten tot Addolorata de lichten had uitgedaan en had afgesloten om vervolgens uit zijn schuilplaats te komen en met haar naar boven te gaan.

Alles was perfect gelopen.

De repetities duurden tot in de late uurtjes: ten eerste omdat Lulu meteen de smaak te pakken had gekregen, waarmee ze bewees werkelijk een artistieke geest te hebben; maar ook omdat Mirabile vanaf de eerste les in een afmattende, erotische wervelstorm was beland. Want om het meisje te leren hoe je op het toneel moest staan bleef de meester haar maar corrigeren en om dat te doen had hij zich genoodzaakt gezien haar aan te raken: onschuldige aanrakingen, de handen, de schouders, soms de heupen, het gezicht en het hoofd. Lulu liet hem begaan, in het geheel niet van slag gebracht door de handen van de meester die soms wat langer vasthielden dan nodig was. De meester daarentegen raakte steeds verhitter en kon vervolgens thuis de slaap niet vatten.

Dus was op een gegeven ogenblik zijns inziens het moment aangebroken niet langer te dralen.

De goede gelegenheid was er. Want in die zevende of achtste les had het stel een bijzonder heftige scène om in te studeren. Het ging om een soort monoloog die uitgesproken moest worden in het half duister, in de loop waarvan de koningin, weduwe geworden, bij zichzelf te rade ging welke keuze ze moest maken. Ofwel haar vroegere leven voortzetten, gesymboliseerd door de spiegel, en hertrouwen, ofwel de teugels van het rijk, gesymboliseerd door een scepter, in handen nemen.

Addolorata had zich voor die scène naar behoren voorbereid, want omdat het om een nachtelijke scène ging met een slapeloze koningin, verteerd door twijfel, had ze zich uitgedost of ze net uit bed kwam en een peignoir aangetrokken.

In het vuur van de voordracht was op een zeker moment een mouw van haar schouder gezakt en was een borst half tevoorschijn gekomen.

Toen had meester Mirabile het kookpunt bereikt.

Ze waren bij de scène dat de koningin, nadat ze de spiegel aan het publiek had getoond, hetzelfde met de scepter moest doen. Maar die was Lulu vergeten.

Ze was gestopt.

'Ik pak wel een pollepel, dat maakt niet uit,' had ze gezegd.

Meester Mirabile had gezegd dat ze stil moest blijven staan.

'Wacht,' had hij met een verstikte stem voorgesteld.

Inmiddels hield hij het niet meer.

Hij was naast haar gaan staan en had gelispeld:

'Pak dit maar als scepter.'

En had de hand van de actrice erheen gestuurd.

Eerst had Addolorata het niet door.

Ze zat ineens met dat gezwollen en vochtige geval in haar hand en had het enkele ogenblikken vastgehouden, waarmee ze Mirabile misleidde die haar spontaan stevig bij de billen greep.

Pas toen kwam Lulu bij zinnen. En met het geval stevig in haar hand geklemd had ze het omlaag gebogen, waardoor de meester dubbelklapte van de pijn.

IV

'Wat niet barsten wil, moet buigen,' was even later het commentaar van dokter Canzani op de eerste hulp van het ziekenhuis Umberto I bij de aanblik kort na middernacht van het van pijn vertrokken gezicht van meester Mirabile, die geëist had dat hij zonder de verpleegster erbij onderzocht werd.

'Ik barst nog liever.'

Maar de dokter had graag willen weten hoe de meester een dergelijk letsel had kunnen oplopen.

De meester was over de vraag heen gestapt.

Hij was meer geïnteresseerd in hoe lang de genezing ging duren, en hoe dat in zijn werk ging.

'Wat de tijd betreft, dertig à veertig dagen,' had de dokter geantwoord.

Wat het hoe betrof was er geen andere manier dan een soort steunverband aan te brengen dat het ding zijn vorm zou teruggeven en het verder aan moeder natuur over te laten. En er maar het beste van te hopen.

Waarom zo? had Mirabile gevraagd.

Nou, was de verklaring van de dokter geweest, omdat het rechtzetten, zoals bij elke breuk of scheur, littekenweefsel zou achterlaten dat de oorspronkelijke doorstroming van het orgaan in kwestie zou onderbreken.

'Het spreekt voor zich,' had hij benadrukt, 'dat littekenweefsel in een dijbeen wel wat anders is dan daar!'

Dat nachtje had voor meester Mirabile zonder enige twijfel het slechtst uitgepakt. Twee maanden later, genezen verklaard van het letsel, dat zich stukje bij beetje had hersteld, zoals de dokter half grappend had gezegd, hetgeen betekende dat het geval een beetje zo zou blijven als het was, krom en vrijwel onbruikbaar, had hij wegens ziekte overplaatsing aangevraagd en van hem was nooit meer iets vernomen.

Maar Lulu was gewoon gebleven.

Ze had zo mogelijk haar gevoel voor drama aangedikt, en was haar ziel, haar intiemste gedachten aan een nader onderzoek gaan onderwerpen. En niet alleen die van haar, ook die van anderen, omdat ze namelijk andermans telefoongesprekken was gaan afluisteren, iets wat ze nooit gedaan had.

45

Het had ruim een uur geduurd om verbinding met Rome te krijgen.

Ook het brood bezorgen bij Juffrouw Rosina had wel een uur geduurd.

Vader Barberi wilde daar net iets van zeggen toen hij zijn zoon eindelijk terug zag komen.

Maar de woorden bestierven op zijn lippen.

Hemel nog aan toe!

Hij had zijn zoon een uur eerder met slepende pas, gebocheld als een oude man zien vertrekken.

En nu?

Nu was hij teruggekomen, een en al glimlach, opgewekt als een fluitende merel.

Precies, dacht de bakker.

Een verliefde vogel.

46

Het had inderdaad meer dan een uur geduurd om verbinding met Rome te krijgen.

Maar wat kon zij daaraan doen?

Hoe mooi, betoverend, intrigerend haar handjes ook waren, het waren er maar twee en als het druk was moesten de heren belangstellenden rustig in de rij staan wachten.

Het ging trouwens altijd zo, was de redenering van Lulu.

Hele ochtenden was er niets te doen. En ineens barstte het los. Iedereen wilde bellen, allemaal hadden ze haast.

Het verzoek van secretaris Carrè om het gemeentehuis te verbinden met Rome was direct gekomen na een aanvraag van het Bellanese bankfiliaal van de Piccolo Credito Milanese voor een interlokaal gesprek met de hoofddirectie.

Het feit wil dat de directeur van het filiaal nieuw was, vrij onervaren, verlegen en een stotteraar. Het was de eerste keer dat hij vanuit Bellano zijn superieuren durfde te storen en dat had hij gedaan omdat hij zijns inziens een dringende zaak moest behartigen.

Stotterend en zich elke keer verontschuldigend als hij over zijn woorden struikelde, had de directeur uiteindelijk kunnen toelichten waarom hij het oordeel van hogerhand nodig had, en dat had een uur geduurd.

Lulu, die het gesprek toch aandachtig had gevolgd, had er niet veel van begrepen, ze wist niets van bankzaken.

Ze had er min of meer uit op kunnen maken dat een zekere Ghirardi, eigenaar van een garage, een hoop wissels had uitstaan die op het punt stonden te vervallen of al vervallen waren, dat had Lulu niet goed begrepen. In ieder geval had die Ghirardi aan de bank uitstel gevraagd, maar de Bellanese directeur, die waarschijnlijk al eerder vervaldata had opgeschort, had het niet aangedurfd hierover zelf te beslissen.

In Milaan hadden ze nee gezegd.

Geen uitstel meer.

Geen ruimte meer geven, hadden ze gezegd, aan dat soort bloedzuigers. Laat andere banken maar dit soort klanten nemen.

Maar dat, had de Bellanese directeur over elk woord struikelend tegengeworpen, zou Ghirardi op de rand van het faillissement brengen.

'Dat zal ons een zorg zijn,' was het antwoord van de directie geweest.

Et voilà, dat had een uur gekost.

Wat had zíj daar aan kunnen doen.

47

Om twaalf uur was Rome aan de lijn.

Burgemeester Meccia had opdracht gegeven het telefoontje naar zijn werkkamer door te schakelen, waarin hij zich zonder getuigen bijna drie kwartier had opgesloten.

Hij kwam er stralend uit, om tien over half een, en liep het kantoor van de secretaris in om de afspraak met de raad voor die avond te bevestigen.

De secretaris kreeg niet eens de tijd om een laatste bezwaar op te werpen. Meccia had peper in zijn kont.

Dus zakte hij onderuit in zijn stoel.

Eikel! mompelde hij zachtjes.

Dat deed de burgemeester nou altijd als hij iets had waaraan hij groot belang hechtte: de raad in het duister laten en optrommelen, zonder opgaaf van redenen.

Dat stelletje schaapskoppen liet zich altijd door de welbespraaktheid van hun baas overdonderen. Meestal begrepen ze geen reet van wat hij zei maar zetten ten slotte allemaal hun handtekening, en de ballen.

Allemaal best, als het om kleine financiële verplichtingen ging.

Maar in dit geval liep het gemeentebestuur volgens Carrè het gevaar zich in de ellende te storten waar het niet zonder kleerscheuren uit zou komen.

De raadsleden moesten vooraf ingelicht worden over het onderwerp waarmee ze zouden instemmen.

Zodat iemand eventueel kon proberen zelfs Meccia tot inzicht te brengen.

Het was één uur.

De secretaris besloot de lunch over te slaan.

Dat zou hem goed doen.

En hij zou ook een ommetje gaan maken.

Wat had de burgemeester verdomme tegen die lui in Rome gezegd?

Een ommetje, op een lege maag, en dan zou hij het weten.

48

I

Secretaris Carrè was getrouwd, kinderloos.

Zijn schuld, die van zijn vrouw Ausonia, wie zal het zeggen?

Beiden hadden de realiteit aanvaard. Al jaren vroegen ze het zichzelf niet meer af.

Ze leefden inmiddels een vredig bestaan.

Een goede keuken, degelijke vrije zondagen in huis doorgebracht onder het genot van ijs in de zomer, zelfgebakken taart in de winter. Weinig geregelde bezoekjes, altijd dezelfde. Weinig uitjes, alleen bij speciale gelegenheden.

Zo was Carrè's buik gegroeid. En eerlijk gezegd ook die van zijn vrouw, die prat kon gaan op een aanzienlijke taille.

Als Antonino in de spiegel keek dacht hij vaak aan de inmiddels lang vervlogen oorlogsjaren: hoe toen ribben en borstkas uitstaken onder zijn huid en hij maand na maand nieuwe gaten in zijn riem moest maken omdat anders zijn broek afzakte.

Kijk nou toch, waar was de lijn en de energie van die tijd gebleven?

Tja, gaf hij zichzelf ten antwoord.

Die waren waarschijnlijk allemaal destijds opgesoupeerd.

Nu verwarmde de rustige, gezapige monotonie van de dagen zijn hart. Hij zou zijn leven met niemand willen ruilen, hij wenste zichzelf niets anders toe. Daar zou hij voor willen tekenen, zoals dat gebruik was in het militaire leven.

Daarom had het hem veel ergernis bezorgd dat hij ongeveer anderhalf jaar geleden zijn hoofd een beetje op hol had laten brengen door een werkneemster van de gemeente Lecco.

II

Het was gebeurd op de jaarlijkse bijeenkomst van de gemeentesecretarissen van de dorpen om het meer in het gemeentehuis van Lecco een paar weken voor Kerstmis. Een officiële receptie: de hoofdsecretaris wenste iedereen fijne feestdagen.

De vrouw stond in de deur van de ontvangstzaal van het gemeentehuis om de secretarissen te ontvangen en hun te verzoeken plaats te nemen.

Carrè was een van de weinigen geweest die als begroeting een lichte buiging had gemaakt, zoals een ambtenaar van stand paste, om vervolgens zijn identiteit bekend te maken.

Zij had ten antwoord geglimlacht en zich vervolgens ook voorgesteld.

'Geneviève,' had ze gezegd.

Olala! was Carrè's reactie geweest.

En had meteen daarna zijn beste wensen voor een gelukkig kerstfeest en een vreugdevol 1929 in perfect Frans gegeven.

Geneviève, op haar beurt zeer verbaasd, had hem bedankt, ook in het Frans.

Hoe is dat mogelijk? hadden ze zich beiden afgevraagd.

Hoe was het mogelijk dat ze allebei de taal van hun neefjes van over de Alpen zo goed spraken?

Het zou lastig worden het daar uit te leggen, omdat achter de brede rug van Carrè zich een behoorlijke rij van mopperende secretarissen was gaan vormen. Antonino had ruim baan gemaakt voor de van ongeduld trappelende collega's en toen de laatste eindelijk naar binnen was gegaan, en de secretaris van Lecco aanstalten maakte om zijn speech te houden, had hij de vraag aan de vrouw gesteld.

Ze waren allebei achterin de zaal gaan staan, waar ze tekst en uitleg konden geven zonder de bijeenkomst te storen.

III

Het lag heel simpel, had de vrouw verteld: ze had een van oorsprong Franse moeder, die thuis altijd haar moedertaal was blijven spreken, zodat ze zowel met Frans als Italiaans was opgegroeid.

Maar hij?

Had hij ook een vader of een moeder van over de Alpen?

Welnee had Carrè glimlachend gemompeld. Zijn vader kwam uit Sicilië, zijn moeder uit Ciociaria. Hij was geboren en getogen in Rome. En in Rome had hij Frans leren spreken.

Het was in 1914, een jaar dat in Europa met krachtige oorlogssignalen was begonnen en waarvan Italië niet wist of ze die wilde opvangen of negeren. Er waren momenten geweest in de eerste maanden van het jaar waarin de Italiaanse regering overeind was gebleven door beide partijen de hand boven het hoofd te houden. De ene dag scheen Italië zich aan de zijde van de Triple Alliantie te scharen en de volgende dag aan die van de regeringen van de Entente.

Carrè was toen student en fervent voorstander van interventie. Hij was ook vaak te zien in kringen waar de discussie over de oorlog aan de orde van de dag was en waar met stelligheid werd beweerd dat, ondanks de neutraliteitsverklaring van de Italiaanse regering die zomer, de militaire leiding twee verschillende manoeuvres aan het voorbereiden was: een tegen Frankrijk en de andere tegen de Oostenrijkers. Volgens die berichten zou de meest waarschijnlijke aanval tegen de Fransen zijn. Italië zou zijn trouw aan de huidige bondgenoten van de Triple Alliantie bevestigen. Dus had Antonino, net als een aantal vrienden van hem, zich als een bezetene op de studie van het Frans gestort. Daarvan zouden ze, naar men zei, voordeel hebben bij de recrutering en niet naar de loopgraven gestuurd worden, maar de verantwoordelijke posten toebedeeld krijgen.

Maar ten slotte had Italië zich officieel uit de Triple Alliantie teruggetrokken en zich aan de zijde van de oude bondgenoten geschaard. De studie Frans was nutteloos gebleken, maar Antonino Carrè had zijn kennis niet kwijt willen raken; hij had die bijgehouden door de Franse klassieken in de oorspronkelijk taal te lezen en elke keer dat de gelegenheid zich voordeed Frans te spreken.

Zoals die middag in Lecco.

Waarvan overigens bij de secretaris meer was blijven hangen dan een leuk gesprek in het Frans. Hij had er een soort loomheid aan overgehouden, een soort kriebel in zijn maag. Hetzelfde kriebelgevoel dat hij kreeg wanneer hij thuis de geur van stoofvlees of saucijsjes opsnoof, dat pas verdween als zijn maag vol was, net zoals dat was overgegaan toen hij een paar dagen later op de uitnodiging van Geneviève was ingegaan om haar te bellen als hij weer eens zin kreeg in een leuk Frans gesprek, en toen bijna een uur aan de telefoon, die van het gemeentehuis, had gezeten.

Ook de vrouw had gebeld. In de loop van nog geen maand waren er tussen die twee, zonder dat ze het beseften, drie, vier keer per week telefoongesprekken gevoerd, waarna Carrè altijd gebroken was, alsof hij zich zwaar had ingespannen. Inmiddels had hij wel begrepen dat de tijd rijp was om een stap te wagen, maar hij had het uitgesteld. Zich met hart en ziel in dat avontuur storten betekende de vertrouwde sleur van zijn leven omverwerpen. Dat stond hem tegen en hij werd er nerveus van.

IV

De romance liep op niets uit. Die was langzaam maar zeker telefonisch doodgebloed, dankzij de onzekerheid van Carrè.

Gestorven aan de tering, had hij gedacht en hij had zich later dagenlang afgevraagd of je over je leven beter verdriet of spijt kon hebben.

Maar dat avontuur had wel een ander gevolg gehad.

Ongeveer een maand na de noodlottige ontmoeting met Geneviève had Carrè gemerkt dat zijn korps medewerkers merkwaardig vrolijk was.

Ze zaten onderling te gniffelen. Soms lachten ze vrijuit. Niet dat er niet gelachen mocht worden op het gemeentehuis. Nee, de secretaris wist maar al te goed dat als het moreel hoog was onder soldaten er beter werd gepresteerd.

Alleen had hij de reden van al die vrolijkheid wel willen weten, met hen willen meelachen, zoals een goede commandant betaamt.

Dus had hij op een ochtend niet langer gedraald.

Hij was onverwacht uit zijn kantoor tevoorschijn gekomen en had zich midden in een lachsalvo aangediend.

'Mag ik ook meelachen?' had hij gevraagd.

Het gelach was weggestorven, de ambtenaren hadden elkaar stomverbaasd aangekeken.

Maar de secretaris had geen pissige toon aangeheven, en ook op zijn gezicht was geen spoor van nijdigheid.

Dus had Sbercele het hem uitgelegd.

Lulu, had hij gezegd.

Ze lachten om Lulu.

'O ja?' had Carrè gevraagd.

En wat had ze dan gedaan dat zo grappig was?

Niets, was het antwoord geweest.

Ze had helemaal niets gedaan.

Ze moesten om háár lachen.

Sinds wanneer dan? had de secretaris gevraagd.

Misschien had mijnheer de secretaris haar onlangs niet gezien, had de bode gezegd.

Dan moest hij weten dat sinds een tijdje, sinds een maandje, Lulu ineens Frans was gaan spreken.

Frans? had Carrè hem onderbroken, de oren meteen gespitst.

Ja, Frans.

En hij moest haar eens zien als ze met de klanten sprak, hoe ze zich aanstelde, hoe ze haar mond tuitte, hoe ze met haar ogen knipperde en hoe ze haar spuuglokje weer in orde bracht.

Maar hij moest haar vooral horen.

Want om de drie woorden zei ze iets Frans ertussendoor.

Bien sûr, *certainement*, *mon chéri*, *moi aussi* enzovoort.

Ze probeerde zelfs haar r'en te brouwen.

Echt te komisch, had de bode als commentaar gegeven.

Wie weet wat in haar hoofd omgaat, had hij gezegd.

Misschien heeft ze eindelijk een vrijer gevonden, een Franse uiteraard.

Wat nou vrijer! had de secretaris willen zeggen.

Maar hij zweeg.

'Sinds een maand hè?' had hij gevraagd.

Ja, zo ongeveer.

Twee uur later had hij zich in de lunchpauze met een smoes bij Lulu thuis aangediend.

Of de vrouw een goede toneelspeelster was of een vrolijke domme gans interesseerde Carrè niet.

Dat Lulu, toen ze met hem praatte, het niet in haar hoofd had gehaald Franse uitdrukkingen te gebruiken had hem genoeg gezegd.

Zeker van zijn zaak was hij met grof geschut gekomen.

'U weet toch wel, juffrouw, dat het verboden is andermans telefoongesprekken af te luisteren? Weet u dat ik ervoor kan zorgen dat u uw baan kwijtraakt?'

Lulu had geen spier vertrokken.

'Zou u dat willen?' had ze gevraagd.

O hemel, nee! had hij geantwoord.

'Maar wees op uw hoede,' had hij gewaarschuwd.

V

Net als toen maakte secretaris Carrè nu zijn opwachting bij de flat van de telefoniste.

'Bonjour,' zei hij bij binnenkomst.

Lulu glimlachte poeslief.

'Qu'est-ce que voulez vous?' vroeg ze.

49

Verzadigd of hij een zware maaltijd achter de kiezen had.

Teruglopend naar het gemeentehuis had de secretaris het gevoel of alles wat Lulu hem verteld had geen plek had kunnen vinden in zijn hoofd en zich dus maar in zijn maag had genesteld, die nu propvol zat.

Want Lulu had op de vraag wat de burgemeester en die lui in Rome besproken hadden, eerst de reden gegeven waarom de verbinding pas na een uur gemaakt had kunnen worden. Dus was hij nu volledig op de hoogte van de tegenslagen die Ghirardi donkere dagen gingen bezorgen, iets wat hem niet bijster interesseerde; wel had hij gretig geluisterd naar het verslag van het andere telefoongesprek.

En nu wist hij het.

Hij wist dus dat:

a) de burgemeester direct met de verantwoordelijke van het project had gesproken, ene mijnheer Furini, en hem had gezegd dat hij vastbesloten was op het voorstel van de SBOLT in te gaan.

b) Meccia categorisch had uitgesloten dat de gemeente Dervio enige interesse had om aan het project mee te werken. Waarop Furini hem erop had gewezen dat de begroting die naar de gemeentebesturen was gegaan gemaakt was met de verwachting van deelname van alle drie de gemeenten aan de realisatie van de vluchtdienst. Dat betekende kortom dat als Dervio ook niet wilde participeren, de financiële verplichting, alleen al voor deelname, van 4.500 naar 9.500 lire zou gaan.

c) de burgemeester een enkel ogenblik had geaarzeld – dat herinnerde Lulu zich nog goed – waarna hij letterlijk had bevestigd dat 'het niet om een kwestie van geld maar van alleenrecht ging'. Furini had geantwoord dat als hij alleenrecht wilde hij dat kon krijgen. Daar had hij nog aan toegevoegd dat ingenieur Lauro Mazzagrossa, de verantwoordelijke technicus van het project, juist dezer dagen in Como was om de bureaucratische molen op gang te brengen en het wellicht een goed idee zou zijn als de burgemeester hem ontmoette.

Kon hij bijvoorbeeld naar Como gaan?

Meccia had in antwoord daarop voorgesteld in Bellano af te spreken, met tevens een uitnodiging voor de lunch aanstaande zondag, en Furini had namens Mazzagrossa de uitnodiging geaccepteerd.

Het zou hem benieuwen wat die lunch nu weer ging opleveren, dacht Carrè.

Die ezel van een burgemeester stond op het punt zich in een gevaarlijk avontuur te storten.

Gelukkig was hij er ook nog.

En die avond zou hij in de raad, op het moment dat hij zijn mening mocht geven, zich niet laten bidden of smeken: hij zou ze eens flink de les lezen, de burgemeester en die andere domme pantoffelhelden die niets van financiën begrepen.

50

'Het kan me geen bal schelen!' was het commentaar van Ghirardi op het bericht dat hij geen uitstel van betaling meer kreeg.

'Ik sluit de tent!' voegde hij eraan toe. 'Ik verklaar me failliet!'

Het ene faillissement trok namelijk het andere aan.

En het komende zou het derde zijn in het leven van Ghirardi.

Die inmiddels had begrepen dat het veel eenvoudiger was om uit de as van een faillissement te herrijzen dan, om je gezicht te redden, droog brood te eten en op je blote knieën begrip af te smeken bij de crediteuren.

'Echt geen bal!' herhaalde hij. 'Einde garage. Iedereen zoekt het maar uit!'

Een van hen was Gerolamo Vitali.

51

Arme tante Rosina, merkte Renata op.

Ach ja, antwoordde haar moeder Evangelia. Gewoon, om maar iets te zeggen. Ook zij zei vaak *arme tante Rosina*: zo alleen, zo oud, al die weemoed die ze wel niet moest voelen, enzovoort, enzovoort.

Maar nu zat zijzelf in de penarie.

Voor de lunch had ze polenta oncia gemaakt, een gerecht dat de grootst mogelijke punctualiteit vereiste.

En Agostino kwam maar niet opdagen.

Hij wist het, ze had het hem duidelijk gezegd, al was dat niet nodig.

Hij eiste als geen ander dat de tijden rigoreus werden gerespecteerd: aan de lunch en het avondeten verwachtte hij het gezin op tijd aan tafel, anders was de wereld te klein.

Maar nu koelde de polenta per minuut meer af, stolde de kaas. Het werd een kleverige brei, kippenvoer.

Kortom smerig.

Ze kon het al bijna horen.

Smerig, zou haar man gevonnist hebben.

En ze zou er niets tegenin kunnen brengen. Hem aan zijn verstand peuteren dat het allemaal zijn schuld was, omdat hij meer dan een uur te laat was.

Want hij was de burgemeester, zou hij zeggen, en moest elke dag duizenden problemen oplossen.

En hij kon niet tegen de secretaris, tegen de raadsleden, de armoedzaaiers die in de rij buiten zijn werkkamer stonden, zeggen:

'Het spijt me, ik heb nu geen tijd, ik moet gaan anders wordt mijn polenta koud!'

Evangelia zag de scène al voor zich.

'Arme ik,' zei ze dus, en nu eens niet tante Rosina.

Goed, die was alleen. Maar ze had nu graag met haar willen ruilen, want af en toe alleen zijn had zo zijn voordelen.

'Als je gezond bent,' weersprak Renata haar.

Niet, als je behalve oud ook ziek bent.

Zoals tante Rosina.

Evangelia schrok op.

Ziek? vroeg ze.

Hoezo?

Maar als...

Ziek, bevestigde Renata.

Ze hoefde maar te gaan kijken.

Nee, ze móest gaan kijken.

52

Oud ben ik helaas wel, had tante Rosina gezegd, maar nog niet ziek.

'Maar niemand verbiedt me te doen alsof,' had ze er meteen aan toegevoegd.

Het was een mooie smoes om het stel de gelegenheid te bieden elkaar elke dag te zien, met elkaar te praten, elkaar te vertellen hoe de zaken ervoor stonden.

Het was natuurlijk niet hetzelfde als naar de bioscoop gaan, die donker was...

Maar voorlopig kon het, moest het wel zo.

'Voorlopig.'

Over de rest had tante Rosina duidelijke ideeën.

Het was heel onverstandig de burgemeester tegen de haren in te strijken. Wachten op de juiste gelegenheid, die hem een toontje lager zou laten zingen, was het devies.

'Wie zegt dat hij dat zal doen?' had Vittorio gevraagd.

Tante Rosina had sluw geglimlacht.

'Ik,' had ze geantwoord. 'Want het is een man die aan respect, aan vormen hecht. Aan eergevoel.'

'Juist daarom wil hij niet dat ik met een bakker omga,' had Renata daartegen ingebracht.

Verdorie, meisje, had tante Rosina gedacht, ik wou dat ik je kon vertellen hoe de vork in de steel zit!

'Bied hem de gelegenheid hem te waarderen,' had de oude vrouw weerlegd, 'je zal zien dat hij die gelegenheid niet laat schieten.'

'Maar hoe dan?'

Dat wist ze nog niet, had tante Rosina gezegd.

Maar vroeg of laat zou ook die vraag beantwoord worden.

53

'Het spijt me dat ik zo laat ben,' zei de burgemeester toen hij thuiskwam.

'Dat geeft niet,' antwoordde Evangelia gauw, ze kon haar oren niet geloven.

Ernstig ging Agostino aan het hoofd van de tafel zitten. Maar hij pakte niet zijn vork en mes en vroeg ook niet wat ze aten, zoals hij anders altijd deed.

'Ik ben met iets groots bezig,' zei hij mysterieus.

Maar zei niet wat.

Expres niet.

Hij had bedacht dat zolang de zaak niet officieel was met handtekeningen en alles, het beter was te zwijgen: niet het risico lopen dat het verhaal de burgemeester van Dervio ter ore zou komen. Vooral vrouwen, ook die bij hem in huis, moesten erbuiten gehouden worden.

'Zondag,' kondigde hij aan, 'hebben we gasten.'

Belangrijk bezoek, voegde hij eraan toe.

Hetgeen betekende dat Evangelia een soort kerstmaal moest voorbereiden.

En dat Renata voor de tweede opeenvolgende zondag thuis moest blijven.

Het meisje vertrok geen spier, met de woorden van tante Rosina goed in haar hoofd geprent.

Evangelia vroeg niet wie de gasten waren, en hoeveel er kwamen: allang blij dat ze aan een scène ontsnapt was.

De burgemeester trok zich om na te denken terug in zijn leunstoel. Die avond wachtte hem een zware vergadering.

Niemand had honger.

De polenta bleef onaangeroerd.

54

Ingestort.

Tante Rosina was ingestort, griezelig bergafwaarts gegaan, en zo onverwacht dat Evangelia het maar met moeite kon beseffen.

Als ze het niet met eigen ogen had gezien, had ze het niet geloofd.

Maar ze had haar wel gezien, die middag nog. En desondanks kon ze het zich amper voorstellen.

In de loop van een week, hoogstens tien dagen, was de kwieke oude vrouw van daarvoor er niet meer, verdwenen.

In plaats daarvan was ze geconfronteerd met de beverige stand-in van de Rosina die ze kende.

Ze was haar die middag nog, tegen vieren, gaan opzoeken. En om te beginnen had het haar getroffen dat Rosina toen net aan tafel wilde gaan.

Om vier uur 's middags? had ze opgemerkt.

Dat was hooguit het moment voor een tussendoortje!

Het oude vrouwtje had haar eerst aangekeken. Toen had ze een hapje genomen van een buitengewoon treurig soepje dat ze voor zichzelf had klaargemaakt. Dus had ze al kliederend uitgelegd dat ze dat deed om vroeg naar bed te kunnen gaan.

Om vijf uur?

Ja, zo kon ze op kolen en hout besparen.

Wat is er allemaal aan de hand, had Evangelia aangedrongen.

Had ze soms ergens last van, pijn?

Was ze al bij de dokter geweest?

Nee, had tante Rosina gezegd.

Geen klachten of pijn. Naar de dokter gaan was niet nodig.

Haar ziekte had een naam.

'Ouderdom!' had ze gezegd.

En er waren geen pillen of doktoren die dat konden genezen.

Aangedaan had Evangelia haar neus opgehaald. Pas toen was haar de geur opgevallen die in de keuken hing. Medicinaal, licht afgezwakt door de vage geur van een paar blaadjes salie die in de soep dreven. Het was de geur die in het bejaardentehuis hing en tante Rosina zag er precies zo uit als de vrouwen die daar waren opgenomen.

Toen had ze gevraagd of ze iets voor haar kon doen.

Ja, had het oudje meteen gezegd.

'Neem twintig jaar van me af,' had ze verklaard, maar zonder ook maar iets van een glimlach.

Evangelia was in totale verwarring naar huis gegaan. Het was duidelijk dat Rosina niet meer voor zichzelf kon zorgen.

Hoe het in godsnaam gebeurd was kon ze maar niet begrijpen. Ze was natuurlijk heel oud en al die jaren waren haar ineens te veel geworden. Ze was nu een soort kind en moest als zodanig behandeld worden.

Ze zou geen twintig jaar van haar af kunnen nemen, zoals Rosina dat natuurlijk voor de grap had gezegd. Maar ze kon wel wat anders doen.

Er in ieder geval voor zorgen dat ze geen kou of honger leed. En misschien nadenken over een plaats in het bejaardentehuis.

Ze moest er met haar man de burgemeester over praten.

Daarom wachtte ze tegen haar gewoonte in op hem, in bed, maar wel wakker.

55

Als secretaris Carrè plannen had gemaakt hem in de raad tegen te werken, had de secretaris behoorlijk zijn vet gekregen.

Hij en zijn klotebegrotingen, dacht de burgemeester terwijl hij op huis aan ging.

Rustig kuierend.

Tevreden over de overwinning genoot hij van de heilzame loomheid die hij begon te voelen na een dag vol spanning.

Het was nacht, nergens een geluid te horen. Een heldere hemel bezaaid met sterren. Toen de burgemeester ernaar keek zag hij het als het ideale decor voor zijn onderneming.

'Recht op het doel af,' mompelde hij.

En de secretaris kon zijn rug op.

Wie van hen tweeën had het eigenlijk voor het zeggen?

Hij.

En had hij niet de bevoegdheid de secretaris eventueel naar zijn mening te vragen, en zo niet, geheel en al alleen de verantwoordelijkheid van een besluit op zich te nemen?

Zeker.

Dus had hij niemands mening gevraagd. Carrè was verzocht zijn functie uit te oefenen, namelijk die van secretaris.

Hij stopte, wierp een blik op het diepzwarte meer. Richtte zijn ogen weer omhoog naar de hemel en kon toen ruimer ademhalen.

De raad? dacht hij.

Laat me niet lachen.

Stelletje sukkels, hij had ze toch maar mooi ingepakt.

Ze zelfs betoverd.

Ze hadden niet eens gemerkt dat Carrè, die weliswaar niet had geïnterpelleerd, de boel had proberen te verzieken door gezichten te trekken en met zijn wijze hoofd te schudden. Hij had ze langzaam gaar gestoomd en toen het bedrag, 9.500 lire, op ze los gelaten. De secretaris was wit weggetrokken aangezien het bedrag de reservefondsen opslorpte.

En zij?

Niets.

Ze hadden geen boe of ba gezegd.

Bij de deur van zijn huis wierp hij nog een blik op de hemel. Hij sloot zijn ogen en probeerde zich een voorstelling te maken van het geronk van een vliegtuig dat door de ruimte boven hem vloog.

Misschien zou hij in de toekomst ook nachtvluchten kunnen financieren.

Eenmaal binnen zag hij onder de slaapkamerdeur een streep licht.

Was zijn vrouw nog wakker? vroeg hij zich af.

Waarom?

Zou ze willen...?

Welnee.

Waarschijnlijk wilde ze hem nog iets over Renata vragen.

Wat een gedonder!

Een ding tegelijk.

Voorlopig, ook de komende zondag, was Renata onder de pannen. Daarna zou hij er eens goed over nadenken.

Hij liep expres gapend de slaapkamer in, om aan te geven dat hij moe was.

Evangelia hield geen rekening met de waarschuwing.

Ze begon meteen over het instorten van tante Rosina.

Ook dat nog! dacht de burgemeester terwijl hij in bed stapte en zich op zijn zij draaide.

Hij sliep vrijwel meteen in, maar dat merkte Evangelia pas toen ze klaar was met haar relaas.

56

Waarom? vroeg Gerolamo Vitali zich af.

Ghirardi had net zijn praatje met hem en de andere twee werknemers van de garage beëindigd.

Hij had er geen doekjes om gewonden, gewoon recht voor zijn raap.

'Over een maand gaat de boel hier dicht,' had hij gezegd.

'En,' had hij eraan toegevoegd, 'voor wie niet aan mijn kop zeikt heb ik een extraatje.'

Hetgeen inhield dat ze hem een plezier deden zelf ontslag te nemen in plaats van hem te verplichten hen te ontslaan.

Vitali had naar de anderen gekeken en had toen ja gezegd. Het maakte tenslotte in wezen geen verschil.

Toen had hij zich afgevraagd: waarom?

Waarom had zijn zwager hem voor sukkel uitgemaakt?

Twee avonden geleden, in het wijnlokaal.

Toegegeven, hij had gedronken. Maar tien koppen wijn bij Lena waren niet genoeg om hem zo dronken te maken dat hij dingen vergat.

Hij kon het zich nog heel goed herinneren.

Hij kon zich vooral nog herinneren dat na zijn uitgebreide verhaal over zijn bezoek aan de burgemeester in zijn kamer op het gemeentehuis, zijn zwager de bode tegen hem had gezegd:

‘Wat ben je toch een sukkel.’

En dat was alles.

Waarom?

Dat moest hij hem vragen.

Dat moest hij doen, zo snel mogelijk.

Nee, nu meteen, want hij was inmiddels werkeloos en dus hulpbehoevend.

57

Bode Sbercele nam zijn functie zeer serieus.

Sinds hij de lucht van het gemeentesecretariaat had opgesnoven had hij zich airs aangemeten: afgelopen met de dranklokalen, en alleen met zorg uitgekozen vriendschappen.

Toch kon hij juist vanwege zijn functie waardoor hij vaak op pad was, ontmoetingen en vragen niet vermijden. Als hij aan geen van beide kon ontkomen antwoordde hij gewichtig, haast alsof alle geheimen van het gemeentebestuur hem waren toevertrouwd en liet hij soms uit ijdelheid doorschemeren dat misschien, als hij zijn best zou doen, als hij een woordje zou laten vallen...

Niets was minder waar: de mening van de bode stelde geen bal voor, noch had iemand hem er ooit naar gevraagd. Maar als je iemand moest hebben die op de hoogte was, moest je bij hem zijn, want hij stak zijn neus overal in, zowel buiten als binnen het gemeentehuis.

Om hem te benaderen was enige moed vereist, bedacht Gerolamo Vitali.

En moed had hij die dag extra nodig want na zijn zwager zou hij zijn vrouw thuis onder ogen moeten komen en dat goedgevulde loonzakje inleveren dat echter de tekortkoming had het laatste te zijn, en wie weet voor hoe lang.

De brandstof die Lena in haar dranklokaal verschafte begon te werken. Tegen zes uur 's avonds voelde Vitali zich beresterk, en na een laatste kop wijn ging hij op pad voor zijn beoogde missie.

Een beetje wankel op de benen maar in zijn hoofd glashelder.

Helaas, nog maar net binnen bij zijn zwager, zette hij zijn voet op een poetslap die over de van was glanzende vloer gleed.

Hij eindigde met zijn benen in de lucht, voor de neus van de bode, diens vrouw en de zoon die als eerste het koor van schatergelach inzette.

'Wat moet je?' vroeg zijn zwager.

Waarna hij hem samen met zijn vrouw overeind hielp.

Hij had wel geprobeerd zelf op te staan maar die verdomde was had hem daarin belemmerd.

Eenmaal op de been leunde hij tegen de gangmuur. Ook al omdat niemand hem had gevraagd in de keuken te komen zitten.

Hij had even nodig om zijn gedachten op een rijtje te zetten. Intussen had zijn zwager vrouw en zoon te kennen gegeven dat ze weg moesten gaan: van bepaalde voorbeelden, had hij gemompeld, viel bar weinig te leren.

'Wat moet je?' herhaalde hij toen.

Vitali slaakte een diepe zucht en zijn adem overspoelde de gang met een kegel van wijn.

Daarna ging hij in de aanval.

Eerst de bioscoop.

Toen zijn ontslag van die ochtend.

Ten slotte de dringende reden van zijn bezoek.

Kon zijn zwager de bode niet een goed woordje voor hem doen?

Bij wie?

Bij de burgemeester.

Waarvoor?

Nou, om hem aan een andere baan te helpen, hè?

Ook hij had een gezin!

'Om te beginnen gaat iemand die een gezin moet onderhouden niet geld bij Lena lopen rondstrooien,' ontzenuwde zijn zwager dat argument.

Gerolamo sloeg zijn ogen neer.

Dat kwam door de narigheid, mompelde hij.

'Volgens mij heb je elke dag wel narigheid,' tekende de bode daarbij aan.

Akkoord, antwoordde Vitali, ik zal het niet meer doen.

Het zal me een zorg wezen, merkte zijn zwager op.

Ja, maar de burgemeester...

Hoezo de burgemeester?

Kon hij niet een goed woordje bij hem doen? Tenslotte zag hij hem elke dag, kende de situatie, zo veel moeite was het toch niet!

De bode stak zijn borst parmantig vooruit.

Ten eerste, zei hij met opgestoken vinger, was de burgemeester niet op deze aarde om de rotzooi van zijn burgers op te knappen.

Ten tweede, met de vinger nog steeds opgestoken, was hij, Sbercele, niet het type dat iemand om een gunst ging vragen, hij wilde niet te boek staan als een kontlikker.

Ten derde, en ineens gingen vinger en stem omlaag, als hij niet...

Vitali begreep absoluut niet wat zijn zwager bedoelde.

Wat? vroeg hij.

'Als je hem niet zo pissig had gemaakt...' verklaarde de bode zich nader.

Ik?

Nee, ik! was het weerwoord van zijn zwager.

Hij herinnerde zich toch wel die ochtend op het gemeentehuis, in diens werkkamer...

Jawel.

Dat wist hij nog wel.

Maar wat had hij dan gedaan? Niets.

'O nee?' snauwde de bode.

Noemde hij dat niets, de burgemeester zo pissig maken?

Vitali's ogen begonnen te branden. In de gang was het bloedheet vanwege de kolenkachel die daar stond. De wijn die hij had gedronken begon te koken.

Het zal best zijn dat hij pissig was geworden, was zijn weerwoord, maar daar kon hij niets aan doen, hij wist echt niet waarom. Dat kon hij zweren.

'Je weet dat ik me van geen kwaad bewust was. Zeg jij dat dan tegen hem,' dreinde Vitali.

Bekijk 't, dacht de bode Sbercele.

Mezelf te kakken zetten bij de burgemeester voor die sukkel, die dronkelap.

Geheimen, bepaalde geheimen, kon hij goed bewaren, overdacht de bode, die op dat moment besloot dat het tijd was zich van zijn zwager te ontdoen.

Hij legde een hand op zijn schouder.

'Luister,' zei hij, 'ik kan je zeggen dat je een gevoelige snaar hebt geraakt. En ik had je nog zo gewaarschuwd je verre van die zaak te houden.'

'Maar ik...'

De andere hand van de bode belandde op de andere schouder. Waarna hij hem naar de uitgang begon te duwen.

'Je hebt zout in de wond gestrooid,' sloeg de bode opnieuw toe.

Inmiddels waren ze bij de deur gekomen.

Maar wat bedoelde hij toch? vroeg Vitali weer.

Niets, antwoordde de zwager.

'Ga nu maar naar huis en even lekker slapen. Dan hebben we het er een andere keer nog wel over.'

En bam! de deur sloeg dicht.

Vitali stond buiten in de kou en rilde.

Wat was dat nou voor lulkoek van zijn zwager?

Zout in de wond, gevoelige snaar!

Jezus, wat moest hij nodig pissen. Hij deed het ter plekke, naast de deur van zijn zwager de bode.

Sodemieter op, mompelde hij.

En hij moest bijna lachen.

Bijna.

Want ineens viel hem de gedachte in dat hij nu Albina onder ogen moest komen.

Hij had meer moed nodig, het wijnlokaal van Lena was hier twee stappen vandaan. Zwalkend van de ene muur naar de andere kwam hij er aan.

58

'Wat is dat?' vroeg Evangelia.

Als antwoord kreeg ze eerst de giftige blik van haar echtgenoot.

De burgemeester had er een hekel aan onderbroken te worden als hij aan het woord was en dat had zijn vrouw net gedaan terwijl hij bezig was het menu van aanstaande zondag door te nemen: salami uit de streek, saucijsjes, mortadella, in olie ingelegde paddestoelen, zure uitjes en augurken; als voorgerecht, aardappelsoufflé met truffels uit Perledo...

'Wat?' vroeg Agostino sissend.

'Een geluid,' verklaarde ze nader.

Aan tafel viel een doodse stilte.

'Ik hoor helemaal niets,' siste Agostino.

In dit soort zaken was Evangelia koppig.

'Hoe is het mogelijk,' zei ze.

En toen aan Renata:

'Heb jij iets gehoord?'

Nee, ook Renata had niets gehoord.

Maar toch...

'... aardappelsoufflé met truffels uit Perledo, houting met boter en salie...'

'Daar!' onderbrak Evangelia hem weer.

Agostino liet zijn lepel in zijn bord vallen.

'Wat daar?'

Maar deze keer had Renata ook iets gehoord.

'Ja,' zei ze, 'het komt van buiten.'

Ze luisterden alledrie.

Stond daar iemand te huilen?

Ook de burgemeester moest toegeven dat zijn vrouw gelijk had.

'Het lijkt op gehuil,' merkte Evangelia op.

'Het lijkt op een krolse kat,' verbeterde Renata haar.

Het kwam af en toe voor dat katten zich voor de deur van het huis van de burgemeester verzamelden en daar hun balts opvoerden.

'Nou ja,' begon de burgemeester, 'in ieder geval...'

Maar een ander geluid, een doffe klap, onderbrak hem weer.

'Er klopt iemand aan,' zei Evangelia.

'Het lijkt meer of er iemand met de deur op de vuist gaat,' wierp Renata tegen.

Niet met harde klappen, maar regelmatig toegebracht. En op de achtergrond dat gemauw van een bronstige kat.

'Kortom,' lachte Renata, 'er staat een enorme bronstige kater op onze deur te kloppen. Wat doen we eraan?'

Het gebonk was nu opgehouden, maar het gejammer was in kracht toegenomen.

'Ik kan beter even gaan kijken,' besloot de burgemeester en stond op.

Gerolamo Vitali had het niet meer.

Even daarvoor had Lena geweigerd de zoveelste kop wijn te serveren en hem net als zijn zwager, handen op de schouder, naar buiten gewerkt.

Nu was hij ten prooi aan één enkele gedachte: zijn excuses aanbieden aan de burgemeester.

En op de vleugels van de wijn, zwalkend, vallend en huilend had hij ten slotte het woonhuis van Agostino Meccia bereikt.

'Wat is er?' vroeg de burgemeester nors vanuit de deuropening.

Hij herkende in die zwaaiende, vormeloze zak voor hem niet meteen Vitali.

En ook Vitali herkende de burgemeester niet. Omdat hij dacht zich in de deur vergist te hebben begon hij uit alle macht te schreeuwen.

Hij moest de burgemeester spreken, zijn excuses aanbieden, hij had het niet expres gedaan, hij wist van niets, van het zout in de wond en de gevoelige snaar...

Evangelia en Renata, aangetrokken door die kreten, waren vlak achter de burgemeester komen staan.

'Genoeg,' schreeuwde de burgemeester toen.

Vitali hield op.

Hij sperde zijn ogen open.

Eindelijk had hij door wie hij voor zich had.

'Ik kan er niets aan doen,' zei hij. 'Ik weet van niets.'

Waarna hij een buiging maakte die hem maar net zijn evenwicht niet deed verliezen en strompelde weg.

Het drietal bleef hem in de deuropening staan nakijken.

Evangelia had het nooit durven vragen.

Renata wel.

'Wat bedoelde hij toch?'

Agostino draaide zich om en keek haar aan.

'Gewauwel van een dronkelap,' antwoordde hij.

Maar zijn stem bibberde als drilpudding, viel Renata op, en hij had ook zijn eetlust verloren.

59

I

De noodtoestand brak uit even na negen uur 's avonds, toen Albina er genoeg van had nog langer te wachten.

Niet dat ze bezorgd was, nee, ze was het gewoon spuugzat.

Met alleen een sjaal om haar schouders geslagen ging ze het huis uit.

Het wijnlokaal van Lena was vlakbij en ze was er zeker van hem daar te vinden, daar waar haar man af en toe alles en iedereen vergat.

Maar Lena was net aan het sluiten.

'En mijn man?' vroeg Albina.

Als hij daar niet was, waar was hij dan wel?

Hij was er geweest, verklaarde Lena nader: twee keer. En de tweede keer...

'De tweede keer?' vroeg Albina.

Nou ja, de tweede keer, maakte Lena duidelijk, in kennelijke staat. Zo erg dat zij, tegen haar eigenbelang in, hem had aangeraden naar huis te gaan.

Maar hij was niet thuis gekomen!

Lena spreidde haar armen. Inmiddels waren de andere wijnlokalen ook dicht.

'Waar kan hij dan heen zijn gegaan?' mompelde Albina.

'Er zal hem toch niet iets overkomen zijn?' wierp Lena op.

Want, legde ze uit, hij was echt lam, en hoe.

Misschien moest ze het bij het ziekenhuis navragen of anders de hulp inroepen van de carabinieri.

Albina deinsde terug: zij, die niet kon lezen of schrijven, naar het ziekenhuis of zelfs naar de carabinieri gaan?

Ze bedankte voor het advies en ging weer op weg, nu in de richting van het huis van haar broer, de bode; hij die immers alles wist en iedereen kende zou haar de juiste suggestie doen.

'Sliep je?' vroeg ze na bijna vijf minuten voor de deur van het huis gewacht te hebben.

De bode had een kalotje op en een lang nachthemd aan. Aan zijn voeten dikke, wollen sokken.

'Welnee,' zei hij ironisch en vroeg zijn zuster binnen te komen omdat een ijskoude luchtstroom de gang in kwam zetten.

Hij hoorde haar onthutst aan.

'Hij was al dronken toen hij hier kwam,' zei hij vervolgens.

Kan je nagaan in welke staat hij was toen hij, in plaats van naar huis te gaan, weer de kroeg was ingedoken.

'Mag ik misschien weten wat er met hem aan de hand is?' vroeg Albina.

De bode gaf geen antwoord. Hij probeerde de bewegingen van zijn zwager na te gaan. Als Lena hem tegen achten de kroeg had uitgezet, had die zak alle tijd gehad om god mag weten wat voor puinzooi aan te richten. Zelfs, god verhoede!, de burgemeester aan zijn kop te gaan staan zaniken, hem allerlei nonsens te vertellen, misschien zelfs hem erbij te betrekken.

'Godallejezus!' schreeuwde hij.

'Wat is er?' vroeg Albina.

De bode richtte zijn wijsvinger op haar.

'Jij,' zei hij, 'gaat naar huis, ik zal hem wel gaan zoeken. Maar ik zweer je dat als hij mij in de problemen heeft gebracht, ik hem mores zal leren.'

Albina begreep er helemaal niets meer van.

'Maar...'

'Mars!' beval haar broer. 'Ingerukt, mars!'

II

De burgemeester had zijn eetlust verloren en was niet meer aan tafel gegaan.

Maar even na negenen praatte hij zich een onbedwingbare zin in koffie aan.

Evangelia was al een half uur geleden naar bed gegaan.

Hij zei het tegen haar.

'Ik kan wel opstaan om het voor je te maken,' stelde ze voor.

'Ben je gek,' stribbelde hij tegen, zoetgevooisd als een nachtegaal, 'ik ga wel even de deur uit, naar café Imbarcadero. Blijf lekker liggen.'

Wie weet was die dronken sukkel van een Vitali van de bioscoop nog ergens te vinden, dacht hij.

In ieder geval zou hij naar zijn huis gaan als hij hem niet zou vinden in deze of gene kroeg waar hij zich nog verder aan het volgieten was.

Hemel nog aan toe! Wat had hij willen bereiken met die scène voor de deur, ten overstaan van de hele familie?

Thuis had hij hem niet aangetroffen.

Hem niet en zijn vrouw ook niet.

Godverdegloeiende!

Om tien uur was hij weer op weg naar huis.

Zo giftig als een adder die zin had om toe te slaan.

Misschien, redeneerde hij, was het de juiste avond om zijn dochter aan te pakken en haar eens goed de waarheid te zeggen.

Haar zeggen dat ze die bakker uit haar hoofd kon zetten, want hij zou hem nooit maar dan ook nooit accepteren.

Maar daar was ook nog Evangelia.

Ze was geen nieuwsgierige vrouw, misschien durfde ze dat niet te zijn. Maar ieder mens zou zich hebben afgevraagd waarom die jongen hem zo razend maakte. Ze zou gevraagd hebben waarom.

'Waarom?' mompelde hij.

Nou en, hij was toch niet verplicht antwoord te geven?

Wie was er de baas in huis?

Hij. En ze moesten doen wat hij zei. Zonder tegenspraak.

Net als in de raad, de avond ervoor.

Wie was er de burgemeester? Wie was de baas in het dorp?

Hij, verdomme nog aan toe!

Zelfs Renata zou haar hoofd moeten buigen.

Wat...

III

'Wat flik je me nou!' vloekte bode Sbercele.

Eenmaal bevrijd van zijn zuster was hij richting het Punciapark gegaan, maar met een omweg. In plaats van de provinciale weg over te steken en de weg langs het meer te nemen, was hij via de brug over de Pioverna het park ingegaan vanaf Coltogno, waar het donkerder was. Als een dief was hij naar de burgemeesterswoning geslopen en had ruim een half uur op de uitkijk gestaan om te zien of zich eventuele tekenen van onrust voordeden en intussen rondspiedend of hij niet toevallig zijn dronken zwager in het oog kreeg.

Maar nee, niets.

In het huis van de burgemeester had hij geen tekenen van beroering gezien. Alleen het aan- en uitgaan van lichten waaruit hij opmaakte dat iedereen inmiddels in bed lag.

Op de weg langs het meer was geen mens te bekennen.

Op een zeker moment, toen hij een felle kou vanuit zijn tenen omhoog voelde kruipen, had hij zijn zwager de pleuris toegewenst, en niet alleen vanwege dit nachtelijke uitje, en had de terugtocht naar huis aanvaard. Om zich tegen de ijskoude wind, die vanuit het Muggiascadal blies, te beschermen liep hij vlak langs de muur van café Imbarcadero.

Zo kwam het dat toen hij vlug de hoek van het café omsloeg hij tegen iemand opbotste die uit de tegenovergestelde richting kwam.

'Wat flik je me nou!' zei hij.

De burgemeester keek hem aan, zonder iets te zeggen.

O mijn god! mompelde bode Sbercele.

60

Zaterdagochtend ging Gerolamo Vitali over ieders tong.

Hij had de pech gehad gevonden te worden en naar huis gebracht door de visser Berto Molagna, die 's nachts met zijn boot eropuit ging en overdag de kroegen afschuimde.

Hij had hem gevonden, vertelde Molagna, onderuitgezakt tegen het monument van Tommaso Grossi, aan de kant van het meer die het minst verlicht was.

Hij had hem opgeraapt en hem, nadat hij hem herkend had, in meelijwekkende staat naar huis gesleept.

Albina had zelfs koffie gemaakt om hem te bedanken.

Maar had wel nog gevraagd waar hij hem gevonden had.

Waar had hij die stank vandaan?

Inderdaad verspreidde Vitali een weinig geruststellende walm.

Maar Berto Molagna had zijn armen gespreid.

Wist hij veel.

Kon hij zeggen dat hij, zoals elke avond als hij het plein overstak om bij de kade te komen, aan die kant van het monument even had gestopt en een plas had gedaan?

Zodoende had hij Vitali opgemerkt, terwijl hij op zijn hoofd stond te pissen.

En gelukkig maar, anders had hij daar de hele nacht gelegen en dood kunnen vriezen.

Maar Albina had gelukkig niet aangedrongen en hij was na het kopje koffie haastig vertrokken, de vissen wachtten immers niet tot hij klaar was met zijn aangenaam verpozen.

61

Half elf, de aankomsttijd van de veerboot.

Zondagochtend stelde Antonino Carrè zich bijtijds op vlakbij de openbare toiletten van Piazza Grossi, met duidelijk zicht op de kade.

Voor de nieuwsgierigen kon hij met gemak veinzen dat hij daar stond om naar de berg te kijken, die overigens geen bijzondere aanblik bood: een grijze, koude en naargeestige rots.

Er was hoe dan ook bijna niemand op straat.

Mazzagrossa, zei hij sinds een paar dagen herhaaldelijk tegen zichzelf.

Er was een Mazzagrossa in zijn leven geweest.

Kapitein van de infanterie.

Ingenieur.

Uit Rome.

Luchtmachtfanaat.

Hij had hem leren kennen in de periode tussen het eerste en tweede Isonzo-offensief, toen hij op een dag met twee van zijn mannen naar het gebied achter de linies was gegaan om de voorraden aan te vullen, voornamelijk prikkeldraad.

Om twee goede redenen herinnerde hij zich hem nog goed, al had hij hem maar één keer gezien.

De eerste was dat toen hij zijn twee mannen hielp met inladen, hij zich had opengehaald aan het prikkeldraad: een jaap van vijf centimeter in de palm van zijn rechterhand waar hij ook nu nog af en toe naar keek.

De tweede was dat Mazzagrossa de leiding had over het depot waar zijn afdeling fourageerde en hij van hem de indruk had overgehouden dat hij niet praatte maar schreeuwde. Schreeuwend vervloekte en verwenste hij zijn lot, dat hem, door een val van zijn paard mank geworden, niet alleen het genoegen had ontzegd vanuit de hoge hemelen met mitrailleursalvo's die zultkoppen van een moffen voor hun donder te schieten, maar ook het genoegen in de voorste linie te staan en zijn schietvaardigheid te tonen.

'Bofkonten,' brulde hij tegen de soldaten en onderofficieren die het magazijn in- en uitliepen.

Bofkonten m'n reet, had een van de twee mannen die Carrè had meegenomen, op de terugweg gezegd.

'Of niet soms?' had die hem vervolgens gevraagd.

Carrè was stil blijven staan om hem aan te kijken. Sinds een tijdje was hij anders over de oorlog gaan denken.

'We zijn zeker bofkonten,' had hij geantwoord. 'We leven gezond, altijd in de open lucht. Vergeleken met die vent die altijd binnen opgesloten zit in het depot...'

Om kwart over tien wierp hij voor het eerst zijn blik op het meer.

De boot rondde net de landtong van Puncia, en koerste op het dorp af.

Te vroeg.

Zie je dat! dacht de secretaris, nog beter dan de treinen die altijd precies op tijd waren.

De contouren werden minuut na minuut duidelijker, vuilwit tegen het bleke water.

Hoe hard ging een boot? vroeg de secretaris zich af.

Geen idee!

Feit is dat het schip om tien uur drieëntwintig voor de afmeerplek lag.

Maar het ging stilliggen.

Secretaris Carrè hoorde heel duidelijk het geluid van motoren die in hun laagste toerental draaiden.

Wat bezielde de kapitein in hemelsnaam?

Als in antwoord daarop loeide de scheepshoorn één maal.

62

De kapitein had het bevel moeten geven 'motoren in de laagste stand' waardoor het schip in een soort surplace kwam op zo'n dertig meter afstand van de afmeerplek. De havenmeester was er niet.

Vlak na de eerste kwam er een tweede hoornstoot. Van de havenmeester geen spoor te bekennen. Carrè zag wel een passagier het dek op komen, de enige die zo te zien in Bellano van boord ging. Zijn ogen waren niet meer zo goed als destijds toen hij de vijandelijke loopgraven afspeurde, maar de persoon die hij net had gezien leek op de Mazzagrossa uit zijn herinnering.

Hij was opgewonden, viel Carrè op. Hij zwaaide met zijn armen, gebaarde naar de stuurhut. Protesteerde waarschijnlijk tegen het onverwachte oponthoud. Toen zijn protesten waren uitgeput begon hij nerveus over de voorplecht heen en weer te lopen, hield even halt en liep dan weer door.

Het was hem niet, bedacht Carrè toen.

Het kon die Mazzagrossa niet zijn: te goed ter been. Die van het depot strompelde, het deed pijn aan je ogen hem te zien lopen. Daarbij, herinnerde hij zich nu, gebruikte hij zelfs af en toe een stok.

Maar wat gelijkenis betreft... bijna twee druppels water.

Bijna.

Een derde hoornstoot deed hem opschrikken uit zijn gedachten.

Hij nam de situatie in ogenschouw.

De burgemeester kwam met veerkrachtige pas aanlopen van de weg langs het meer. Het was twee minuten voor half elf. Toen kwam de havenmeester tevoorschijn uit de privéweg van Achilles, ook hij met veerkrachtige pas, die niet veranderde toen van de boot een vierde hoornstoot, korter dan de vorige, oploeide met als doel hem voort te laten maken.

De havenmeester trok zich er niets van aan.

'Sodemieter op,' zei hij.

Hij hield zich aan de dienstregeling.

'Hou eens op met als eerste aan te komen,' schreeuwde hij naar de kapitein, 'want de medailles zijn op.'

Toen pakte hij tergend langzaam de touwen van de loopplank aan en gaf een teken aan de kapitein dat hij klaar was hen te ontvangen.

63

I

Meteen bij binnenkomst op zijn kantoor op maandagochtend zette secretaris Carrè het raam dat uitkeek op de kade op een kier. Hij wilde het contact niet verliezen met het vleugje frisheid dat hij had opgesnoven vlak voor hij het gemeentehuis binnenliep na zo veel dagen doorgebracht te hebben in de rioolstank van stilstaand water.

De burgemeester kwam tien minuten later zijn kamer binnenstormen.

Met zorg deed hij de deur dicht en vervolgens ook het raam.

Pas daarna liep hij naar het bureau van Carrè, legde er zijn beide vuisten op, boog voorover en zei zichtbaar tevreden:

'Het is allemaal geregeld.'

II

Allemaal geregeld.

Mazzagrossa had hem verbluft, zo goed georganiseerd als hij was.

Om de waarheid te zeggen had hij hem ook verbluft met zijn enorme eetlust. Hij had de tafel meer dan eer aangedaan. Maar dat was een ander verhaal. En over verhalen gesproken, de gast had van meet af aan bewezen dat hij een heer was: geen enkele toespeling op het doel van zijn komst zolang ze aan tafel hadden gezeten, de zaken opgeschort tot na de maaltijd.

Niet dat er niet gepraat was.

Wel degelijk.

Bijna aldoor, bijna alleen door hem.

Rome, het leven in de hoofdstad, de regering en Mussolini, een geschenk uit de hemel!

En toen het leven, zijn leven.

De oorlog, de veldslagen bij de Isonzo, de medailles die hij had verdiend.

Natuurlijk had hij ze niet bij zich. Maar als burgemeester Meccia in Rome was, want vroeg of laat moest hij daarheen, zou hij ze laten zien.

En behalve die, ook de oorkonde voor fascist van het eerste uur.

De Mars op Rome!

Maar hij was er niet lang over doorgegaan, om de dames niet te vervelen.

Trouw aanhanger van begin af aan, hij wel. En dat had resultaat gehad.

Want dat project voor de ontwikkeling van de luchtdiensten ter bevordering van het toerisme en de handel zou binnenkort het hoge patronaat van Zijne Excellentie krijgen, bewijs dat er een zeer degelijke organisatie achter zat.

Ook Balbo, ja hij, Italo, wist ervan en keurde het goed.

Het zou lang geen slechte zet zijn voor zo'n klein dorp. De naam in alle kranten, zijn burgemeester geroemd om zijn vooruitziende blik, zijn goede neus.

Wie niet waagt wie niet wint.

Na de likeur, een speciale bitter gemaakt met kruiden van de Monte Muggio, waarvan Mazzagrossa de smaak zozeer op prijs had gesteld dat hij zich een tweede en een derde had laten inschenken, was het moment aangebroken van zaken doen.

En toen was Meccia van de ene verbazing in de andere gevallen, die Mazzagrossa was een wonder van organisatietalent en efficiëntie.

Want Mazzagrossa had alles bij zich om de zaak vast te leggen en af te sluiten.

Hij had alleen maar hoeven tekenen en toen was het allemaal geregeld.

Nog in geen een, twee...

III

Drie, zei Renata.

Tante Rosina vroeg wat ze bedoelde.

Pfff, brieste Renata.

Het was de tweede opeenvolgende zondag dat ze niet een paar uur met Vittorio had kunnen doorbrengen. Weliswaar zagen ze elkaar nog steeds elke ochtend bij tante Rosina. Maar de ontmoetingen waren langzamerhand steeds korter geworden, omdat de vader van de jongeman had gedreigd zelf brood bij Rosina te gaan bezorgen als zijn zoon daar bijna een uur voor nodig had, en ten gevolge daarvan was het samenzijn ook een beetje geagiteerd. Je moest Vittorio niet te veel op de huid zitten, niet vergeten dat hij gauw aangebrand was.

'Ik begin mijn geduld te verliezen,' zei ze.

'Ach, meisje van me!' zei tante Rosina. 'We moeten het juist oefenen, vooral wij vrouwen. Ga dus zitten en vertel me wat er aan de hand is.'

Zoals ze al wist hadden ze gisteren gasten gehad. Nou ja, één gast, maar hij telde voor drie. Ze had hem eens moeten zien eten. Geen een keer had hij bedankt, van elke gang had hij twee keer genomen. Het was een mannetje dat je nog geen cent zou geven: klein, kaal en met een buik om u tegen te zeggen die toen hij was gaan zitten zo ver naar beneden was uitgezakt dat die zijn klokkenspel... of hoe je dat ook moet noemen, bedekt had.

Maar haar vader had hem behandeld alsof hij God op aarde was en dat had die kerel zich heerlijk laten aanleunen. Hij had ze de oren van het hoofd gepraat en had iedereen suf verveeld, behalve natuurlijk de burgemeester, toen hij zelfs met volle mond ging vertellen over zijn oorlogsavonturen, over Rome, en voortdurend voor- en achternamen liet vallen die ze wel eens in de krant was tegengekomen.

Toen ze klaar waren met eten, ver na drie uur 's middags, waren hij en haar vader over zaken gaan praten, maar ze waren in de eetkamer blijven zitten omdat de gast kennelijk geen afscheid wilde nemen van de fles bitter uit de Monte Muggio die mama op tafel had gezet. Dus hadden zij ook mogen aanhoren wat er tussen de twee heren besproken werd. Zij had het gesprek gevolgd, nog altijd in de hoop dat de befaamde gelegenheid die tante Rosina met haar had besproken tussen de woorden zou opduiken, maar ze had alleen opgevangen dat die opgeblazen, stijve hark uit Rome de burgemeester had beloofd ogenblikkelijk een piloot naar Bellano te sturen.

'Een piloot?' onderbrak tante Rosina haar.

Ja, echt waar, een piloot. Maar ze moest haar niet vragen waarom. Dat had ze niet begrepen.

Wel had ze begrepen dat de piloot in kwestie de volgende zondag in Bellano zou aankomen en met dat excuus had haar vader de burgemeester gezegd dat die met alle egards ontvangen zou worden en uiteraard voor de lunch bij hem thuis was uitgenodigd.

Hetgeen betekende dat hij een manier had gevonden om haar weer, voor de derde keer, dwars te zitten, en dat zij haar geduld begon te verliezen.

Ze was daar zo kriegel van geworden dat toen haar vader weg was gegaan om met die veelvraat uit Rome een ommetje door het dorp te maken en hem terug naar de boot te brengen, ze besloten had die avond nog de kwestie onder vier ogen te bespreken.

Ze had het jammer genoeg uit moeten stellen. Want haar vader was thuisgekomen met de klacht dat hij zich niet zo goed voelde. Dus had hij om kamillethee gevraagd en was in bed gedoken. Hij had kou gevat, het eten lag zwaar op zijn maag. Hij had er niet op gerekend dat de man mank was en dat lopen hem, met ook nog eens al dat gewicht om mee te zeulen, moeite kostte. Ze waren niet verder gekomen dan de kade, en hadden in de ijzige kou staan wachten op de boot. Van Bellano had hij hem alleen het gemeentehuis, van buiten, kunnen laten zien, en het raam aangewezen van het kantoor van secretaris Carrè, ook van oorsprong uit Rome.

IV

Hij bracht hem nu zijn groeten over, zei de burgemeester.

Carrè verstarde in zijn stoel.

'Liep hij mank?' vroeg hij.

Jazeker, vanwege een wond opgelopen in de Eerste Wereldoorlog. Een gebroken dijbeen of scheenbeen, dat wist hij niet meer zo goed.

'Toch door een val van zijn paard?' glimlachte de secretaris.

De burgemeester keek hem schuins aan.

Hoe kwam hij erbij?

Hij had helemaal niet bij de cavalerie gezeten. Net nog had hij het gezegd. De infanterie, Isonzo. Waar zat de secretaris toch met zijn hoofd?

V

Waar had hij tot dan toe met zijn hoofd gezeten? vroeg Gerolamo Vitali zich af.

Die zaterdag had hij de hele dag lopen overgeven, god mag weten wat, want zijn maag was even leeg als zijn beurs.

Zondag had hij de hele dag op bed gelegen, zijn hoofd in nevelen gehuld, zo dodelijk vermoeid en slap dat hij niet eens in staat was geweest om op te staan om naar de wc te gaan en had dus om te plassen genoegen genomen met een oude pan die Albina hem met een nors gebaar en zonder iets te zeggen had overhandigd.

Maandagochtend leek zijn hoofd weer te werken.

Gelukkig maar.

Want toen hij in de keuken voor zijn vrouws aangezicht verscheen, toonde zij geen mededogen, hield noch rekening met de bleekheid die zijn gezicht een extra treurige aanblik gaf noch met de wallen onder zijn ogen.

'Zo, en nu?' vroeg ze.

Dat betekende dat ze al wist van zijn ontslag en wilde nacht. Ze had twee hele dagen gehad om op haar gemak naspeuringen te doen.

Hij kon dus maar beter zijn mond houden. Albina had vast het antwoord al klaar op de vraag die ze zelf had gesteld.

'En nu,' zei de vrouw inderdaad, 'nu knap je je even op en dan ga je om twaalf uur naar het huis van mijn broer. Eerst bied je je verontschuldigingen aan en daarna vraag je hem om raad. Je moet ander werk zien te vinden, en snel. En dan nog dit, besef goed, als je ook nog maar één keer naar Lena gaat hoef je niet meer thuis te komen. Je zoekt bij haar maar een plek om te slapen, net als de advocaat. Want hier, in dit huis, zijn geen slavinnen of vrouwelijke vrijwilligers. Ik heb al veel te veel geduld met je gehad.'

VI

Moedertje engelengeduld stond niet op de heiligenkalender, had tante Rosina gezegd.

Renata had het niet begrepen.

'Weet je waarom niet?' vroeg de oude vrouw.

Renata deed er nog steeds het zwijgen toe.

Omdat ze geen moment rust heeft, ze kan niet het luizenleventje leiden van de heiligen op de kalender. Er zijn zo veel mensen die zich tot haar wenden, haar aanroepen.

Was dat al het advies? dacht Renata.

Mooie boel.

'Ik weet wat je denkt,' zei haar tante.

'Nee hoor...' zei Renata.

'Ja hoor.'

'Ik...'

Tante Rosina liet haar niet uitspreken.

Wist ze zeker, vroeg ze, of ze van Vittorio Barberi de man van haar leven wilde maken?

Ja of nee?

'Ja,' antwoordde Renata.

Dan, legde haar tante uit, moest ze nooit vergeten, nooit, dat haar vader de burgemeester was. En als ze de strijd met hem zou aangaan, zou hij niet aarzelen zijn toevlucht te nemen tot wat voor middel ook om te winnen.

'Iemand als hij,' benadrukte haar tante, 'kan je levensloop bepalen, als hij dat wil. En die van jouw Vittorio.'

Was ze het daarmee eens?

Als ze dat was, moest ze geduld oefenen.

En haar op de hoogte houden.

64

Een piloot, mompelde secretaris Carrè die weer aan het beeld moest denken van Mazzagrossa die over de loopplank huppelde.

De burgemeester onderbrak zichzelf.

Wat had de secretaris toch, hij leek wel niet goed bij zijn hoofd.

Wie dacht hij dat een vliegtuig bestuurde?

'Een vliegtuig,' ging hij verder, 'dat hier over een paar dagen via het spoor zal aankomen, in bruikleen van de luchtvaartclub Umberto I van Monza.'

De piloot zou vooruit komen om de supervisie te hebben over de locaties, over waar en hoe opgestegen en geland moest worden. Zodra ook het vliegtuig was aangekomen zou hij een paar proefvluchten maken en...

'Hopla!' zei de burgemeester, de zaak was rond, klaar om met de luchtvaartdienst te beginnen.

'Ik had zo gedacht hem in het Cavallino onder te brengen,' voegde hij eraan toe.

'Wie?' vroeg de secretaris.

Geduldig:

'De piloot,' antwoordde de burgemeester.

Een piloot verdiende de verfijnde sfeer van het Cavallino, beroemd langs het hele Comomeer ook vanwege zijn heerlijke keuken.

Carrè aarzelde even voor hij antwoord gaf.

'Ik weet waar u aan zit te denken,' was Meccia hem voor.

Aan de kosten.

'Aan de andere kant,' merkte de burgemeester op, 'voor die zeven of acht dagen dat hij zal blijven, gaan we toch niet benepen doen?'

'Nooit,' antwoordde de secretaris glimlachend.

'En al met al,' verduidelijkte de burgemeester, 'moeten we hem wel onderdak aanbieden. Het staat in het contract dat we getekend hebben.'

'O ja?'

'Zeker, en het lijkt me logisch: kost en inwoning gedurende de testfase van de vluchtdienst.'

'Goed,' berustte Carrè. 'Is dat alles?'

De burgemeester krulde zijn neus op, zweeg.

'Zijn er nog andere clausules?' drong de secretaris aan.

'Nog een.'

'En die is?'

'Een formaliteit,' legde de burgemeester uit terwijl hij met zijn hand een wegwimpelend gebaar maakte. 'Die aan al dit soort contracten wordt toegevoegd. Zo heb ik van Mazzagrossa begrepen.'

Carrè knikte met zijn hoofd.

'En die zou inhouden?' vroeg hij.

'Het betekent dat de gemeente alle in het contract nader omschreven lasten op zich neemt, waaronder de lasten die voortkomen uit risico's die het project met zich meebrengt.'

'Maar...'

De burgemeester glimlachte.

Ook hij had de dag ervoor even getwijfeld.

Maar Mazzagrossa had die twijfel meteen weggenomen.

Het houdt in, had hij gezegd, dat als de piloot een of twee dagen niet kan werken omdat hij verkouden is of de weersomstandigheden het niet toelaten, de kosten voor zijn onderhoud voor uw rekening zijn. Een peulenschil!

'Een peulenschil,' zei ook Meccia.

En Mazzagrossa na-apend:

'Maar welke risico's verwacht u als het hier slechts mensen betreft die hun beroep serieus nemen, die niet alleen beschermd maar ook aangemoedigd worden door Italo Balbo, en door Hem?' vroeg hij.

De secretaris keek hem zonder antwoord te geven aan.

65

Ook Rosina had geen antwoord gegeven.

Evangelia had de vraag moeten herhalen, met enige stemverheffing.

'Hoe voelt u zich?'

'Gaat wel,' was het antwoord.

'Heeft u iets nodig?' vroeg Evangelia nog eens en ze schudde meteen met haar hoofd: hoefde ze dat nog te vragen?

Dat was toch duidelijk te zien aan het oudje dat plotseling onder het gewicht der jaren was ingestort?

Rosina prevelde een antwoord.

Evangelia deed net of ze het verstond, nam afscheid en ging weg, met het vaste voornemen eens een stevig gesprek met haar man te hebben.

Ze verloor geen tijd. Aan de lunch bracht ze Agostino op de hoogte: Rosina was er slecht aan toe, ze moesten iets voor haar doen.

Agostino wilde net negatief reageren, hij had wel wat anders aan zijn hoofd.

Zijn dochter redde hem.

'Voorlopig,' stelde ze voor, 'zou ik bij haar kunnen gaan slapen. Als er dan 's nacht iets gebeurt...'

Agostino glimlachte.

'Goed idee,' zei hij en keek tevreden naar zijn vrouw.

Dat meisje moest iets om handen hebben, iets dat haar afleidde. Haar moment zou nog wel aanbreken.

66

Haar broer de bode was aardig geweest.

Hij had de verontschuldigingen geaccepteerd.

Beloofd dat hij geen wrok zou koesteren.

Verzekerd dat hij het allemaal al vergeten was.

Maar verder was hij niet gegaan.

Hij hechtte aan zijn baan. Na al die jaren dat hij wijkagent was geweest, wilde hij nu niet zijn mooie baan van bode in de waagschaal stellen.

Als hij, hoe onbewust ook, op de lange tenen van de burgemeester had getrapt, jammer hoor, maar zijn probleem!

De kern van het rehabilitatiebezoek, dat Gerolamo Vitali met een klaaglijke stem en neergeslagen ogen voor zijn vrouw samenvatte, lag hem hierin: het had te maken met een wond, waarin hij zout had gestrooid.

'Maar wat is die wond dan toch?' vroeg Albina.

'Al sla je me dood,' antwoordde haar man.

Albina bedacht dat ze voor twee moest denken.

De wond was er kennelijk.

Een grote.

Sterker nog, een stinkende wond.

Zo erg dat de burgemeester er slappe knieën van kreeg en haar broer, notabene haar broer!, niet wilde praten.

Terwijl hij het wel wist.

Uit angst om zijn baan te verliezen.

Dus, overwoog Albina.

Dus als het je je baan kon kosten, kon het er ook een opleveren.

'Kom mee,' zei ze tegen haar man.

'Waarheen?' vroeg hij.

67

Hij achteraan, het hoofd gebogen, de armen over elkaar geslagen.

Een seminarist.

Zij, de befaamde Albina, die niet kon lezen of schrijven.

Voorop.

De handen die niet wisten waar ze moesten blijven, wat ze moesten doen.

'Permissie,' vroeg ze.

Twee sissende s'en die door de stilte van de werkkamer floten; het gewone volk gebruikte zelden de officiële taal, laat staan dat ze permissie vroegen. Als ze het deden hadden ze wat nodig.

'Binnen,' zei de burgemeester.

Maar waarom kwamen ze verdomme op dat uur aan z'n kop zeiken?

Toen de ambtenaren waren vertrokken was hij expres alleen in zijn werkkamer achtergebleven, in het licht van de bureaulamp peinzend hoe hij de ontvangst van de piloot zou organiseren.

Het muziekkorps, de kanunnik, de secretaris van het partijbureau erbij halen?

Een aantal affiches laten drukken?

En hem na zijn aankomst naar het gemeentehuis brengen, hem aan de raad voorstellen en daarna vanaf het balkon aan alle Bellanesen?

Zou hij in uniform komen of in burger?

Verdorie, dat moest hij echt weten.

Nee, hij moest hem voorstellen in uniform in het dorp aan te komen.

Welk uniform, aangezien het om een burgerpiloot ging?

Welk uniform dan ook.

Om op te vallen in de menigte moest het een mooi uniform zijn...

'Permissie...'

Zijn concentratie was gevlogen.

Op zijn *Binnen!* kwamen ze tevoorschijn uit het duister waar de werkkamer grotendeels in gehuld was.

Zij voorop, hij erachter.

Twee kerststalfiguurtjes.

'Misschien is er sprake van een misverstand, mijnheer de burgemeester,' zei Albina.

Haar man had er niets mee te maken en wist ook van niets.

68

Ook dat nog, dacht secretaris Carrè dinsdagochtend terwijl hij zonder commentaar noteerde wat de burgemeester hem dicteerde.

Namelijk een concept opstellen voor een nieuw raadsbesluit voor de aanstelling van Gerolamo Vitali.

'De taakomschrijving,' merkte de secretaris op.

'Hoe bedoelt u?'

De taak waarvoor hij werd aangenomen moest nader omschreven worden, legde Carrè uit.

'Ah,' zei de burgemeester, en moest daarna even denken.

'Steward,' zei hij vervolgens.

Carrè knipperde weliswaar niet met zijn ogen maar de pen waarmee hij notities maakte liet een traan van inkt op het papier achter.

'Steward,' bevestigde Meccia.

Want een piloot kon toch immers niet zonder een persoonlijk oppasser?

En wie zou later, als de vluchten gestart waren, de passagiers assisteren met in- en uitstappen? Wie zou de goederen uitladen?

'Gerolamo Vitali,' was de conclusie van de secretaris.

Juist.

Was hij niet de aangewezen persoon, die bovendien onlangs zijn baan was kwijtgeraakt en daardoor aan de grond zat?

Zo werd ook nog de zaak van de bar opgelost: ja, door tot de grote familie van de gemeenteambtenaren toe te treden, was de Vitali van de bioscoop vanwege onverenigbaarheid gedwongen die op te geven en kon de gemeente rustig beginnen met de inschrijving voor de ontstane vacature, met volledige inachtname van de wetten en de regels.

Er werd een nieuwe baan gecreëerd, had de secretaris daar wel aan gedacht?

'Een humanitaire daad, uitermate humanitair,' was diens commentaar.

En een van genoegdoening, volgens Albina. Want het was niet mogelijk dat een onschuldig iemand zoals haar man de dupe werd van een zaak waarvan hij absoluut niets wist.

'Maar,' had Albina er de avond daarvoor aan toegevoegd, 'ook al zou hij iets weten dan zou hij nog niets zeggen. Wij steken onze neus niet in andermans zaken.'

Aha! had de burgemeester gedacht.

Wisten ze iets of wisten ze helemaal niets.

Deden ze alsof of waren ze oprecht.

En wat wilden ze verdomme ervoor terug als ze zich koest hielden?

Hij had het ze gevraagd.

Een baan, was het antwoord geweest.

'En het salaris?' vroeg de secretaris.

Hij bedoelde: hoe moest de financiële verplichting gerechtvaardigd worden?

'Met een kleine overheveling uit de reservefondsen,' antwoordde de burgemeester.

Daar heb je ze weer, dacht de secretaris, terwijl hij er een notitie van maakte.

69

Ofelio Mencioni, piloot, arriveerde op zondag 8 maart 1931 in Bellano, met de trein van tien uur dertig.

Het eerste wat hij deed, toen het gegier van de remmen nog in de lucht hing en hij door het raampje naar buiten keek, was zich afvragen welke zo belangrijke persoon in zijn trein zat: de aanblik die het station van Bellano bood was inderdaad indrukwekkend.

Burgemeester Meccia had de zaak groots aangepakt nadat hij zijn twijfels over de ontvangst van de piloot – er een evenement van maken of zijn komst geheim houden – woensdagochtend na een opgewonden telefoongesprek met de burgemeester van Dervio opzij had gezet.

Nadat die te weten was gekomen dat de burgemeester van Bellano een unilaterale overeenkomst had gesloten met de SBOLT, had hij hem opgebeld om hem van zijn diepe verontwaardiging over die incorrecte, stuitende handelswijze deelgenoot te maken.

Als dat Meccia's ethiek was, had de man uit Dervio eraan toegevoegd, maakte hij gebruik van de gelegenheid om hem te waarschuwen dat hij zich had aangesloten bij het initiatief van zijn collega uit Bellagio met als enige voorwaarde dat Bellano en zijn olijventelers niet toegelaten werden tot de coöperatie, nu niet en nooit niet.

Uitgebreid in zijn neus peuterend had Meccia de uitbarsting van zijn collega aangehoord: die olijven konden hem geen zak schelen.

'Succes ermee,' had hij geantwoord.

Waarna hij zich meteen op het programma van de aankomst had gestort.

Hij had gevraagd, en het was hem meteen toegezegd, of die zondagmorgen op het perron een afvaardiging kon staan van de afdeling van de PNF, van de ONB, van de Meisjes van Italië, van de Elite Eenheden, van de Fascistische Jeugdbeweging, van het brandweerkorps, van het weeshuis begeleid door de nonnen, van de lagere school onder begeleiding van meester Fiorentino Crispini, van de Vrouwelijke Vrijwilligersvereniging van San Vincenzo, van de Bellanese Wandelvereniging, van de Sportclub de Moed der Hoop, van de Bellanese jeu-de-bouleclub, van de meisjes van de katoenweverij Cantoni en de spinnerij Gavazzi. Hij had de bode opgedragen in uniform en met het gemeentevaandel aanwezig te zijn, en temidden van de pluriforme menigte placeerde hij zichzelf omgeven door de raadsleden.

Hij had verder nog driekleurige vlaggen laten plaatsen op de overkapping van het station en gevraagd of in het perk een arrangement kon komen van bloemen, die beslist uit Bellagio afkomstig moesten zijn, waarin behalve de datum, zoals de gewoonte was in alle stations aan de oostelijke oever van het meer, ook het woord 'Welkom' was verwerkt.

De piloot Mencioni was in een van de voorste wagons ingestapt.

Toen die hele menigte in grote eendracht op hém afkwam begreep hij dat er helemaal geen hoogwaardigheidsbekleder in de trein zat: ze waren daar voor hem.

Hij verbleekte.

Burgemeester Meccia zag dat, en was er trots op.

Hij had doel getroffen en ze zouden er in Rome zeker van horen.

Mencioni schudde handen en maakte buigingen, onberispelijk in een blauw pilotenuniform dat hem misschien een beetje strak zat.

Een knappe man, vonden de mensen: middelbare lengte, gladgeschoren gezicht, blauwgroene ogen.

Gedurende de hele ceremonie hield hij zijn kaken gespannen.

Teken van karakter, overdacht de burgemeester, van onbuigzame wil.

Net als Hij.

70

I

De kamer die hij voor hem in het Cavallino had besproken keek uit op het meer, zei burgemeester tegen Mencioni aan het einde van de lunch, in de verwachting van een enthousiaste reactie, die niet kwam.

Het was laat in de middag, al bijna avond.

Het weer begon om te slaan, wolken en lichte mist.

De burgemeester en de piloot liepen snel linea recta naar het hotel zonder een woord te wisselen.

'Tot morgen!' zei de burgemeester nadrukkelijk ten afscheid.

Eenmaal op zijn kamer keek Mencioni even om zich heen en wilde een blik uit het raam werpen.

Hij zag geen donder.

Een landschap in watten gebed, doodstil, zieltogend.

Voor zijn gevoel was dat dorp net een enorm bejaardentehuis, een enorm kerkhof.

Hij sloot het raam, en ging zich uitkleden.

Hij was moe en had slaap, de burgemeester had hem de oren van zijn hoofd geluld.

Pas bij het uittrekken van zijn jasje merkte hij dat er een knoop miste.

Hij vloekte.

En ging kijken of die op de grond lag.

Tevergeefs, hij kon hem niet vinden.

Dan maar slapen, die verschrikkelijke zondag vergeten.

II

'Nog zo'n zondag en ik loop weg van huis,' zei Renata.

Wat heerlijk om jong te zijn, dacht tante Rosina.

'En waar zou je heen gaan?' vroeg ze lachend.

'Dat maakt niet uit,' antwoordde het meisje. 'Als ik hier maar weg ben.'

'En jouw Vittorio?' vroeg ze. 'Gaat die met je mee?'

Met haar mee? Natuurlijk, het was notabene zijn idee geweest om het dorp te verlaten. Hij was er een paar dagen geleden over begonnen, onder de grootste geheimhouding. Tenslotte had hij een wereldberoep en in Milaan zou hij zo een baan kunnen vinden.

Milaan, ja. Want daar moesten ze heen, nog altijd volgens Vittorio. Op een goeie dag zou hij de bakkerij verlaten, Renata tante Rosina's huis en weg!, dan zouden ze de eerste ochtendtrein nemen en dan zagen ze wel weer.

Zeker, in het begin zou het moeilijk zijn...

'Moeilijk?' onderbrak tante Rosina haar.

Waar zouden ze gaan wonen?

Waar zouden ze van rondkomen?

Was Vittorio er zo zeker van dat alle bakkerijen in Milaan hem met open armen zouden ontvangen?

En haar vader, de burgemeester? Dacht ze nou echt dat die met zijn armen over elkaar ging zitten? Dat hij het dossier zou dichtslaan en zeggen Renata is er niet meer, ze is van huis weggelopen, het zij zo?

'Het is zeker nog geen perfect plan, het is nog niet af, we moeten het nog verder uitwerken...' wierp Renata tegen en zweeg toen ze de sceptische blik van haar tante zag.

Dus snoof ze zenuwachtig uit door haar neus.

Dat was te begrijpen.

'Vertel me eens hoe het gegaan is, wat er gebeurd is,' zei tante Rosina vriendelijk. Misschien zou ze een beetje rustiger worden door erover te praten.

Wat er gebeurd was? fulmineerde Renata.

Niets. Dat was nou net het punt.

Het was weer zo'n doodsaaie zondag geweest. Zo grauw, eentonig, oneindig, als het water van het meer.

Hoe kreeg je het voor elkaar om bijna de hele middag aan tafel door te brengen, en je vol te stouwen met eten? Zij had helemaal geen zin in eten gehad.

Maar haar vader!

En ook de piloot!

Zo veel dat...

Eindelijk glimlachte Renata even.

Tante Rosina moest ook lachen.

'Wat is er gebeurd?'

Het meisje stak een hand in de zak van haar rok en haalde er iets uit dat ze haar tante liet zien.

'Wat is dat?'

Dat was een knoop, legde Renata uit.

Van het jasje van de piloot.

Die was er aan het eind van de maaltijd afgesprongen, zonder dat hij het door had. Hij was achterover in zijn stoel gaan zitten en toen zijn volle maag opbolde was zijn jasje strak komen te staan en was de knoop er afgesprongen.

Het was het enige leuke moment van die middag geweest. Zij had het gemerkt, had haar servet onder tafel laten vallen, zich voorovergebukt en de knoop opgeraapt. Ze had hem niet meteen durven teruggeven om de gast niet in verlegenheid te brengen, daarna had ze er niet meer aan gedacht en was hem pas net weer tegengekomen op weg hierheen.

'Je moeder is altijd een fantastische kokkin geweest,' was het commentaar van haar tante, terwijl ze de knoop pakte en er een blik op wierp.

'En is die piloot knap, elegant?' vroeg ze toen.

Renata haalde haar schouders op.

Ja, het was een knappe jongeman, zelfs wel elegant in dat uniform dat hem een beetje te strak zat.

'Maar hij heeft een idiote naam,' verklaarde ze.

'O ja? En die is?' vroeg tante Rosina.

Lachend vertelde Renata het haar.

'Hoe heet hij, hoe?' vroeg de oude vrouw, met iets van alarm in haar stem.

71

De knoop, zei Evangelia.

De burgemeester draaide zijn hoofd naar haar toe, fronste zijn wenkbrauwen. Zijn vork bleef in de lucht hangen.

Het was woensdagavond, de familie bijeen aan tafel. De enige die zin had om te praten was Evangelia.

'Hè?' vroeg de burgemeester.

Zijn vrouw keek hem verbaasd aan.

'Wat is er?' vroeg Agostino.

Wat is er? echode Evangelia terug.

Ze had toch zeker net een kwartier aan een stuk door zitten praten, het woord tot hem gericht!

Ze had hem nog een keer gewezen op de kritieke toestand waarin de oude vrouw zich bevond.

Ook die middag was ze bij haar langs geweest en had haar aangetroffen terwijl ze tevergeefs een draad in een naald probeerde steken om een knoop aan te zetten en toen ze dat net zei had ze weer aan de knoop moeten denken.

'De knoop?'

De knoop van de piloot.

De knoop van de piloot?

O hemel, dacht Evangelia, dan heeft hij absoluut niet geluisterd. Hij had haar te kennen gegeven van wel, terwijl ze praatte, om te doen alsof.

'Wat heb je toch,' vroeg ze, 'waar zit je met je hoofd?'
'Hier,' antwoordde hij bot.
Dat leek haar niet het geval, dacht Evangelia.
Maar zweeg, beledigd door de toon van haar man.

72

Er klopte iets niet, had tante Rosina gezegd.

En had haar toen de knoop teruggegeven.

'Kijk maar,' zei ze. 'Kijk maar eens goed.'

Renata had er er een tijdje naar gekeken.

Toen:

'Maar...'

'Rustig,' had tante Rosina haar verzocht.

Rustig. Het kon ook niets te betekenen hebben.

Of wel.

'Zou het de gelegenheid kunnen zijn?' had Renata gevraagd.

'Wie weet!'

Maar eerst moest het jasje bekeken worden.

Een jasje van een kleermakerij, op maat gemaakt, naar de knoop te beoordelen. Een aanbod om die weer aan te zetten volstond, gemakkelijker kon het niet.

'Dat doe ík wel,' had Renata uitgeroepen.

Tante Rosina had het haar afgeraden.

'Laat je moeder het maar doen. Doe jij maar net of je van niets weet, hou jij je maar van de domme.'

Ze hoefde alleen maar even in het jasje van de piloot te kijken, naar het etiket, naar het adres van de kleermakerij.

'En dan?'

Een ding tegelijk, was het advies van tante Rosina geweest.

Renata had gehoorzaamd.

Maandagmiddag, bij het opruimen van de eetkamer, had ze net gedaan of ze de knoop op het kleed vond. Ze had hem aan haar moeder gegeven. Evangelia had meteen aangeboden die weer aan te zetten maar had maandagavond er niets over gezegd tegen haar man. Ook dinsdag had ze er met geen woord over gesproken.

Zou ze het vergeten zijn?

Renata had het woensdagochtend tegen haar tante gezegd, tijdens de gebruikelijke afspraak met Vittorio.

Woensdagavond had haar moeder er bij toeval weer aan gedacht.

Bij toeval, had Renata zich afgevraagd, of dankzij het handige toneelstukje van tante Rosina die een draad in een naald probeerde te steken?

73

De burgemeester had het in twintig jaar huwelijk nog nooit gedaan, en ging het nu ook niet doen: hij wilde niet toegeven dat zijn vrouw gelijk had.

Maar dat had ze wel.

Hij was er met zijn hoofd niet bij.

Er was iets dat hem bezighield. Het was niet echt iets zorgelijks. Meer iets wat een beetje schimmig bleef, een schaduw die hem achtervolgde.

Een moeilijk te omschrijven gevoel.

Maar toch...

Kortom, maandagochtend had Vitali, zoals hem uitdrukkelijk was opgedragen, zich opgesteld bij de ingang van het Cavallino in afwachting van Ofelio Mencioni van wie hij vanaf die dag de persoonlijk oppasser was, in de ruimste zin van het woord.

Hij was de verlichte lobby van het hotel niet binnengegaan. Vitali was een kroegmens, in een chique omgeving voelde hij zich niet op zijn gemak.

Om tien uur, na twee uur tevergeefs wachten, had dezelfde Vitali zich in het gemeentehuis bij hem aangediend om te melden dat Mencioni nog steeds op zijn kamer was.

'Ach, hij zal wel moe zijn,' had hij geantwoord.

De afgelopen zondag, de reis, de feestelijkheden.

'Maakt u zich geen zorgen, Vitali,' had hij eraan toegevoegd. 'Beperkt u zich tot hem terzijde staan en samen te werken. En kom vanavond verslag uitbrengen.'

Tegen twaalven had Mencioni zijn neus laten zien, met zijn handen in zijn zakken en een deuntje fluitend. Hij had even zijn hoofd buiten de deur van het hotel gestoken en vastgesteld dat de bergen nog in de wolken lagen en er een lichte nevel boven het meer hing.

'Er is geen zicht,' had hij Vitali laten weten, waarna hij hem vrij had gegeven.

Dinsdag hetzelfde verhaal. Met dit verschil dat de piloot zijn hoofd niet eens buiten de deur had gestoken. Hij was om twaalf uur naar beneden gekomen, had Vitali begroet, geluncht en was weer naar zijn kamer gegaan.

'Hij zal van het slechte weer gebruik maken om de luchtkaarten te bestuderen, de winden,' had de burgemeester gemompeld na het relaas van Vitali.

Maar deze ochtend had hij het zelf willen checken en via de dienstingang van het Cavallino had hij zich aangediend bij de eigenaar van het hotel en navraag gedaan.

'Hij slaapt,' had die geantwoord. Dat kon niet missen.

Hij snurkte. Op zo'n merkwaardige manier dat het voltallige personeel van het hotel erom moest lachen.

Nu hij er toch was had de burgemeester aan het kamermeisje dat Mencioni's bed opmaakte gevraagd of ze toevallig iets op de kamer van de piloot had gezien, boeken, geografische kaarten of vreemde instrumenten die door stuurlui of piloten worden gebruikt.

Het meisje had haar mond niet eens open gedaan maar als antwoord alleen betekenisvol met haar hoofd geschud.

Diezelfde woensdag, ten slotte, had de piloot het grootste gedeelte van de middag zich als een idioot aangesteld door achter een dienstertje van het Cavallino aan te lopen en had haar toen ze vrij was zelfs naar huis gebracht, nadat hij Vitali had weggestuurd met de woorden dat hij hem die dag niet meer nodig had.

Kortom, reden te over om een beetje bezorgd te zijn.

En wat was er nou met die knoop?

Wat had die ermee te maken?

74

Wat de knoop ermee te maken had? vroeg Evangelia zich verbaasd af.

Ze zou het hem nog een keer vertellen, op voorwaarde dat hij zo vriendelijk zou willen zijn om te luisteren.

Die had ermee te maken dat ze absoluut bereid zou zijn hem weer aan te zetten, maar dan moest iemand haar wel het jasje komen brengen.

Als hij tenminste van het jasje van de piloot kwam.

Renata schudde zichzelf wakker.

'Ik heb hem maandag gevonden,' loog ze een beetje, 'op het kleed onder de tafel in de eetkamer.'

'Al goed, laten we aannemen dat het waar is,' begon Evangelia weer.

'Het is waar,' hield Renata voet bij stuk.

En dus, bekvechtte Evangelia, aangezien het waar was, en aangezien zij niet gek was noch vergeetachtig, wist ze nog heel goed dat de jongeman Ofelio heette.

'Of niet soms?' vroeg ze.

En dus, onderbrak de burgemeester haar ongeduldig.

Nou, aangezien op de knoop initialen van een voor- en achternaam stonden, klopte er iets niet.

'Een C en een M,' zei Evangelia.

Mijn god! dacht de burgemeester.

'Misschien zie je het niet helemaal goed,' was zijn commentaar.

Tenslotte, voegde hij eraan toe, is het verschil tussen een c en een o heel klein.

Niet gek en niet blind, zei Evangelia.

Ze had hem bij zich, de beruchte knoop, in haar zak.

En liet hem zien.

'Is dat een c of niet?' vroeg ze.

Het was en c.

75

I

De C stond voor Claudio.

Claudio Mazzagrossa.

Zoon van de zakelijk leider en geestelijk vader van de SBOLT.

Piloot, burgerbrevet.

Vriend van Mencioni die hij vaak mee aan boord had genomen voor een rondvlucht boven Rome, waarbij hij hem de beginselen van het vliegen had geleerd door hem meerdere malen de stuurknuppel te laten bedienen om zo de roes van het besturen van een vliegtuig te kunnen beleven.

Door hem naar Bellano af te vaardigen had zijn vader de ingenieur gedacht twee vliegen in een klap te slaan, zoals dat heet.

In de allereerste plaats bracht hij zo die zoon, enig kind en een beetje verwend, op het pad van het arbeidzame leven. In de tweede plaats haalde hij hem weg uit Rome en bij een zekere affaire vandaan waarin hij verwikkeld was, volgens geruchten die hem in het oor gefluisterd waren.

Het leek er inderdaad op dat de jongeman op het punt stond, of het al gedaan had, zich in te laten met de jonge, zeer jonge, vrouw van Evanio Corsetti, een beroemde chirurg die tot alle eerbewijzen die hem al ten deel waren gevallen ook de behandeling kon rekenen van de maagzweer van Zijne Excellentie de Premier, en die daarbij met vele andere hoge partijfunctionarissen op vertrouwelijke voet stond.

Het kon Mazzagrossa senior geen bal schelen waar zijn zoon van verboden vruchten snoepte, maar dat hij het nu juist deed met de vrouw van iemand wiens broer staatssecretaris was van Economische Zaken, waar het geld vandaan moest komen om het omvangrijke project van commerciële en toeristische vluchtdiensten te financieren, kon hij niet toestaan.

Ook Mazzagrossa junior kon het geen bal schelen in welke ministeriële kringen zijn vader vertoefde. Het vrouwtje van de chirurg had hem betoverd en als hij haar zag in het clubgebouw van de vliegvereniging Francesco Baracca, leek het wel of al zijn bloed naar zijn intieme delen stroomde. Ongeveer twee maanden geleden was hij met het voorstel gekomen haar de luchtdoop te geven en had die vervolgens ook voltrokken. Vanaf die dag was hij elke week met haar de lucht in gegaan, onder de neus van de chirurg die ook dol was op vliegen maar daartoe niet in staat was vanwege een bepaalde graad van hardhorendheid. Op een zeker moment was bij de vrouw, Eudemia genaamd, het idee ontstaan om ook haar brevet te halen. Prima idee! Maar voorafgaand aan de praktijk, had Mazzagrossa haar duidelijk gemaakt, moest ze eerst een theoretische basis leggen. Studeren, kortom.

Geen enkel punt, had de vrouw gretig gezegd. Meer dan bereid meteen te beginnen, zelfs volgende week al, maar natuurlijk alleen als hij, Mazzagrossa junior, haar wilde onderwijzen.

Des te meer, had ze daaraan toegevoegd, omdat haar man ver van huis was, in Bari voor een congres.

Mazzagrossa had zich beheerst.

Beet!

Maar, verdomme! had hij meteen daarna gedacht: de volgende week zou hij zich, volgens vaderlijk plan, moeten bevinden in een of ander gehucht met een belachelijke naam die op zoiets als anus eindigde.

II

Sodemieter op!

Sodemieter op: hij ging zich echt geen luxe-weekje met Eudemia ontzeggen.

Hij had meteen aan Mencioni gedacht.

Met alle pleziertjes die hij hem had verschaft, inclusief gratis vliegen, zou hij geen nee kunnen zeggen.

Hij had het hem direct voorgelegd.

'Ik?' had Mencioni verbijsterd gevraagd. 'Ben je gek geworden?'

Nee m'n beste, had hij geantwoord, jij bent gek.

Maar ik...

Maar ik, had hij hem meteen afgekapt, ik zweer je dat als ik door jouw schuld een week geweldig wippen misloop je nog niet jarig bent.

'Maar,' had Ofelio tegengeworpen en hield meteen weer zijn mond.

Het was zijn laatste maar.

Mazzagrossa had uitgebreid uit de doeken gedaan welk fraai plan hij had uitgedokterd.

'Maar wat dacht hij wel?' had hij gezegd.

Dat hij hem op de bonnefooi daarheen stuurde?

'Met gevaar voor leven?'

Hij was niet achterlijk. Dus moest hij nu goed luisteren.

Het was niet in een wip gebeurd.

Het ging om een week, 'een volle week' om in alle mogelijke posities het vrouwtje van de chirurg te berijden. En niet zomaar een week. De volgende. De week die hij overeenkomstig zijn vaders bedoelingen had moeten doorbrengen in een kutdorpje om start- en landingsbanen op het water te bestuderen.

Hij stuurde hem erheen, Ofelio Mencioni.

Die zou moeten doen of hij de uitverkoren piloot was.

'Toch alleen voor de show, hè?'

Van vliegen wist hij al veel. Aan fantasie had het hem nooit ontbroken. Hij had zelf gevlogen. En hij leende hem ook nog zijn uniform van burgerpiloot, een mooi pak, dat hij bij de beste kleermaker van Rome had laten maken.

Wat wilde hij nog meer?

Was hij niet in staat een stelletje boerenkinkels die waarschijnlijk nog nooit zelfs maar een plaatje van een vliegtuig hadden gezien een oor aan te naaien? Die allemaal in aanbidding aan zijn voeten zouden liggen?

Na die week zou hij hem komen aflossen, met lekker leeggelopen ballen.

Het zou zijn zorg zijn burgemeester en gelijksoortig klootjesvolk in te pakken. Hij zou ze vertellen dat Mencioni een soort navigator was.

'Een vertrouwensman van me.'

En dat ze hem verder niet te veel aan zijn kop moesten zeiken, want vliegen was zijn zaak en daarmee uit.

'Je kan hier onmogelijk nee op zeggen,' had Mazzagrossa tot slot aangevoerd.

Want naar alle waarschijnlijkheid, had hij eraan toegevoegd, ga je daar de mooie jongen uithangen, je volproppen met eten, en vast ook tegen een gratis poesje aanlopen.

76

Als hij wilde kon hij tegen vijf uur 's middags bij het huis van mijnheer de burgemeester langsgaan, om de knoop aan te laten zetten die hij zondag tijdens de lunch verloren had.

Zo ongeveer strak in de houding bracht Gerolamo Vitali de uitnodiging aan piloot Mencioni over.

Daar was de knoop gebleven, dacht Ofelio. Die overigens niet zo stom was als Vitali.

'Waarom eigenlijk om vijf uur?' vroeg hij.

Vitali aarzelde niet.

Omdat, verklaarde hij, mevrouw de burgemeester er voor die tijd niet was en hij dan alleen de dochter in huis zou aantreffen.

Juist ja, dacht Mencioni.

Zijn kameraad Mazzagrossa had gelijk toen hij zei dat die boerenpummels ezels waren en dat ze zich makkelijk te grazen lieten nemen.

De dochter van de burgemeester was niet slecht. Misschien een beetje verlegen. Zondag, tijdens de lunch, had ze bijna niets gezegd.

Maar wat kon het schelen, dacht Mencioni. Het ging hem niet om een gesprek.

Hij maakte even een berekening. Het was nu donderdagmiddag. Voor zaterdag zou het watervliegtuig niet arriveren en zondag zou zoals beloofd Mazzagrossa op komen dagen.

Voor een snelle jongen als hij waren twee dagen ruim voldoende om mejuffrouw de dochter van de burgemeester in te pakken.

Om drie uur 's middags belde hij aan bij huize Meccia.

77

Om zes uur 's avonds kwam Gerolamo Vitali melden dat de burgemeester hem wilde spreken.

Wat was er? dacht Mencioni.

Maar zei niets.

Zou het juffertje naar pappie zijn gehold om zich te beklagen.

Maar waarover dan?

Tenslotte had hij niets gedaan.

Hij had zijn handen thuisgehouden, had alleen zijn tong laten werken.

Op en neer lopend door de salon van huize Meccia, terwijl zij de knoop aanzette, had hij wonderbaarlijke vliegavonturen verzonnen, in de hoop het meisje te boeien met zijn bizarre bravourestukjes.

Hij had capriolen beschreven, nummertjes op hoog niveau. Allemaal dingen die Mazzagrossa werkelijk uithaalde en waarnaar hij vanaf de grond vaak had gekeken.

Hij had haar ten slotte beloofd dat als ze wilde hij met haar als eerste een vluchtje zou maken.

Had ze al eens gevlogen? had hij gevraagd.

Nee.

Zou ze het leuk vinden?

Misschien.

Kon hij haar nog een keer komen opzoeken?

Ze haalde haar schouders op.

Met het vermoeden dat twee dagen misschien niet genoeg waren om het meisje in de koffer te krijgen had hij het huis van de burgemeester verlaten.

Als hij wat lichamelijke oefening wilde hebben kon hij het beter proberen met een van de dienstmeisjes die bij het Cavallino werkten; ze roken een beetje naar zweet, maar hadden stevige billen en tieten in de aanbieding.

Dus wat had die oproep te betekenen?

78

De burgemeester zat in de rats.

Naarmate het moment naderbij kwam had een vaag soort achterdocht hem geen rust meer gegund.

Hij had zich de aankomst van een piloot beladen met apparaten en instrumenten, kaarten en wat niet al voorgesteld. Maar nee. Meer dan slapen – volgens het verklikken van de hoteleigenaar – of eten en fluitend rondlopen, met zijn handen in zijn zakken, alsof hij niet wist hoe hij de avond moest halen – volgens de verslagen van Vitali – meer dan dat had Mencioni niet gedaan.

Waarschijnlijk was dat voldoende. Kennelijk een geoefend oog; één blik was genoeg om te zien waar geland en waar opgestegen moest worden.

Verder was er nog dat gedoe met die knoop geweest.

Goed, het stelde geen bal voor.

Idioot gedoe, maar hij kon het niet uit zijn hoofd zetten.

Een C, een O.

Het had niets te betekenen.

Misschien was het jasje wel van zijn vader.

Of had hij een voornaam die hem niet beviel: Carlisio bijvoorbeeld, of Christus, wist hij veel!

Het vliegtuig, had de burgemeester gedacht, zodra het vliegtuig er was zou alle onzekerheid als sneeuw voor de zon verdwijnen.

Maar toen hem op die donderdagmorgen was bericht dat het watervliegtuig, een Cant 10 Ter, een paar jaar eerder op de markt gebracht door de scheepsbouwwerven in Triëst, zaterdagochtend zo rond tien uur op het station zou aankomen, met speciaal goederentransport, was zijn bezorgdheid toegenomen.

Dus had hij de piloot ontboden omdat hij gerustgesteld wilde worden.

Alleen al door hem te zien voelde hij zich beter.

'Loopt alles naar wens?' vroeg hij.

Het lukte hem niet om het onderling verband van zijn twijfels te doorgronden. Hij kon ze niet eens onder woorden brengen.

'Op rolletjes,' antwoordde Mencioni.

Zeker.

Bondig.

Zoals een man van actie moet zijn.

'Zaterdag komt het watervliegtuig aan,' zei hij trots.

'Maar zaterdag kunnen de proefvluchten onmogelijk van start gaan,' riep Mencioni hem meteen een halt toe.

Er moest namelijk zorgvuldig gecontroleerd worden of het vliegtuig in orde was, of geen van de onderdelen onder de reis geleden hadden.

'Zondag dan.'

'Maandag, stel ik voor.'

Zondag waren er te veel schepen en veerboten op het meer en voor opstijgen en landen zou het wenselijk zijn om zo veel mogelijk ruim baan te hebben.

'Maandag.'

'Geen probleem,' antwoordde Ofelio.

De burgemeester slaakte een diepe zucht van verlichting.

Glimlachte.

'Ik zie dat ze uw knoop hebben aangezet,' zei hij.

Hij stond op, liep om zijn bureau heen en ging voor de piloot staan. Hij nam de revers van het jasje tussen twee vingers.

'Mooi uniform,' was zijn commentaar. 'Uitstekende kleermaker.'

79

Augusto Berardini & zoon – kleermakers te Rome – Largo di Santo Spirito.

Op het etiket stond ook het telefoonnummer: 3473.

Tante Rosina gaf een goedkeurend knikje met haar hoofd en een ondefinieerbare glimlach verspreidde zich over haar gezicht.

'En nu?' vroeg Renata.

Nu, antwoordde Rosina, had het uur geslagen om te zien of haar vader de burgemeester zich in de nesten had gewerkt.

80

Zaterdagochtend, onder een strakblauwe hemel, laatste geschenk voor de victorie van de burgemeester aangezien het tot aan de vorige avond vochtig, nevelachtig weer was geweest, arriveerde het vliegtuig onder toeziend oog van een grote menigte.

Een groot aantal van de toeschouwers stond al vroeg op het perron. Armoedzaaiers, dacht de burgemeester, maar dat kon voor een keertje geen kwaad.

Het speciale konvooi kwam om tien uur precies uit het zwarte gat van de tunnel tevoorschijn.

Drie goederenwagons.

Op de eerste de romp.

Op de tweede de vleugels.

Op de derde de overige mechanische onderdelen, propellers en de roervinnen.

Een daverend applaus begroette het gesis van de remmen dat in het rumoer verloren ging.

Vele van de aanwezigen hadden alleen op een foto ooit een vliegtuig gezien.

De commentaren waren niet van de lucht.

Ook Lulu was aanwezig, ze stond midden tussen de mensen.

Ze had voor een half uur het telefoonkantoor gesloten, op de deur een briefje achtergelaten met 'ben zo terug' en was gauw naar het station gegaan.

Het vliegtuig kon haar weinig schelen. Sterker nog, helemaal niets.

Haar belangstelling betrof de piloot die ze nog steeds niet had gezien.

Vliegtuigpiloot, zei ze bij zichzelf. En zuchtte.

Toen ze hem zag, aan de zijde van de burgemeester, terwijl hij samen met de aanwezigen klapte bij de aankomst van het watervliegtuig, vond ze hem meteen heel knap.

Er liep een rilling over haar rug.

Knap, dacht ze, en niet verloofd.

Ze glimlachte stilletjes, om haar slimheid.

Hoe kon ze dat weten?

Simpel: als hij ergens een verloofde had zitten, zou hij haar vroeg of laat gebeld hebben. En dat zou zij gemerkt hebben.

Of niet soms, glimlachte ze bij zichzelf.

Maar niets daarvan.

Het halve uur was inmiddels voorbij, ze liep weg, tevreden, ze zag zichzelf al verloofd.

Met een piloot, herhaalde ze.

Hoe ze hem aan de haak zou slaan was haar zaak. Het ontbrak haar niet aan de middelen, ze wist ze te gebruiken.

Logeerde hij in het Cavallino?

Goed, dan zou ze een van de komende middagen daar een kopje thee gaan drinken.

Een mooie, elegante vrouw alleen aan een tafeltje: een schilderij, een filmscène, heel romantisch.

Iedereen zou er voor vallen.

En mocht het nodig zijn, twee of drie wat langere blikken...

Het leek een makkie.

Maar...

81

'Rustig,' zei tante Rosina.

Maar zij had mooi praten.

Vittorio, na een nacht kadetjes in de oven schuiven, zag eruit als een duivel, zelfs zijn ogen waren rood. Vanwege de teleurstelling dat hij Renata niet trof op hun dagelijkse, weinig om het lijf hebbende afspraakje had hij zijn vuisten gebald, en met verbeten kaken, gefronste wenkbrauwen en een beschuldigende blik in zijn ogen de houding van een wild dier aangenomen dat zich elk moment op zijn prooi kon storten.

Waarom was Renata er verdomme niet?

Waar was ze?

Wat was er nu weer aan de hand...

'Rustig,' zei tante Rosina nogmaals.

Inderdaad was er iets aan de hand.

Renata was er niet en daar was een heel goede reden voor.

'Welke dan?' vroeg Vittorio.

'Eerst die vuisten weg,' waarschuwde tante Rosina.

Vittorio spreidde meteen zijn handen open.

'En die toon wil ik ook niet meer horen,' voegde de vrouw eraan toe.

Vittorio maakte een gebaar dat hij het begrepen had.

Goed, besloot tante Rosina.

Nu kon ze hem uitleggen wat er aan de hand was.

82

Om niet in het oog te lopen had Renata besloten gebruik te maken van de aankomst van het watervliegtuig.

Ze was van huis gegaan met de smoes tegen haar moeder dat ze naar tante Rosina ging. Toen ze het kaartje 'ben zo terug' zag had ze alle vloeken die ze kende zachtjes voor zich uit gemompeld.

Ze had gewacht.

Wel een half uur.

Eindelijk was Lulu teruggekomen.

Renata wierp haar een dodelijke blik toe.

'Wilde u telefoneren?' vroeg Lulu.

Domme modepop, dacht Renata.

'Lijkt me duidelijk,' antwoordde ze kortaf.

Aanstelster, dacht Lulu.

'Komt u binnen.'

Dat had nog eens een half uur gekost.

Toen Renata uit de telefooncel kwam was het Lulu die haar een dodelijke blik toewierp.

Waar bemoeide dat aanstellerige grietje zich mee?

Waarom was ze zo geïnteresseerd in háár piloot?

Dacht ze soms dat ze, alleen maar omdat ze de dochter van de burgemeester was, zich alles kon veroorloven? Zelfs haar dromen in de war schoppen, haar projecten voor de toekomst?

Renata verliet in opgetogen stemming het telefoonkantoor.

Ze neuriede *Solo per te Lucia*, het deuntje uit de film *La canzone dell'amore*, de laatste film die ze met Vittorio in de Casa del Fascio had gezien.

Lulu volgde haar met haar blik, en gespitste oren, tot ze uit het zicht verdwenen was.

Ze liep te zingen, hè? Was ze blij, tevreden over zichzelf?

Ze zou haar eens wat laten zien.

Wilde ze oorlog?

Die kon ze krijgen.

83

Bij kleermakerij Augusto Berardini & zoon had een vrouw de telefoon opgenomen.

Renata had er in de hoorn op los gekwetterd: ze wist dat ze niet mocht falen.

Ze had gezegd dat ze een prachtig pilotenuniform had gezien, onberispelijk vervaardigd bij kleermakers Berardini te Rome. Zoeen wilde zij ook hebben om aan haar verloofde te geven die ook dol was op vliegen.

De man die ze het mooie uniform had zien dragen heette Ofelio Mencioni. Ze belde om te vragen hoeveel het haar zou kosten en hoe lang het zou duren om er een voor haar te maken, want de mannen hadden toevallig dezelfde maat. Wat een geluk, hè?

De vrouw aan de andere kant van de lijn had een momentje geduld gevraagd: ze moest het aan Augusto Berardini zelf of aan zijn zoon vragen.

Er waren een paar minuten voorbijgegaan. Toen had een mannenstem door de hoorn geklonken, die nogal lomp Renata had geïnformeerd dat kleermakerij Berardini geen enkele Ofelio Mencioni of hoe hij ook heten mocht in zijn klantenbestand had, en dat zij, kleermakers, ook geen tijd hadden voor grappenmakers met hun flauwe geintjes over de telefoon.

En zonder te groeten had hij neergelegd.

'Bingo,' zei tante Rosina.

84

Het watervliegtuig werd in de buurt van de haven van de Gavazzi's voor anker gelegd, beschut en veilig uit de wind.

Vanuit de ramen van het Cavallino kon je het op je gemak bekijken.

Zaterdag sloeg Ofelio de lunch over, aangezien hij aanwezig moest zijn bij het transport en de montage.

Desondanks, bij het avondeten, geen enkele honger.

's Middags, voordat de nieuwsgierige menigte zich had verspreid, had de burgemeester hem gevraagd of hij het geluid van de motoren wilde laten horen.

Dat had hij gedaan. Dat was nog maar een kleinigheid, daartoe was ook een kind in staat geweest.

'Als muziek in de oren!' was het commentaar van Meccia geweest.

Zeg dat wel: begrafenismuziek.

Daarna had Mencioni zich in zijn kamer opgesloten, om daar te blijven tot het tijd was voor het avondeten.

Hij was bij het raam gaan staan en staarde naar het vliegtuig.

In de verwachting dat een van de dienstmeisjes hem kwam waarschuwen dat er beneden in de hal iemand op hem stond te wachten.

Maar nee hoor, verdomme.

Het was donker geworden.

Het vliegtuig had een verontrustende aanblik gekregen, angstaanjagende contouren.

Het wiegde op het ritme van de golven, het leek wel een ineengedoken tijger die elk moment in een moordende sprong uit het donker tevoorschijn kon komen.

Kortom, het wachtte op het moment dat hij vlak in de buurt zou zijn.

Er werd op de deur geklopt.

Ofelio maakte een sprong in de lucht.

Het avondeten stond klaar.

Gatverdamme.

Hij had helemaal geen honger.

Maar was toch naar beneden gegaan.

Hij mocht zijn kalmte niet verliezen.

Kwestie van een paar uur en Mazzagrossa zou er zijn.

De eigenaar van het Cavallino had hem een bijzondere gunst bewezen: de tafel waaraan hij gewoonlijk at was naar het raam toe gedraaid, zodat hij zijn vliegtuig pal voor zijn neus had.

Dank u wel.

En sodemieter op.

Elke gast die binnenkwam kon Mazzagrossa zijn.

Hij had pijn in zijn nek gekregen van al dat omkijken.

Niets aan te doen, die lul was niet op komen dagen.

'Hoe laat komt de laatste trein aan?' had hij op een gegeven ogenblik gevraagd.

'Om tien voor half tien,' had een dienstertje geantwoord.

Het was inmiddels tien voor tien.

Godverdegloeiendegodverdomme!

'Maar u heeft niets gegeten!' liet een serveerster hem tegen het eind van de maaltijd weten.

'Wilt u dan tenminste nog een dessert?'

Ja, had hij gedacht, stop maar in je reet.

85

Zondag werd Ofelio vroeg wakker, na een onrustige nacht waarin hij vaak uit zijn slaap was geschrokken. Het was zeven uur, half acht.

Hij rende meteen naar het raam.

Het was nog steeds mooi weer, een heldere hemel, een volledig blak meer.

En, godverdomme!, er waren al mensen daar beneden; ze stonden naar het vliegtuig te kijken en draaiden zich af en toe om en wezen dan naar zijn kamer.

De kamer van de piloot.

Geen ontbijt; het leek wel of hij geen maag meer had.

Gladgeschoren en strak in het pak dat niet van hem was vertoonde hij zich tegen tienen aan het volk, hij mocht immers niet uit zijn rol vallen.

Zijn onrust werd meteen geïnterpreteerd als enorme zin om te gaan vliegen. Zo zag burgemeester Meccia het althans.

Dus probeerde hij hem over de brug te helpen. Met zijn blik gericht op het meer dat wel geschilderd leek en een hemel waarin geen wolkje te bespeuren viel, vroeg hij of hij geen aanvechtingen kreeg om een eerste proefvlucht te maken.

Mencioni verbleekte.

Gelukkig tekende zich aan de horizon net een veerboot af, die de punt van Dervio rondde.

Ofelio wees ernaar.

'Was het maar een uur geleden geweest...' zei hij.

Vervolgens nam hij afscheid en ging terug naar het hotel met als excuus dat hij last had van al die mensen om zich heen.

De burgemeester keek hem na. Vol bewondering, vol afgunst.

Wat een mannen, had hij gedacht, piloten!

Vreemde mensen, gewend aan de eenzaamheid van de hoge hemelen.

86

Gedurende de middag ondernam hij niets.

Hij bracht die door met heen en weer lopen tussen zijn bed en het raam.

Een niet slinkende menigte had onafgebroken eer betuigd aan het watervliegtuig dat ogenschijnlijk onschuldig met de golven meedeinde maar verder de indruk wekte hem te willen zeggen:

'We zien elkaar morgen, klootzak!'

Morgen!

Tegen vieren liet Ofelio zich op zijn bed vallen. Zijn benen waren door al dat heen en weer lopen pijn gaan doen.

Rustig, had hij tegen zichzelf gezegd.

Hij moest rustig blijven.

Het kon nu niet lang meer duren tot Mazzagrossa kwam, tot er een eind kwam aan deze martelgang.

Uitgestrekt op bed, met zijn armen in zijn nek, zijn blik op het plafond gericht, stelde hij zich de aankomstscène van zijn kameraad voor.

De verwensingen die hij hem naar het hoofd zou slingeren.

Hoe ze zouden lachen.

Ook de maaltijd. Hij zou namelijk zelfs weer zin in eten krijgen.

De maaltijd dus, overvloedig en besprenkeld met de beste wijn: de gemeente betaalde immers.

Daarna lekker slapen en dan eindelijk weg, weg uit dit kutdorp.

Al dagdromend viel hij in slaap.

Hij sliep een paar uur als een roos en zijn droom ging verder.

Bezweet werd hij wakker in het avondduister waarin de kamer was gehuld, toen hij dacht dat er op de deur geklopt werd.

Tevreden slaakte hij een diepe zucht.

Hij liep snel naar de deur, met op het puntje van zijn tong de eerste van een lange reeks verwensingen.

Hij deed open.

Duisternis.

Stilte.

Niemand.

Etenslucht.

Hij moest kokhalzen.

Een droge mond, een dichte keel.

Het was maar een droom.

Hoe laat was het?

Zeven uur? Acht uur?

Wat kan het verdommen? dacht hij.

Hij kleedde zich aan en verliet zijn kamer.

87

Lulu herkende hem niet meteen.

Ze was net thuis en in peignoir.

Meer dan de helft van de middag had ze aan een tafeltje in het Cavallino op de piloot zitten wachten.

Ze had het ene kopje thee na het andere gedronken, en was bij het vallen van de avond weggegaan met een overvolle blaas. Ze was al drie keer in het Cavallino naar de wc gegaan en was bang geweest dat als ze de eigenaar nog een keer om de sleutel van de toiletruimte had gevraagd, ze ongepaste opmerkingen naar haar hoofd had gekregen.

Hij stelde zich niet voor.

'Neemt u mij niet kwalijk,' zei hij.

Lulu had hem nog nooit horen praten maar het accent kon niet missen.

Híj was het.

Wat nu?

Het licht in de gang aandoen, hem binnen vragen?

Maar zo, schaars gekleed als ze was...

Maar het was hém, híj was hier.

Stel dat een mysterieuze kracht hem had gestuurd, misschien wel de liefde?

Stel dat hij haar gisteren had opgemerkt in de menigte die bij de aankomst van het vliegtuig stond te applaudisseren en hij haar de hele middag had lopen zoeken zonder te weten dat zij op hem had zitten wachten en al die thee had gedronken?

Wie weet?

L'amour, droomde Lulu.

'Neem me niet kwalijk voor dit late uur,' herhaalde hij, een lage stem gehuld in duister. 'Maar ik moet absoluut iemand bellen.'

88

Een mooie droom aan diggelen? vroeg Lulu zich af.

'We zijn gesloten,' zei ze ineens bits.

Als hij dacht dat zij er was om hem de gelegenheid te geven over de telefoon met zijn liefje te flirten aan de vooravond van zijn proefvlucht dan vergiste hij zich.

Ofelio slikte even. Hij had de ijzige toon in haar stem opgevangen.

Maar goeiegod! hij moest koste wat het kost bellen.

'Vanwege mijn arme moeder,' zei hij en sloot de zin met een zeer geslaagde nepsnik af.

Dat kwam aan en Lulu smolt weer.

'Uw moeder?' vroeg ze.

Mencioni knikte, steeds meer door het duister verzwolgen.

'Is ze ziek?' vroeg Lulu.

Gebruikmakend van het donker maakte hij een bezwerend gebaar.

'Nee,' antwoordde hij.

'Wat dan?'

'Ik kan u zeggen...' mompelde hij.

En deed er vervolgens het zwijgen toe.

'Nou, zeg het dan.'

'Ik schaam me er een beetje over,' probeerde de jongeman met een glimlach te zeggen.

'Kortom...'

Het had iets met bijgeloof te maken, flapte de jongeman eruit.

'O ja?' vroeg Lulu.

Ja. Dat deed hij altijd sinds hij piloot was, aan de vooravond van een vlucht. Even met moeder bellen. En dat wist zijn moeder. Dus als ze geen telefoontje zou krijgen, zou ze zich zorgen gaan maken.

Lulu glimlachte opgelucht, een perfecte rij tanden in de inmiddels volslagen donkere gang.

Maar ze was niet gek. En in het verleden had iemand dat niet geloofd. Die droeg daar nog de tekens van.

'U kunt het in het hotel doen,' merkte ze op. 'Zover ik weet is het Cavallino toegerust met een telefoontoestel.'

Dat was waar, moest Mencioni toegeven.

Maar het toestel hing aan de muur in de eetzaal, naast de toog. Iedereen zou kunnen meeluisteren. En bovendien droeg zijn stem nogal ver.

Kortom, hij schaamde zich.

'Ik begrijp het,' zei Lulu.

Maar, hoe dan ook, niemand kon haar voor de gek houden.

'Vooruit dan maar,' zei ze, 'geeft u me even de tijd me aan te kleden en dan laat ik u bellen.'

'U bent een engel,' bedankte Mencioni haar.

'U zegt?' tjilpte Lulu.

'Een laatste ding,' zei de piloot nog.

Het telefoontje... de kosten, kortom...

'Ja?'

Die moesten op de rekening van de gemeente geboekt worden.

89

'Kan ik u ergens mee van dienst zijn?' vroeg secretaris Carrè maandagochtend.

'Bien sûr,' antwoordde Lulu met een glimlach en reikte hem een briefje aan.

'Qu'est-ce-que c'est?' antwoordde hij snedig.

De rekening.

Welke rekening?

Lulu zuchtte.

Welbeschouwd was de administratie van een telefoonkantoor vrijwel gelijk aan die van een gemeente.

Carrè kon haar niet volgen.

'Ik begrijp het niet,' zei hij.

Het moest allemaal kloppen.

Zoveel telefoongesprekken, zoveel tikken, zoveel inkomsten, legde Lulu uit.

En 's avonds, elke avond, maakte ze graag de balans op.

Dus als de gemeente zo vriendelijk wilde zijn dit rekeningetje te vereffenen zou zij tevreden weer aan het werk gaan.

Zeker, zei de secretaris.

Maar waarom moest de gemeente dit betalen?

Omdat het telefoongesprek door de piloot was gevoerd, overigens na sluitingstijd, maar dat maakte niet zo veel uit, want ze zou het registreren onder vandaag.

Van belang was dat de rekening vereffend werd.

Toen begreep secretaris Carrè het.

'Kost, inwoning en extra's,' zei hij.

'Hoe zegt u?' vroeg Lulu.

'Niets,' antwoordde hij. 'Ik zou alleen graag een bewijsstuk willen hebben. Willen weten waarheen hij heeft gebeld. Zo werkt het bij de gemeente.'

'Geen probleem,' glimlachte Lulu.

Ingenieur Mazzagrossa, wist ze te melden.

Secretaris Carrè zette grote ogen op.

'Ingenieur Mazzagrossa?' vroeg hij. 'Weet u dat zeker?'

Zij had de verbinding tot stand gebracht, legde Lulu uit. Hoe kon ze zich vergissen?

Hij had tegen haar gezegd dat hij zijn moeder moest spreken, dat deed hij altijd voor hij ging vliegen.

'Toch klopt er iets niet,' merkte de secretaris op.

Als de achternaam van de piloot Mencioni was, waarom belde hij dan naar het huis van Mazzagrossa om zijn moeder te spreken?

'Was dat maar alles,' siste Lulu.

Secretaris Carrè stond op om de deur van zijn kantoor dicht te doen. Toen liep hij terug naar zijn stoel en verzocht Lulu plaats te nemen.

'Heeft u het gesprek afgeluisterd?' vroeg hij.

90

Om persoonlijke redenen had ze het vermoeden gekregen dat de piloot tegen haar gelogen had, zei Lulu.

'O ja?' was secretaris Carrè's enige reactie.

'Absoluut,' zei Lulu pedant.

Alleen om die reden had ze het gesprek in de gaten gehouden. Ze werkte bij een overheidsdienst, een beetje waakzaamheid kon geen kwaad.

'Dat is waar,' gaf de secretaris toe, als de dood dat de vrouw aanstoot zou nemen, 'daar had ik niet bij stilgestaan.'

'Mooi,' zei de vrouw goedkeurend.

Dus om redenen die ze net had gegeven had ze, nadat de verbinding met die Mazzagrossa uit Rome was gemaakt, meegeluisterd.

Lulu aarzelde.

'Ga door,' verzocht de secretaris haar.

'Ik weet niet of ik er goed aan doe,' kwinkeleerde de telefoniste.

'O nee?'

'Nee,' bevestigde Lulu.

De secretaris blies geërgerd door zijn neus uit en liet zich in zijn stoel vallen.

'Très bien,' zei hij. 'Alors...'

Lulu keek hem geërgerd aan. Ze wist best wat de betekenis was van dat steeds weer in het Frans vervallen.

'Blijft het onder ons?' vroeg ze.

De secretaris gaf geen antwoord.

Goed dan, ging Lulu verder, ze vertrouwde op zijn discretie.

'Waar u reeds een bewijs van heeft,' vulde hij aan.

'Touché!' gaf de telefoniste toe en ging verder met haar verhaal.

Zo te horen had een oude vrouw opgenomen, de huishoudster. Die zonder dat iemand daarnaar had gevraagd, gezegd had dat ze alleen in huis was omdat meneer, ingenieur Mazzagrossa uiteraard, in Egypte was, en mevrouw, de echtgenote van ingenieur Mazzagrossa, dat sprak ook voor zich, buitenshuis was om canasta te spelen.

Secretaris Carrè liet wanhopig zijn ogen ten hemel dwalen.

Wat was dit voor onzin?

Dat ontging Lulu niet.

'Nu komt het,' zei ze.

'O ja?'

Zeker.

Want de piloot had, zelfs tamelijk onbeschoft, de huishoudster onderbroken, om haar een duidelijke vraag te stellen.

'Welke?' vroeg Carrè.

Lulu hield van drama, dat was bekend. Ze hield ervan aanbidders en luisteraars aan het lijntje te houden. En er gingen een paar seconden voorbij voordat ze verder ging.

'Kunt u zich dat niet voorstellen?'

Hou zou hij? mopperde de secretaris.

'Nou ja, hij had gevraagd hem de zoon van ingenieur Mazzagrossa, jongeheer Claudio te geven.'

Is dat alles? vroeg de secretaris teleurgesteld.

Hij vond het allemaal niet verrassend.

Lulu glimlachte.

'Dat zou u niet zeggen als u wist wat het antwoord van de huishoudster was,' benadrukte ze.

Want de huishoudster had gezegd dat de jongeheer ook niet thuis was.

Sterker nog, hij was niet eens in Rome.

Waar was hij dan wel? had Mencioni met zo'n schelle stem gevraagd dat die niet meer op de zijne leek.

Ergens waar ze de naam niet meer van wist, had de huishoudster geantwoord. Wat ze wel zeker wist was dat het ergens hoog in Italië was, bij het Comomeer, in verband met vluchten of zo.

'Wat?' barstte Carrè los.

Lulu liet een triomfantelijke glimlach zien.

'Ziet u wel dat ik gelijk heb?' zei ze. 'Is het niet verbluffend? Ik zeg maar, als die man hier in Bellano is waarom heeft de piloot hem dan thuis in Rome proberen te bellen?'

'Tja,' antwoordde de secretaris.

Maar alsof hij ergens anders was.

91

De burgemeester stond op Piazza Boldoni.

Naast hem steward Vitali.

Daarachter stond een nu al grote menigte te wachten op de aankomst van de piloot.

'De grote dag is aangebroken,' gaf Meccia als commentaar toen Ofelio Mencioni in de deuropening van het Cavallino verscheen.

Deze durfde daar niet op in te gaan. Hij keek om zich heen.

'Wat denkt u ervan?' vroeg de burgemeester.

Hij doelde op het weer van die dag, ideaal.

Alles – het meer, de bomen, de hemel – leek wel met ingehouden adem te wachten op het moment dat hij met zijn acrobatische manoeuvres de stilte en de rust van het landschap zou doorbreken.

Ofelio deed zelfverzekerd.

'Uitstekend,' zei hij en liep meteen naar het watervliegtuig.

Hij had geen seconde geslapen.

Alle geluiden die de nacht tot leven wekten had hij gewillig moeten aanhoren.

Even na middernacht was het kattengejank op de binnenplaats van het hotel in zijn oren naar menselijke stemmen gaan klinken.

'Maauwww, raauwww.'

Hij wist het, morgen lustten ze hem rauw.

De tijd drong.

Maandag dreigde.

Wat moest hij doen?

Wat?

Hij had er de hele nacht over nagedacht. Om zijn overpeinzingen wat op te lichten, een sprankje hoop: dat op het allerlaatste moment die lul van een Claudio Mazzagrossa op zou komen dagen.

Maar hij wist dat hij daar zo langzamerhand geen hooggespannen verwachtingen meer over moest hebben.

Nadenken.

Zich proberen te herinneren wat Mazzagrossa hem allemaal had geleerd, welke manoeuvres hij hem had laten maken.

Hij, in zijn eentje in een watervliegtuig.

Bij de gedachte brak het zweet hem uit. De concentratie was gevlogen.

Met de miauwende katten en de angst voor wat hem allemaal kon overkomen, slipten de lessen van Mazzagrossa tussen zijn gedachten door alsof ze glibberig waren van de olie.

Toen de dag aanbrak had hij besloten wat hij ging doen. Hij had geen alternatief. Het was de enige manier om nog een dag te winnen.

Niet erg origineel.

Maar hij had geen keuze, geen ander houvast.

Vertrouwend op een gunstige afloop had hij zijn kamer verlaten en zich aangediend bij de burgemeester en al die andere leeglopers die niets beters te doen hadden dan bij zijn afgang aanwezig te zijn.

92

De burgemeester was dan wel een lulhannes en mocht best eens zijn verdiende loon krijgen.

Maar als alleen al de helft van wat hij vermoedde waar was, dan zag de zaak er niet best uit.

Ernstig.

Secretaris Carrè besloot om meteen tot actie over te gaan.

'Kunt zelfs u geen weerstand bieden aan de aantrekkingskracht van het vliegen?' vroeg bode Sbercele toen hij hem naar buiten zag lopen.

'Net als u het niet kunt weerstaan uw neus in andermans zaken te steken,' was het antwoord.

In de deuropening van het gemeentehuis stond de secretaris even stil en keek naar Piazza Boldoni.

Er stonden overal mensen. Niet alleen op het plein, maar ook op de kademuur, voor de ramen van de huizen gelegen aan Piazza Grossi, op de afmeerplek van de veerboot en langs de weg die naar Vendrogno leidde.

Geroezemoes, onderhuids gerommel steeg op uit de menigte.

Niemand begreep wat er net was gebeurd.

De piloot was tien minuten eerder onder applaus aan boord van het vliegtuig gestapt.

Hij had de motor aangezwengeld, volgens een uitdrukking die de burgemeester had gebruikt en die meteen was overgenomen door de aanwezigen.

Het geluid had de omstanders doen verstommen.

'Hij moet even warm lopen,' had Meccia als verklaring gegeven.

Gerolamo Vitali, aan zijn zijde, had de opmerking overgenomen en laten circuleren.

Uit de uitlaat was witte, stinkende rook gekomen die, aangezien het niet waaide, al diegenen aan het zicht had onttrokken die op de kademuur van de Gavazzi's stonden en op de trap die naar de oever van het meer leidde.

Desondanks was iedereen blijven staan.

Toen had Mencioni gas gegeven.

Het kon nu elk moment gebeuren.

Over een paar minuten, en zoals overeengekomen met de burgemeester, zou het vliegtuig zijn neus naar de oever aan de overkant hebben gericht, om in open water te komen.

'In de vliegrichting,' had Meccia uitgelegd.

Maar er was iets gebeurd.

Uit de uitlaat was een droge knal gekomen, zoals van een strijker die ontploft. Toen een rookwolk, maar nu zwart en giftig.

Degenen die aan de kant van de Gavazzi's stonden waren vloekend weggelopen.

De piloot had, zonder dat iemand hem kon zien, het zweet van zijn voorhoofd gewist. Zodra hij in de cabine was gestapt, had hij de benzinetoevoer afgesloten en de Lieve Heer gesmeekt dat het systeem werkte, maar vooral dat niemand het door zou hebben.

Nog twee knallende scheten, een paar pikzwarte wolken en toen was de motor van het vliegtuig stilgevallen.

Er hing weer een doodse stilte over de mensen, het plein, het meer.

Die had de burgemeester verbroken.

'Wat is er verdomme aan de hand?' had hij gemompeld, en alleen Vitali had het gehoord.

De ogen van de mensen waren strak op de piloot gericht. Nadat hij het raampje had opengedaan, had hij met uitgespreide armen en al hoofdschuddend naar de burgemeester gebaard.

'Er zou iets mis kunnen zijn met het hydraulische systeem of met de benzinetoevoer,' had hij gezegd.

Maar binnensmonds, alsof hij de zin uitprobeerde die hij binnenkort ten overstaan van Meccia moest uitspreken.

De burgemeester was tenslotte de enige die nader omschreven verklaringen zou eisen.

De rest van de mensen was er inmiddels al van overtuigd, bij het zien van dat moedeloze gebaar van de piloot, dat er die dag niet meer gevlogen werd.

Toen secretaris Carrè op de burgemeester afstevende, was een groot aantal van hen al aan het weglopen.

Sommigen lachten, anderen spogen op de grond. Hier en daar werd gevloekt.

De piloot had intussen vaste grond bereikt en stond al tekst en uitleg te geven.

'Jammer,' gaf Vitali ten slotte als commentaar, 'want er komt nu slecht weer aan.'

De burgemeester keek eerst om zich heen voordat hij zijn heerszuchtige ogen priemde in die van de steward.

Maar met weersvoorspellingen zat Vitali er zelden of nooit naast.

Als enige antwoord gebaarde hij met zijn hoofd in de richting van de bergketen van de Orobica, naar de overkant van het meer: daar staken al een paar wolkjes de kop op.

Dat betekende wind. En wie dat niet geloofde hoefde alleen maar geduld te oefenen en rustig af te wachten.

93

Er was duidelijk sprake van een vergissing, bedacht de typograaf Baldovino Luzzi.

Een nalatigheid.

Hij las de tekst voor het aanplakbiljet dat hij in opdracht van de gemeente Dervio moest maken nog eens aandachtig over.

Burgers!

Ter gelegenheid van het feest ter ere van de doop van de zojuist opgerichte Vereniging van de Olijventelers uit het Comogebied is de hele burgerij uitgenodigd daarbij aanwezig te zijn om er een onvergetelijke dag van te maken.

Samen met de gemeenten van Como, Cernobbio, Limonta, Nobiallo, Acquaseria, Gravedona, Dongo, Bellagio, Nesso, Lecco, Mandello, Lierna, Varenna, Perledo, Dervio, Colico...

Daar.

Daar zat de fout of nalatigheid, wat het ook mocht zijn. Bellano stond niet op de lijst van de gemeenten die zich hadden aangesloten bij de vereniging van de olijventelers.

Hem kon het niks schelen. Maar hij wilde het risico niet lopen dat als het manifest eenmaal was opgemaakt en gedrukt, hij het over zou moeten doen vanwege een ontbrekende naam die hij als eerste had ontdekt. Met als gevolg dat de kosten hem in de schoenen zou worden geschoven.

Als het bijvoorbeeld was gegaan om een pamflet, zoals een van die aankondigingen voor de een of andere markt, had hij een oogje dicht kunnen doen. Maar wat hij nu in handen had was een ware proclamatie.

Want na de lijst van de gemeenten wees de burgemeester van Dervio de bevolking op het unieke karakter van de gebeurtenis en riep hij al zijn ingezetenen op in groten getale deel te nemen aan die historische dag die zich aanstaande zondag in Bellagio zou voltrekken.

En om de uittocht van de burgers van Dervio naar de parel van het meer zo goed mogelijk te laten verlopen stelde hij zelfs een veerboot ter beschikking voor een gratis overtocht.

En ten slotte, gezien ook Zijne Eerbiedwaardigheid de Prefect aanwezig zou zijn bij de religieuze ceremonie, die uiteraard niet mocht ontbreken, waarbij het vaandel van de zojuist opgerichte vereniging gezegend zou worden, was het wel duidelijk dat de onderneming geen kleinigheid was. Zwak uitgedrukt: de typograaf Luzzi was wel meer duidelijk. Zo'n soort vereniging zou al snel lidmaatschapskaarten, van briefhoofd voorzien papier en enveloppen nodig hebben. Een mooie klant, kortom, die maar beter niet meteen al aan het begin teleurgesteld moest worden.

Met het ontwerp onder de arm verliet hij de donkere grot waar hij zijn werkplaats had, keek met toegeknepen ogen naar de heldere hemel die hem een goede morgen wenste en liep met gezwinde spoed linea recta naar het gemeentehuis.

De secretaris, of de burgemeester als die er was, zou zijn twijfels zo zeker als wat wegnemen.

94

'Dat valt buiten mijn competenties,' barstte secretaris Carrè los. 'Richt u zich maar tot de burgemeester.'

De toon was zo fel dat typograaf Luzzi een stap achteruit deed, alsof de woorden vaste vorm konden aannemen en hem treffen.

'Kunt u me zeggen waar hij is?' vroeg hij.

'Nee. Ik weet het niet. Ik ben zijn hoeder niet!'

'Wat een manier van doen,' mompelde de typograaf terwijl hij afdroop en zich aan het zicht van Carrè onttrok.

Die meteen van zijn stoel kwam en naar de deur van zijn werkkamer stoof en die met een klap dicht smeet.

Bij die droge knal keek de bode Sbercele de andere ambtenaren aan.

Wat was er in godsnaam gebeurd?

Een half uur daarvoor had de secretaris zo blij als een kind zijn kantoor verlaten, maar zijn humeur was nu helemaal omgeslagen, onvoorspelbaar als het weer op een winderige dag.

'Imbeciel,' mompelde de secretaris terwijl hij weer ging zitten.

Hij was razend op de burgemeester.

Zo stom als het achtereind van een varken.

En zoals alle imbecielen, aanmatigend en arrogant.

Even eerder, op het plein, was hij alleen maar naar hem toegekomen om hem te zeggen dat hij hem moest spreken.

'O ja?' was het antwoord geweest.

Maar op een toon van ingehouden woede, zijn oren rood van razernij, alsof hij een van de zoveelste eikels was die hem daar aan zijn kop kwamen zeuren.

Hij had er het zwijgen toe gedaan.

Maar de burgemeester had hem op zijn huid gezeten.

'Heeft u uw tong verloren?' had hij hem toegesnauwd. 'Wat is er zo dringend?'

Carrè had zich verloren gevoeld; zoals wanneer hij aan het front maar niet thuis kon brengen waar de voltreffers vandaan kwamen.

'Het zou de piloot betreffen...' had hij half stotterend uitgebracht.

'Kijk eens aan!' had de burgemeester hem onderbroken.

Hysterisch, zodat een paar mensen zich nieuwsgierig hadden omgedraaid.

'Er waren twijfels bij me gerezen,' had hij weer gepoogd.

Maar onzeker, alsof hij naar zijn woorden moest zoeken.

'Goed,' had de burgemeester ter afsluiting gezegd, waarbij hij zijn stem precies genoeg verhief om te laten horen wie er de leiding had. 'Ik ben blij te horen dat uw werk u zo veel vrije tijd gunt dat u zich kunt bezighouden met zaken die buiten uw competenties vallen.'

Hij had zich voelen verbleken.

Hij had moeten denken aan bepaalde hoofdofficieren.

Slappe klootzakken, tinnen soldaatjes, onbenullige dandy's. Maar die dankzij hun rang de mening toegedaan waren te behoren tot het edele ras der onfeilbaren.

'Als de zaak zo ligt, tot uw orders,' had hij gemompeld.

En hij had zich weer naar kantoor begeven.

95

Helemaal geen vergissing.

Bellano, de Bellanesen, en hij voorop, hadden schijt aan olijven en olijventelers.

De burgemeester zond de typograaf Luzzi heen met een korte mededeling en een vaag handgebaar.

Druk gerust die dikdoenerij van de collega in Dervio.

En toch...

Eenmaal weer alleen zakte Meccia eens rustig onderuit in zijn stoel, met zijn blik op oneindig.

'En toch...' mompelde hij.

Hij had graag het geachte broederschap van olijfkoppen de zoveelste les willen lezen qua superioriteit, vooruitziende blik, moderniteit.

Hij richtte zijn blik op het plafond van zijn werkkamer, beschilderd met Griekse randen en naakte engeltjes die in de vier hoeken fladderden.

'Uit de lucht komen vallen...' mompelde hij nog.

Dat was de manier.

Een snik van tevredenheid schokte door hem heen.

Hij moest meteen met de kabinetschef van Zijne Excellentie de Prefect van Como bellen.

Het zou als een bom inslaan!

96

Dinsdag, een straffe wind.

De golven midden op het meer hadden witte schuimkoppen en eerder dan weg te sterven rolden ze voort om met denderende klappen stuk te slaan tegen de rotsen van de oever.

Het watervliegtuig hopste de hele dag op en neer in een groteske dans waarin het eerst de ene vleugel dan de andere ophief: het leek wel een orang-oetan.

Vliegen?

Met die wind?

Geen sprake van.

Die moest eerst gaan liggen.

Hij ging liggen, dinsdagnacht.

Maar een sombergekleurd pak wolken bedekte de contouren van de bergtoppen.

Het wateroppervlak van het meer was zo glad als zijden lingerie. Het lag te wachten tot iemand het zou verkreukelen.

Het begon te regenen.

De wolken zakten langs de bergtoppen omlaag en ontnamen nu het zicht op de tegenoverliggende oever.

Vliegen?

Eventueel, met regen.

Maar met mist, nee.

Dan verdwenen de oriëntatiepunten.

Het regende de hele woensdag en donderdag.

Donderdag hard.

Te hard, zo hard dat het zicht belemmerd werd.

De rivieren zwollen, vooral de Pioverna en de Varrone.

Zozeer, dat vrijdag, toen de dageraad haar licht liet vallen op een ochtend zonder regen, het wateroppervlak van het meer, opgezwiept door een zware, grillige golfslag, wemelde van de boomstronken die door de sterk gezwollen rivieren naar het dal waren meegesleurd.

Je moest er niet aan denken daartegenaan te botsen en een drijver te beschadigen!

Wat een lulkoek! dacht Vitali bij het horen van het zoveelste bezwaar van Mencioni.

En vloog, ja hij wel, naar burgemeester Meccia om verslag te doen van de zoveelste belemmering die de proefvlucht uitstelde.

97

De Hoogeerwaarde heer de Prefect had ja gezegd.

Hij was zelfs enthousiast ingegaan op het voorstel van burgemeester Meccia om zondagochtend een watervliegtuig naar Como te sturen dat hem aan boord zou nemen en naar Bellagio zou vervoeren. Daarmee zou zijn aankomst waarlijk gedenkwaardig zijn, en de hele verzameling olijventelers verbijsteren, inclusief de burgemeesters van het halve meer.

'Wat een gelul!' barstte de burgemeester los toen Vitali zijn relaas had gedaan.

Vitali stemde in.

'Dat vind ik nou ook,' zei hij. 'Als het niet mag regenen, niet mag waaien, er geen golven of mist of nevel mogen zijn om te vliegen...'

Hij kapte zijn zin af, omdat het ineens tot hem doordrong dat hij niet om zijn mening gevraagd was.

'Precies,' mompelde Meccia.

Dat monterde Vitali op.

'Die kerel, volgens mij...' zei hij.

'Ja?' liet de burgemeester horen.

Gerolamo Vitali had zich een idee gevormd.

Volgens hem was die vent een klaploper.

Hij kwam toch uit Rome?

Daar had je het al!

Hij was naar het noorden gekomen, kreeg gratis eten en drinken. Hij probeerde het zo lang mogelijk te rekken.

Er moest nodig ingegrepen worden.

Als hij, persoonlijk, in de burgemeesters schoenen had gestaan, had hij het hem gezegd.

'Wat?'

'Hola, makker.'

Stop, dank je de koekoek.

Meccia wreef over zijn slapen.

Hij moest optreden.

Vanuit zijn gezag.

'Hoe laat gaat meneertje aan tafel?' vroeg hij.

Meestal om acht uur.

Goed. Om acht uur!

98

Om kwart over acht ging er een trein naar Milaan.

Ofelio Mencioni had geen keuze meer.

Hij kon niet slapen, niet eten, had een droge mond, een gloeiend hoofd, een knoop in zijn maag.

Sinds drie dagen ging hij niet eens meer naar de wc.

Mazzagrossa?

Wat een klootzak!

Hij had niet eens meer de hoop hem nog te zien verschijnen.

En het kon hem inmiddels ook niet meer schelen.

Weg!

Weggaan, verdwijnen.

Diezelfde avond nog, om kwart over acht.

Het plan was rond, exact, helemaal tot in de puntjes.

's Avonds vluchten.

Overdag zou het namelijk moeilijk, zo niet onmogelijk zijn. Te veel nieuwsgierigen, te veel mensen die hem kenden. Gedurende die week had altijd een grote menigte voor het vliegtuig gestaan.

Maar 's avonds, als het donker was, zou de zaak heel anders zijn.

Om half acht verliet Ofelio het Cavallino. Zijn excuus daarvoor had hij al klaar.

Een ommetje maken.

Kijken wat voor weer het was.

De eetlust opwekken.

Hij hoefde niemand verantwoording af te leggen.

Er werd hem niets gevraagd.

Vanuit het Cavallino stak hij niet piazza Boldoni over, maar sloeg Via Gavazzi in. Vervolgens verder over de Pradegiana, door de kronkelige wirwar van steegjes van de oude dorpskern, en vandaar verder over de weg die naar Bonzeno leidt.

Rechts van hem het kerkhof, diepe duisternis, er stonden geen lantarenpalen.

Prima.

De brug over de Orrido.

Hij kwam uit in de wijk Castègna.

Daar was een ezelpad. Dat nam hij. Zonder rumoer te maken liep hij naar beneden.

Hij ging door een tunnel die om onduidelijke redenen 'de tombe' werd genoemd. Desondanks liep er een rilling over zijn rug.

Ten slotte kwam hij uit op het plein voor het station.

Hij keek naar links en naar rechts.

Niemand.

Dus hup!

En hij was bij het spoor.

Het kaartje?

Dat zou hij wel in de trein kopen.

De boete?

Wel tien boetes zou hij met liefde willen betalen.

Twintig, dertig.

Een oneindig aantal boetes.

Als hij dit dorp maar ver achter zich liet.

99

'Kijk, daar hebben we onze piloot.'

De stem trof hem in de rug.

De neus van de stoptrein van 20 uur 15 was, met tien minuten vertraging, net uit de tunnel van Dervio tevoorschijn gekomen.

Afgezien van hem stond er geen enkele reiziger te wachten. Een luxe.

Hij had zich verdekt opgesteld. Niet achter de struiken van het perk waar ook een vijver met goudvissen was, o hemel nee.

Hij had overal aan gedacht. Ook aan de aanwezigheid van de stationschef die, om het vertreksein te geven, zich naar de voorkant van de trein zou keren en hem dan had kunnen zien.

Maar helemaal aan de andere kant. In het donker. Doodstil tussen twee zieltogende oleanders, even roerloos als hij, om vandaar achter in de trein te wippen.

Achterin.

Waar de postwagon was.

Waar de stationschef met een pakje in zijn hand langzaam heen liep, toen de boemeltrein af begon te remmen.

Mencioni had het niet gezien.

De stem van de spoorwegbeambte trof hem als een steen in de rug.

Die glimlachte.

'Wat doet u hier nou?' vroeg hij in het voorbijgaan.

Hij kwam bij de postwagon, gaf het pakje aan zijn collega en liep toen weer terug naar de piloot.

'Ik had ook graag willen vliegen,' zei hij.

Mencioni was verstard.

'Ach, ja...' mompelde hij.

De stationschef stak het fluitje in zijn mond en gaf het sein tot vertrek.

'Opstijgen maar!' grapte hij.

Oorverdovend piepend en knarsend zette het roestige boemeltje zich in beweging.

100

Zaterdagmorgen was alles zoals het hoorde.

Geen zuchtje wind. Blak meer.

Blauwe hemel, perfect zicht.

Geen enkel vaartuig – veerboot, zeilboot of roeiboot – in de wijde omtrek te zien.

Er zaten niet eens meeuwen op de kademuur, verjaagd door de ongebruikelijke menigte die daar was samengedrongen.

Die stond te wachten.

Uit de nieuwsgierige massa steeg een nauwelijks hoorbaar geroezemoes op. Iedereen had zijn oren gespitst om een geluid op te vangen, dat ene.

Dat eindelijk aarzelend aanzwol. De klokken hadden nog maar net twaalf uur geslagen.

Toen het gebeier ophield, was de menigte al stil.

Er klonk geronk, als het gegons van een wesp, van een grote hommel.

Tientallen ogen speurden de hemel af boven de Puncia del Cane: daar zou het namelijk vandaan komen.

Voorlopig hoorden ze alleen het geluid. Met een ritmische, metaalachtige ondertoon. Het leek wel een mitrailleur.

Tak-tak, tak-tak...

'Hij laat de motor warmdraaien,' zei iemand.

Een aantal mensen draaide zich naar hem om.

Zonder iets te zeggen.

Maar ze hadden de vraag in hun ogen.

'Het duurt zeker nog een half uur,' constateerde hij, zo te horen heel deskundig.

De menigte reageerde met diep keelgegrom.

Toen werd het ineens weer stil.

Iedereen bleef staan.

Ze wachtten nu al een week.

Ze lieten zich dit spektakel niet door de neus boren.

101

Gerolamo Vitali had het mooie weer voorspeld.

'Hoe dan ook,' had de burgemeester de avond daarvoor gezegd, 'morgen, weer of geen weer, gaat u aan boord van dat vliegtuig en gaat u de lucht in.'

Mencioni had hem aangetroffen aan zijn vaste tafel in de eetzaal van het Cavallino.

Vloekend was hij van het station teruggekomen, zij het niet hartgrondig.

Inmiddels was hij niet eens meer kwaad.

Hij had meer het gevoel dat ze hem een zak over zijn hoofd hadden getrokken waardoor hij nu langzaam stikte.

Wat kon hij verder nog doen? De waarheid vertellen?

Ja, als hij de consequenties daarvan wilde aanvaarden. En vooruit, een tijdje in de bak zitten.

Maar die burgemeester was zo angstaanjagend ijdel. Hij zou het hem nooit vergeven. Wie weet op wie hij een beroep zou doen om het hem eens flink in te peperen. Hij hoefde het maar aan de menigte te vertellen die nu al een week niet van het watervliegtuig was weg te slaan: ze zouden hem lynchen.

'En bereid u voor,' had de burgemeester eraan toegevoegd, 'want zondag heb ik een bijzonder eervolle opdracht voor u in petto.'

Ofelio had instemmend met zijn hoofd geknikt. Wat kon hij anders doen?

102

1

Er was niets aan te doen.

'Niets,' benadrukte dokter Frassoni van het burgerziekenhuis van Velletri bars.

De gebroken ribben zouden in veertig dagen geheeld zijn. Het neustussenschot had daar een paar maanden voor nodig. De haren, alle, van de oksels tot aan de aars zouden ook weer aangroeien.

'Maar wat u op uw schedel heeft, daar is niets aan te doen.'

'Dit kan niet waar zijn,' fluisterde Claudio Mazzagrossa half in tranen.

Hij lag nu al een week in het ziekenhuis. Precies vanaf de maandagavond waarop hij een week van erotisch spelevaren met het vrouwtje van de chirurg feestelijk had zullen openen.

Maar toen hij zijn huis binnen was gegaan had hij zich in plaats van met de bevallige dame oog in oog bevonden met vier types die hem niet eens de tijd hadden gegeven om hé te zeggen.

'U krijgt de groeten van de professor,' had een van hen gezegd.

De andere drie hadden hem intussen geïmmobiliseerd, keurig vastgebonden, en alleen om hem duidelijk te maken dat het beter was om mee te werken, een paar schoppen in zijn ribbenkast en tegen zijn neus gegeven waardoor hij een kwartier buiten westen was geweest.

Toen hij bijkwam was hij volledig naakt, elk stukje van zijn lichaam onthaard en inmiddels ook zijn hoofd bijna kaal. Hij had even proberen tegen te stribbelen, maar een schop in zijn rug had hem weer stil gekregen.

'Niet bewegen,' had een van hen gezegd, met een zuidelijk accent, 'want anders mislukt het.'

Het had ruim een uur geduurd, waarin Mazzagrossa helse pijnen had geleden. Daarna hadden ze hem overeind getrokken en naakt als hij was naar de voordeur gebracht en hem met een schop onder zijn kont op straat gezet.

Het was nacht. Wankel, met overal pijn en een gloeiend hoofd, was Mazzagrossa als een slaapwandelaar naar Velletri gelopen tot hij door een nachtwaker werd opgemerkt die meteen de carabinieri had gewaarschuwd. Nadat die hem hadden gevonden, was hij omsingeld, tot staan gebracht en bedekt, waarna ze hem, in de mening dat ze met een geestelijk gestoorde te maken hadden, direct naar het ziekenhuis hadden gebracht. Die nacht had Mazzagrossa geen woord kunnen uitbrengen. Pas de volgende ochtend was hij in staat geweest zijn persoonsgegevens op te geven aan een carabiniere die was achtergebleven om hem te bewaken. De carabinieri waren meteen de gegevens nagegaan, met een verbijsterende uitkomst.

Claudio Mazzagrossa bevond zich in Bellano, een dorpje aan het Comomeer, had mevrouw Mazzagrossa verklaard, te hulp geroepen in plaats van haar echtgenoot die voor zaken ver van Rome was.

Ik ben wel degelijk Claudio Mazzagrossa, had de jongeman hen tegengesproken.

O ja? had een brigadier spottend gezegd. En hierbuiten ligt zeker het Comomeer! had hij gezegd, wijzend op het heuvelachtige landschap dat vanuit de ziekenhuiskamer zichtbaar was.

Even had Mazzagrossa aan zijn vriend Ofelio gedacht die hem op het Comomeer verving.

Hoe zou het met hem gaan?

Maar hij had nu wel wat anders aan zijn hoofd.

Hij had gevraagd of ze zijn moeder naar het ziekenhuis wilden halen, die zou hem herkennen...

Toen zijn moeder hem zag!

II

Ofelio wijdde even een gedachte aan zijn moeder, om haar te vragen voor hem te bidden. Toen duwde hij de gashendel naar voren.

De romp begon te trillen, de neus boog naar links.

Hij trapte de rechterpedaal in.

Te hard, de neus zwenkte naar rechts.

'Rustig,' mompelde hij.

Hij liet zijn voet los, het watervliegtuig ging weer rechtuit.

De snelheidsmeter gaf dertig kilometer aan.

Dat was het moment om het stuurtje naar voren te duwen om het vliegtuig over het water te laten planeren.

Hij legde zijn hand op de knuppel. En wierp nog even een blik op het perfecte uitzicht om hem heen: een aquarel.

Toen drukte hij op het stuurtje.

Bij vijftig kilometer snelheid begon het vliegtuig te planeren.

Zestig.

Zeventig.

Tachtig kilometer per uur.

Dit was het cruciale moment.

'Neem de druk van het stuurtje af en trek het dan langzaam naar je toe,' oefende Mencioni.

Dat deed hij.

Negentig kilometer per uur ging het nu.

Dat was het moment.

Het watervliegtuig begon los te komen van het water, klapte toen een, twee, drie keer terug.

Normaal. Maar het moest zich nu echt losmaken.

Dat deed het.

In de loop van de laatste minuut was Ofelio vergeten adem te halen.

Hij zoog zijn longen vol.

Het vliegtuig klapte weer neer op het water.

Verdomme!

Hij was vergeten het stuur weer een beetje naar voren te duwen. De neus was te veel omhooggekomen, daardoor was het vliegtuig teruggevallen.

De snelheid was nu ongeveer tachtig kilometer per uur.

Het ketste nog een paar keer en begon toen los te komen van het water.

Het steeg op.

Bleef stijgen.

'Kom op lieverd, toe dan,' schreeuwde Mencioni buiten zinnen.

III

Er waren heel wat aansporingen aan te pas gekomen om mevrouw Mazzagrossa ervan te overtuigen met de carabinieri mee te gaan.

Een zeer welopgevoede kapitein was erin geslaagd; hij had overigens gedurende het hele traject van Rome naar Velletri de klaagzangen van de vrouw moeten aanhoren.

'Als mijn man dit te weten komt!' had ze uitgeroepen toen ze het ziekenhuis inliep.

Maar toen.

Toen ze de kamer van haar zoon was binnengegaan en hem had herkend, hoefde mevrouw Mazzagrossa geen flauwte te veinzen; ze was in elkaar gezakt en pas na een paar minuten bijgekomen.

IV

Binnen een paar minuten was Mencioni op tweehonderd meter hoogte.

Hij checkte de snelheid, honderd kilometer per uur.

Bracht het toerental omlaag.

Stabiliseerde de vliegsnelheid.

Wierp een blik op het meer onder hem.

Glimlachte.

De fase van opstijgen was afgerond, het verliep volkomen naar wens.

V

Uit de manier waarop de arts haar had gevraagd of hij haar even onder vier ogen kon spreken had mevrouw Mazzagrossa opgemaakt dat er iets raadselachtigs was aan de situatie van haar zoon.

'Wat heeft hij gedaan?' had ze gevraagd.

De arts had haar gezegd het niet te weten. Misschien zouden de carabinieri haar kunnen vertellen wat er was voorgevallen.

Zijn taak was haar op de hoogte te stellen van de klinische situatie die enkele dagen ziekenhuisopname zou vereisen.

De breuken zouden vanzelf helen, maar hij moest een paar dagen blijven ter observatie. Om complicaties te voorkomen, had hij gezegd.

Maar... hier had de arts even geaarzeld.

Maar wat dat op zijn schedel betrof...

'Op zijn schedel?' had mevrouw Mazzagrossa gezucht.

Die zat helemaal in het verband, je kon niets zien.

'Nog meer wonden?'

De arts had weer geaarzeld. Hij had bijna iets willen zeggen maar zag daar toch maar van af.

'Ja,' had hij gemompeld, 'laat ik maar zeggen: kleine wondjes.'

'Zullen die erg zichtbaar blijven?' had de vrouw gevraagd.

VI

Maar nauwelijks.

Een wit puntje.

Zwalkend.

De eerste in de menigte op de kade die het watervliegtuig zag wees het met zijn arm aan.

'Daar!' riep hij.

Waar?

Tegen het decor van de bergen van Dervio die het zicht erop belemmerden, het vervaagden.

Het moest nog een beetje stijgen.

Ja dan, tegen het blauw van de hemel, zou iedereen het kunnen zien.

VII

Dat er iets gebeurd was kon iedereen zien, had de kapitein van de carabinieri gezegd.

'Maar wat dan?' had mevrouw Mazzagrossa gevraagd.

De kapitein had zijn armen gespreid.

'Geweldpleging, kunnen we veronderstellen. Maar als uw zoon weigert ons iets te vertellen kunnen wij niet veel anders doen dan ambtshalve te werk gaan.'

Mevrouw Mazzagrossa had laten weten dat ze het niet begreep.

'Obsceen gedrag op de openbare weg, nog afgezien van openbare schennis van de eerbaarheid. We hebben u verteld in welke staat en waar we de jongeman hebben opgepakt. Lieve mevrouw, dat is verboden.'

De tranen waren haar in de ogen gesprongen.

'Weest u niet bang, kapitein,' had ze gezucht, 'als hij niets tegen mij wil zeggen zal hij dat zeker wel doen als zijn vader er is.'

Precies.

Claudio had nog liever zijn tong afgebeten.

Of nog beter, korte metten gemaakt met dat andere deel dat zonodig bevredigd moest worden waardoor hij zich deze ellende op de hals had gehaald.

Hij had zichzelf bezworen dat hij niets meer met vrouwen te maken zou hebben zodra deze orkaan uit was geraasd.

Beter alleen.

VIII

Beter, veel beter.

Burgemeester Meccia had er de hele nacht van vrijdag op zaterdag over nagedacht.

Of hij midden tussen de mensen, op een ereplek, moest staan of zich verdekt opstellen.

Hij had voor de laatste oplossing gekozen en nu kon hij bevestigen dat het een goede keuze was geweest.

Veel beter zo. Hij had zich achter de ramen van de raadzaal geposteerd van waaruit hij over het hele meer kon kijken. Geen beweging van het vliegtuig had hij gemist. Toen het eindelijk was opgestegen was hij op het balkon van het gemeentehuis gaan staan. Een paar van de mensen die bijeengepakt op de kade stonden hadden hem gezien, elkaar op hem attent gemaakt, naar hem gezwaaid.

Hij had met afgemeten gebaren daarop gereageerd.

Toen had hij dat plan gekregen. Na afloop van de eerste proefvlucht zou hij de menigte de grote eer aankondigen die het hele dorp de volgende morgen ten deel zou vallen.

'Met ons vliegtuig,' zou hij zeggen, 'zal Zijne Excellentie de Prefect van Como in Bellagio arriveren, ter inauguratie van de nieuwe vluchtlijn die, voor het eerst in de geschiedenis van het Comomeer, ons dorp met de hoofdstad van de provincie en wellicht ook met het bevriende Zwitserland zal verbinden.'

Hij glimlachte voldaan. Bij het bedenken van zijn toespraak had hij even de ogen gesloten.

Toen hij ze weer opendeed, zocht hij het vliegtuig.

Hij zag het niet meteen.

Een paar seconden geleden was het er nog…

IX

Hij was hier, had de aardige kapitein gezegd.

'Uw zoon was hier, in Rome.'

Dat was een feit waar men niet omheen kon.

Hij kon niet in dat dorp aan het Comomeer zijn, zoals mevrouw Mazzagrossa had verklaard.

Mevrouws ogen waren vochtig geworden.

Zorgzaam had de kapitein haar moed ingesproken.

'Ik zeg niet dat u me leugens heeft verteld. Ik ben van uw goede trouw overtuigd. Maar staat u mij toe op te merken dat als uw zoon hier is, en niet daar waar u dacht dat hij was, dat het raadsel van de zaak hem betreffende nog groter maakt. Vindt u ook niet?'

Dat vond zij ook. Maar wist niet wat ze eraan kon doen als Claudio niet wilde praten, geen uitleg wilde geven.

Ze had dinsdagochtend voor de zoveelste keer geprobeerd haar zoon met toestemming van de kapitein te ondervragen.

'O mama!' had die met op elkaar geklemde tanden gemompeld.

X

O mama! riep Mencioni uit.

O mama, waarom heb je me op de wereld gezet? prevelde hij.

XI

O mama, had Mazzagrossa gezegd, waarom laat je me niet met rust?

'Ik ben hier echt niet om je lastig te vallen,' had mevrouw Mazzagrossa gepikeerd gereageerd.

Die desondanks ook vrijdag naar het ziekbed van haar zoon Claudio was gesneld. Wel had ze de verleiding weerstaan hem opnieuw te ondervragen en had hem ervan op de hoogte gebracht dat ze elkaar de volgende dag, zaterdag, niet zouden zien vanwege een afspraak die ze niet kon afzeggen omdat die al maanden geleden was gemaakt: een canastatoernooi.

Bovendien komt je vader morgenavond, had ze er een beetje vals aan toegevoegd. Leg hem maar uit wat er gebeurd is.

XII

Hoe had het kunnen gebeuren? vroeg Ofelio zich af.

Vast en zeker dieven.

Gajes.

Klootzakken dat ze waren.

Stom dat hij het niet even had gecontroleerd.

Maar hoe had hij met alle opwinding, afleiding, zorgen van de laatste paar dagen nou kunnen bedenken dat een of andere vuile dief de benzine uit het vliegtuig zou jatten?

XIII

Die ouwe kon hem ook gestolen worden, had Claudio Mazzagrossa zaterdagochtend bij het wakker worden gedacht.

Toch baarde het vooruitzicht zijn vader over een paar uur te zien hem zorgen.

Voor zijn vader kwamen zaken op de allereerste plaats. En als het nodig was een paar leugens te vertellen om iets te regelen, was daar niets mis mee.

Zijn eerste echte handel, vertelde de ingenieur vaak, had hij als volgt geregeld: door te doen alsof hij mank was, en met een valse röntgenfoto de keuringsartsen daarvan te overtuigen, die hem vervolgens naar een post in het gebied achter de vuurlinie hadden gestuurd.

In dat militaire depot had hij meer geleerd dan wanneer hij naar school was gegaan. Alleen slimmeriken lukte het boven het maaiveld uit te komen. Domme en eerlijke mensen bestonden om het welzijn van anderen te garanderen. Inderdaad: loopgraafsoldaten, kanonnenvlees.

Nu had hij waarschijnlijk het hele plan voor zijn vader getorpedeerd en hij moest zich zien te redden.

Kost wat kost.

Door gebruik te maken van de vaderlijke les.

Een goeie leugen.

Half en half had zich in zijn hoofd al een idee gevormd. Als ze hem met rust zouden laten, zou hij het vervolmaken.

Maar even na twaalven stond de verpleegster naast zijn bed. Het verband moest van zijn hoofd. Daarna zou de dokter komen. En als alles in orde was kon hij de volgende ochtend, zondag, naar huis.

De verpleegster had zachte handen.

Mooie handen, dacht Mazzagrossa.

Maar ze was serieus.

Dat bleef ze tot ze het laatste stuk verband van zijn schedel haalde.

Toen schoot ze in de lach.

'Wat is er?' vroeg Claudio

Op dat moment verscheen de dokter en koos de zuster het hazenpad.

De dokter vroeg hoe het met hem ging.

Goed, antwoordde Claudio.

'Heeft u nog niet naar uw hoofd gekeken?' wilde de arts weten.

Nee, antwoordde Claudio, dat had hij nog niet gedaan.

'Doe dat dan nu maar,' beval de dokter.

XIV

Ofelio Mencioni keek op de hoogtemeter, vijfhonderd.

Het geluid van de motor gaf nu een verontrustend gekuch te horen. Vlak daarna begon hij te haperen.

Misschien was de naald geblokkeerd.

Hij gaf een paar klappen op het instrument.

Er gebeurde niets, hij bleef muurvast zitten.

Toen drukte hij op het knopje van de magneten.

Weer niets. De bougies waren in orde.

Het probleem was de brandstof, er zat verdomme geen druppel benzine meer in.

Bij die gedachte hield de motor ermee op.

Plotselinge stilte.

Geruis van de wind.

De schoonheid van het landschap.

Daar beneden de kade, volgepakt met mensen die stonden te kijken en zich afvroegen waarom het vliegtuig ineens zo stil was, het ratelende geluid dat tot voor kort te horen was ineens verdwenen.

De hoogte!

Die was iets onder de vijfhonderd meter.

Misschien zou hij voor de kade kunnen landen.

En daarna? vroeg de piloot zich af.

Hij verwierp de vraag: misschien was er niet eens een daarna.

Neus richting de kade. Hij trok aan het stuur. De snelheid was nu zeventig kilometer per uur, het minimum om te blijven zweven.

Hij stelde de hellingshoek in om die te behouden.

Misschien was het een beetje kort, dacht Ofelio, zou hij niet voor de menigte kunnen landen.

Hij trok nog een keer aan het stuur. Het vliegtuig reageerde daar slecht op, begon te trillen. De snelheid was te laag. Het vliegtuig kon niet meer vliegen, was in overtrek geraakt.

Ofelio liet de neus zakken, in een poging weer de zeventig kilometer per uur te halen.

Het was nog maar zo'n honderd meter voor het landingspunt.

Hij gaf weer een ruk aan het stuur. Het vliegtuig reageerde met een heftige schok.

Hij liet het stuur meteen los.

Vijftig meter voor de landing.

Nog een serie schokken liet het vliegtuig sidderen.

Wat was er? vroeg Ofelio zich af.

De vleugels waren in overtrek gekomen.

In ieder geval had hij een kleine vijftien meter gewonnen.

Hij liet het stuur los in de wanhopige poging weer de zeventig kilometer per uur te bereiken.

Het vliegtuig redde het niet meer.

Toen trok Ofelio met geweld, doodsbang.

'Toe dan!' schreeuwde hij.

Het vliegtuig schokte.

De vleugels schommelden.

'Het zwaait naar ons,' zei iemand uit de menigte.

Toen dook de linkervleugel omlaag.

Ofelio draaide het stuur naar rechts om die omhoog te krijgen.

Er was niets meer aan te doen.

Hij deed nog een poging de neus nog verder naar beneden te krijgen en zo meer macht over het stuur te krijgen.

Maar het meer was te dichtbij.

De linker drijver brak de gladde waterspiegel met een doffe klap.

De neus draaide negentig graden naar links.

Het vliegtuig sloeg om, op zijn rechterkant.

Er viel een doodse stilte over alles.

Over de verstomde menigte.

Over de machteloos toeziende burgemeester.

Over Renata die vanaf de weg langs het meer had staan kijken.

Over Lulu die een toneelkijkertje bij zich had.

Over secretaris Carrè die meteen moest denken aan 'de risico's die het project met zich meebrengt'.

Over steward Gerolamo Vitali die dat einde al min of meer had voorzien.

Stilte die nog wel heel lang zou kunnen duren.

Die werd pas verbroken door een reusachtige blub, veroorzaakt door een luchtbel die boven kwam toen het vliegtuig langzaam begon te zinken.

Daarop volgde het roestige geknars van de dollen van de boot van de brandweer die de piloot ging redden.

Daarna sloeg de klok één uur.

XV

Hij las, en las het nog eens.

En spelde het uit.

Letter voor letter.

Voor een spiegel.

Met een andere spiegel die noodzakelijkerwijs boven zijn hoofd werd gehouden, om te zien wat voor onbeschofts ze op zijn hoofd hadden getatoeëerd.

Claudio Mazzagrossa leek wel catatonisch.

Hij las, en las het nog eens.

En spelde het uit.

Letter voor letter.

IK BEN EEN FLIKKER.

103

Het was zaterdagavond.

Ingenieur Mazzagrossa zat aan het bureau in zijn werkkamer, de handen ineengeslagen voor zijn neus.

Voor hem zijn zoon, met een petje op zijn hoofd.

Ze zaten elkaar al een kwartier aan te kijken.

'Laat maar horen,' zei Mazzagrossa senior ten slotte.

Claudio slikte.

'Huurmoordenaars,' zei hij.

Zijn vader vertrok geen spier.

Schorem, vervolgde Claudio, ingehuurd door Ofelio Mencioni, een man uit de achterbuurt, geboren en getogen in de omgeving van mensen die voor een paar lire welke schurkenstreek dan ook wilden uitvoeren.

Een hoofdknikje van zijn vader gaf de jongeman moed.

Ofelio had hem zondagavond, vervolgde hij, op straat opgewacht, terwijl hijzelf net op weg was linea recta naar het station te gaan. Hij had gedaan of hij met een paar vrienden toch net die kant op ging met de auto. En had hem een lift aangeboden.

Niets vermoedend was hij op het aanbod ingegaan.

'Dus...' zei de ingenieur, zonder een vragende toon in zijn stem.

Eenmaal in de auto hadden ze hem bedwelmd. Waarschijnlijk met chloroform. Vanaf dat moment kon hij zich niets meer herinneren. Hij was wakker geworden in de buurt van Velletri, bont en blauw, in de war, naakt en onthaard.

'Waarom,' zei de vader, nog altijd zonder een vragende toon in zijn stem.

Afgunst, antwoordde Claudio.

Er was geen andere verklaring voor. Ofelio was jaloers op hem. Wilde hém zijn. Zijn sociale positie hebben. Zijn succes bij de vrouwen. Vliegen. Zonder hem was hij niemand.

Natuurlijk, ging Claudio Mazzagrossa door, was het in de eerste plaats zijn eigen schuld, door van Ofelio een vriend te maken, hem mee uit vliegen te nemen, hem op de vliegclub te introduceren.

Wie weet wat hij zich langzaam maar zeker allemaal in zijn hoofd was gaan halen.

Maar ja, de realiteit...

De plotselinge terugkeer naar de realiteit had bij Ofelio iets verdorvens losgemaakt. Dat was waarschijnlijk gebeurd toen hij hem verteld had dat de tijd van spelevaren voorbij was. Want dat zijn vader in de vliegtuigbranche was gestapt en hijzelf dus nu serieus aan het werk moest.

Dus ieder moest zijns weegs gaan.

Ingenieur Mazzagrossa kneep zijn ogen half dicht.

'Nu moet je eens goed naar me luisteren,' zei hij.

104

1

Ingenieur Mazzagrossa was diezelfde dag om vier uur uit Egypte in Rome aangekomen.

Om vijf uur was hij al tot in detail op de hoogte gebracht van wat er was gebeurd.

Ze hadden hem verteld welke les zijn zoon Claudio was gelezen, en waarom.

Ze hadden hem gezegd dat hij ook niet buiten schot bleef: hij kon steun en voorkeursbehandeling van de minister op zijn buik schrijven en ook de financiering waar hij om had gevraagd wel vergeten. Hij kon zijn project van commerciële en toeristische vluchten oprollen, in de plee gooien en zelfs doortrekken.

Bovendien was hij gewaarschuwd dat hij het niet ook maar vaag in zijn hoofd moest halen er met iemand dan ook een woord over te reppen, want dan zou de ellende echt niet te overzien zijn. Zijn verleden als simulant in het leger en zijn huidige rol van zakenman die er niet al te zuivere praktijken op na hield konden hem elk moment in het verderf storten.

Eerder verdoofd dan kwaad door het rampzalige nieuws dat hem te wachten had gestaan bij zijn terugkeer op vaderlandse bodem, had de ingenieur besloten eerst nog even langs kantoor te gaan, in plaats van meteen naar huis.

Hij zat met een vraag: als zijn zoon deze puinhoop had aangericht, wat zou daar in het noorden, aan het Comomeer, in Bellano wel niet allemaal aan de hand zijn?

Hij had naar het gemeentehuis gebeld, met weinig vertrouwen dat hij op dat late uur nog iemand aan zou treffen.

Maar de telefoon was maar één keer overgegaan.

Een stem die hij niet kende had opgenomen.

II

De stem was die van secretaris Antonino Carrè.

Toen de telefoon overging had burgemeester Meccia doodsbang zijn ogen wijd opengesperd en Carrè een teken gegeven op te nemen: hij was er niet, voor niemand.

Na de ramp van die ochtend had hij niet eens naar huis willen gaan.

Hij had zich teruggetrokken in zijn werkkamer op het gemeentehuis om na te denken, om het allemaal nog eens op een rijtje te zetten.

Maar nee.

Het was niet mogelijk geweest zijn hoofd leeg te maken, vol van louter en alleen die beelden: het vliegtuig dat hoogte verloor, de drijver die het water raakte, de vleugel die zich erin boorde en zo een spil werd en de daaruit voortvloeiende groteske buiteling van het watervliegtuig.

In zijn oren was de oorverdovende stilte van daarna blijven suizen, een stilte die naar het gesuis van de wind klonk en niet meer was weggegaan.

Een stilte waardoor hij verder niets meer had gehoord: het geschreeuw, geroep, zelfs gelach van de mensen die op de kade waren samengedromd en op een zeker moment, toen de reddingsboot van de brandweer de piloot had opgevist, zich naar het balkon van het gemeentehuis hadden omgedraaid.

Maar hij stond er al niet meer. Hij had zich in zijn werkkamer teruggetrokken en had de reddingswerkzaamheden glurend door de op een kier staande luiken gevolgd, en zo ook het definitieve zinken van het vliegtuig aanschouwd.

III

Evangelia was door Renata van de ramp op de hoogte gebracht. De nauwelijks verholen noot van vrolijkheid die het meisje aan het bericht had gegeven was haar niet ontgaan.

'Maar dat is echt een ramp!' had ze uitgeroepen.

Renata had haar schouders opgehaald.

'Als jij 't zegt...' had ze daartegen ingebracht.

Ze zei het inderdaad. Zei het, dacht het, was ervan overtuigd. Maar niet door het watervliegtuig, de piloot, het geld... dat waren zaken van de burgemeester, daar bemoeide ze zich niet mee.

Maar wie weet hoe lang haar echtgenoot Agostino, niet de burgemeester, het moment om de andere kwestie aan te pakken nu weer voor zich uit ging schuiven.

De andere kwestie, die voor haar van belang was, die haar Renata betrof.

Die was, hoe zeg je dat? nou ja!... onrustig, nerveus, een vaatje buskruit.

Had ze iets in de zin?

Evangelia wist het zeker.

Ze had geprobeerd haar te polsen. Maar op haar bedeesde, nieuwsgierige 'Zit je iets dwars?' had haar dochter geantwoord: 'Nee hoor, niets.'

Leugens.

Er was veel meer voor nodig om tot de geheimen van het meisje door te dringen. Een vaderlijk, zelfs autoritair ingrijpen. Zonder tijd te verliezen.

Evangelia had bedacht dat het van haar moest komen om dat idee kracht bij te zetten. Maar om twaalf uur was haar man niet op komen dagen. Begrijpelijk, ze had zich er geen zorgen over gemaakt.

Dat was ze pas gaan doen tegen drieën 's middags. En naarmate de minuten verstreken was haar stemming, die toch al naar pessimisme neigde, omgeslagen en stelde ze zich inmiddels steeds vreselijker doemscenario's voor. Bij het vallen van het duister had ze besloten tot actie over te gaan.

Agostino kon nergens anders zijn dan op het gemeentehuis. Ze had alleen niet zo'n zin gehad de strijd met hem aan te binden. Voor een keer niet uit angst, maar ze had willen voorkomen hem in verlegenheid te brengen. Daarom was ze even naar het huis van secretaris Antonino Carrè gegaan en had hem gevraagd of hij in haar plaats haar man kon benaderen en haar vervolgens laten weten hoe het met hem was.

Secretaris Carrè had die hele middag op zijn gemak kunnen berekenen hoeveel de ramp van die ochtend de gemeente zou kosten, een bedrag dat zelfs een kaalkop de haren te berge zou doen rijzen. Een schuld, want om de schade te kunnen betalen zou de gemeente Bellano een lening moeten sluiten, die generaties van burgemeesters zou blijven bestaan. En dat dankzij de stompzinnigheid van de huidige en diens hoogmoedswaan.

Toch had hij geen nee tegen mevrouw Evangelia durven zeggen, omdat hij wel begreep dat ze behoorlijk in de rats zat. Hij had haar verzekerd er meteen zorg voor te dragen en haar vervolgens op de hoogte te brengen van de staat waarin haar man zich bevond.

Even na vijven was hij van huis gegaan. Ook hij twijfelde geen moment: de burgemeester was vast en zeker in zijn werkkamer op het gemeentehuis.

Daar had hij hem inderdaad aangetroffen.

Geparalyseerd.

Met slap neerhangende wangen.

De blik strak gericht op een punt in de kamer die zich in duister begon te hullen.

Hij had niet eens teruggegroet maar had hem verzocht tegenover hem plaats te nemen om vervolgens weer in stilzwijgen te vervallen.

Het overgaan van de telefoon was als een droge karabijnknal geweest en toen hij het gezicht van de burgemeester zag moest de secretaris denken aan mensen die door sluipschutters in de rug geraakt werden.

IV

Mazzagrossa had met opzet een luchthartige, oppervlakkige toon aangewend.

Toen hij eenmaal wist met wie hij sprak vertelde hij dat hij net terug was uit Egypte, waar hij een hele reeks zaken had afgehandeld, en dus meteen had gebeld om op de hoogte gesteld te worden.

Secretaris Carrè had niet direct geantwoord en dat had de ingenieur de adem benomen.

De ogen van de secretaris hadden zich op de burgemeester gevestigd, die nog steeds met zijn blik op oneindig de kamer in zat te staren.

Hem de hoorn geven? had hij zich afgevraagd.

Dat had hem geen oplossing geleken, Meccia leek wel verlamd.

Vanaf de andere kant van de lijn had een droge kuch in zijn oor geklonken.

In die verstreken minuut had Mazzagrossa van paniek een droge keel gekregen.

Hij had begrepen dat hem ook daar ellende te wachten stond.

'Wat is er gebeurd?' had hij gevraagd.

'Wilt u dat echt weten?' had Carrè bits gevraagd.

Hij had niet op een antwoord gewacht. Hij was gaan praten, ook al om de stilte te verbreken, om te zien of de burgemeester zich enigszins zou hernemen.

Maar niets daarvan.

Dus was hij van wal gestoken en had punt voor punt de gebeurtenissen van die ochtend opgesomd.

Mazzagrossa had het verslag met gesloten ogen gevolgd.

Toen de secretaris eindelijk zweeg, na de laatste inlichtingen over de toestand van het watervliegtuig, inmiddels onzichtbaar onder het wateroppervlak, voelde Mazzagrossa zich als van ijs.

Het was een ramp, een drama. Iets om door in de gevangenis te belanden.

Hij moest het vege lijf zien te redden, als de sodemieter!

'En nu?' had de secretaris gevraagd.

Er was geen tijd te verliezen, Mazzagrossa had niet geaarzeld.

'We hebben geen moment te verliezen,' had hij gezegd.

Hij ging het een en ander regelen en ze moesten hem garanderen in de komende uren aldoor bereikbaar te zijn.

'Ik zal de burgemeester nodig hebben,' had hij eraan toegevoegd. 'Wilt u, secretaris, zo vriendelijk zijn hem te zeggen dat ik hem in de komende uren zal bellen, op dit nummer. Het betreft een noodtoestand, maakt u hem dat duidelijk.'

Carrè had zijn plicht dit over te brengen vervuld.

En zich ervan verwittigd dat de burgemeester het had begrepen.

Dus had hij besloten dat hij nu wel naar huis kon gaan, aangezien het al zes uur was en er gasten kwamen voor het diner.

Maar niet voordat hij bij mevrouw Evangelia was langsgegaan om haar met een leugentje gerust te stellen, en haar te waarschuwen dat ze maar niet op haar man moest wachten met eten, aangezien zeer dringende zaken mijnheer de burgemeester waarschijnlijk tot diep in de nacht op het gemeentehuis zouden houden.

V

Ingenieur Mazzagrossa was in stormpas, zwetend en vloekend thuis aangekomen.

Op de drempel had zijn vrouw geprobeerd hem tegen te houden om hem voor te bereiden op wat er was gebeurd.

'Ik weet alles,' had hij geantwoord.

Hij was snel zijn studeerkamer ingelopen.

Vervolgens had hij zijn vrouw opgedragen zijn zoon te zeggen dat hij hem daar verwachtte.

Claudio Mazzagrossa had zich aarzelend aangediend.

Zonder iets te zeggen had de vader hem, met een armgebaar in de richting van de stoel voor het bureau, gelast te gaan zitten.

Ze hadden zonder iets te zeggen een kwartier lang tegenover elkaar gezeten.

Mazzagrossa senior wist dat de zaak hopeloos was. Om daar heelhuids vanaf te komen was een geniaal plan nodig, een slangenbezweerder waardig. Er moesten namelijk twee monsterlijke draken verslagen worden.

Ten eerste het watervliegtuig: afgeschreven.

Hon-derd-dui-zend-lire!

Zo veel was dat ding waard. En zo veel zou de vliegclub Umberto I van Monza eisen, waar hij het gehuurd had op naam van de SBOLT om zo de eerste inkomsten voor zijn onderneming binnen te halen van de gemeente Bellano.

Dat zou geen probleem opleveren: met de clausule over de risico's die het project met zich meebracht zou die goedgelovige druiloor van een burgemeester voor die schuld moeten opdraaien. Als zijn zoon niet die enorme stommiteit had uitgehaald.

Zoals de zaken er nu voor stonden zou de burgemeester daar in het noorden het contract kunnen aanvechten, nietig kunnen laten verklaren. En terecht.

Een niet nagekomen contract: de piloot was een ander, sterker nog, het was niet eens een piloot, hij had geen brevet!

Een ramp, een absolute ramp!

Daarom moest er een geniaal plan komen.

Overigens kon het zijn zoon, als hij dat werkelijk was, van hetzelfde vlees en bloed, niet ontgaan zijn dat als hij zich uit deze penibele situatie wilde redden hij iets moest bedenken.

Niet zomaar een simpele leugen. Iets met onderlinge samenhang, goed doortimmerd, fantasierijk.

Na hem langdurig te hebben opgenomen had hij besloten naar hem te luisteren.

Naarmate Claudio vorderde met zijn verklaring, monterde Mazzagrossa senior op.

Lang geen slecht verhaal.

Misschien moest het hier en daar nog bijgeschaafd worden, verbeterd, aangepast. Maar over het geheel hield het aardig stand.

105

'Nu moet je eens goed luisteren,' herhaalde Mazzagrossa senior.

Wat er werkelijk was gebeurd moest tussen hen blijven.

Claudio stemde daarmee in.

'Bovendien,' voegde zijn vader daaraan toe, 'mag je het huis niet uit voordat je haren naar behoren zijn aangegroeid.'

De jongeman wilde daar iets tegenin brengen.

Dat liet zijn vader niet toe.

'Ik moet ervoor zorgen dat je niet op je flikker krijgt,' siste hij. 'Versierder van lik-me-reet!'

106

Burgemeester Agostino Meccia verscheen even na achten op de drempel van het gemeentehuis.

Een ster schitterde aan de hemel. Venus, loodrecht boven het dal van Menaggio.

De burgemeester keek ernaar en glimlachte. Een luchtbel steeg op uit zijn maag. Hij liet een boer.

Niet zo gek, hij had sinds vanochtend niet meer gegeten. Toch bleef hij nog staan.

Hij keek naar de donkere lijn van het wateroppervlak van het meer, waar het vliegtuig gezonken was. Waar hij een uurtje geleden ook als het ware verdronken was.

Hij glimlachte. Hij moest denken aan de luchtbel die hij een paar uur eerder uit de diepte van het meer had zien komen als een laatste groet aan zijn tegenspoed.

Hij glimlachte weer en liet nog een boer.

Een paar uur geleden had hij gedacht dat het met hem was afgelopen.

Maar nu had hij honger.

107

Evangelia stotterde van verbazing. Ze had een gebroken echtgenoot verwacht, maar voor haar stond een glimlachende en uitgehongerde man.

Misschien, zo bedacht ze, deed hij maar alsof, om te voorkomen haar ook nog te belasten met zijn zorgen, had hij een masker opgezet. Ook was het niet helemaal ondenkbaar dat de gebeurtenis hem zodanig in de war had gebracht dat hij een tegenovergestelde reactie had gekregen, die hem opgewekt maakte; in dat geval zou de dokter eraan te pas moeten komen.

Maar de burgemeester liep het huis in en zei nogmaals dat hij honger had terwijl hij naar de keuken liep.

Gedimd licht.

Geen etensluchten, ook Evangelia en Renata hadden niet gegeten.

'Wat is er aan de hand zeg,' riep Agostino uit, 'is de kat soms dood?'

Evangelia, die achter hem liep, bedacht dat ze hem een beetje naar de mond moest praten.

'Welnee,' antwoordde ze. 'We dachten dat je niet kwam... weet je... na alles wat er gebeurd is...'

Agostino draaide zich om. Er verscheen een brede grijns op zijn gezicht.

'En wat is er dan gebeurd?' vroeg hij.

O god! dacht Evangelia.

Ze durfde niet te antwoorden.

Renata zat aan tafel, deed of ze een tijdschrift las. Ze richtte een vragende blik op haar vader, fronste haar voorhoofd.

'Niets,' zei de burgemeester. 'Er is niets gebeurd.'

Evangelia gebaarde naar haar dochter. Renata stond op en ging de tafel dekken.

'Zal ik een paar eieren bakken?' vroeg ze toen. 'Er is ook nog wat salami.'

'En een goede fles wijn,' voegde Agostino daaraan toe. 'Het lijkt me het juiste moment ervoor.'

'Zeker,' stemde Evangelia in, steeds bezorgder.

'We zullen hem drinken op de gezondheid van ene Ofelio Mencioni,' kondigde de burgemeester aan. 'De zogenaamde piloot die dacht hierheen te komen om ondergetekende in de maling te nemen, maar die hiervandaan rechtstreeks de bak indraait, tenzij hij, wat ik sterk betwijfel, het lieve sommetje van honderdduizend lire kan ophoesten!'

Renata stond de salami te snijden.

Ze draaide zich om en keek haar vader aan.

Daarom was hij zo vrolijk.

Niet omdat hij zó in de war was dat hij zijn contact met de realiteit kwijt was.

Nee, omdat hij zich op de een of andere manier uit de moeilijke situatie had weten te redden, een zondebok had gevonden.

En zo zijn gezicht had gered...

Ze moest weer aan tante Rosina's woorden denken.

'Heb je dan niet...' merkte ze op.

Haar vader keek haar met gefronste blik aan.

'Wat heb ik dan niet?' vroeg hij.

Maar dan had hij dus niet gehoord wat er in het dorp gezegd werd?

Dat de piloot dood was?

108

Dood.

Dus onbruikbaar, dacht Renata. Nu moest ze van voren af aan beginnen.

De truc, die tante Rosina één enkele keer in haar leven had gebruikt en die fantastisch had gewerkt, nutteloos.

Dat had zich afgespeeld toen ze haar zinnen had gezet op een man uit Varenna, knap, elegant en getrouwd. Hij werkte in Bellano en zij had hem verleid en hij was erin getrapt. Maar vervolgens had ze ontdekt dat al die knapheid, elegantie en goede manieren van nul en generlei waarde waren, van een zo dodelijke saaiheid dat de man er in de loop van een paar weken in was geslaagd de hartstocht van tante Rosina te doven. Helaas had hij zich als een teek in haar vastgebeten, wat zo ver ging dat hij aanvallen van jaloezie kreeg.

Toen, om van hem af te komen, had tante Rosina haar troef uitgespeeld: ze had hem verteld dat ze zwanger was.

Hij was in het niets verdwenen, in een oogwenk.

Hoe zou de burgemeester reageren als Renata hem kwam vertellen dat ze zwanger was? had tante Rosina een paar dagen geleden geopperd.

Renata had haar ogen wijd opengesperd en kon geen woord uitbrengen.

Tante Rosina had haar gerustgesteld. Zo ver hoefde ze niet te gaan.

Maar als ze nou zou doen alsof, zoals zij met haar vroegere minnaar had gedaan?

Als ze iemand zouden kunnen vinden die het spelletje mee wilde spelen.

Iemand die op een gegeven ogenblik weer zou verdwijnen of met wie ze een liefdesvlucht in scène zou kunnen zetten om met veel drama en een veelbelovende buik terug te keren in het dorp?

Renata had met steeds grotere belangstelling naar de duivelse tante Rosina geluisterd.

'De piloot?' had ze gevraagd.

Juist ja, de piloot, had de oude vrouw geantwoord.

Het was de enige persoon met de juiste karaktertrekken en hij kon door hen prima gechanteerd worden.

Ze moesten de knoop niet vergeten: dankzij de knoop wisten ze dat er een geheim school achter zijn aanwezigheid in Bellano.

Wat dat was kon hen niet schelen. Op voorwaarde dat hij zou meewerken.

'En ook op voorwaarde,' had tante Rosina eraan toegevoegd, 'dat je zo gesteld bent op Vittorio dat je je in een dergelijk avontuur wilt storten.'

Dat, had Renata geantwoord, stond buiten kijf. Zij viel op Vittorio en hij op haar.

Ze moest er alleen een paar dagen over nadenken, zich er mentaal op voorbereiden, aan het idee wennen.

Vittorio waarschuwen voor wat er ophanden was, zodat hij zich niet door de feiten en de eventuele geruchten zou laten misleiden.

De piloot kon haar niets schelen.

En nu nog minder. Sterker nog, helemaal niets, als het waar was dat hij dood was en dus onbruikbaar.

109

Dood?

Burgemeester Meccia bleef met de pas ontkurkte fles in zijn opgeheven hand zitten.

Verlamd, een standbeeld.

Bleek, zweetpareltjes op zijn voorhoofd, op elkaar geklemde kaken.

'Hoezo dood?'

De stem rauw, schril. Niet het geringste zweempje van de vrolijkheid van daarnet.

'Dat heb ik horen zeggen,' antwoordde Renata.

'Door wie?'

Door niemand in het bijzonder. Door iedereen. Het gerucht ging. Zij had het aan het eind van de middag gehoord toen ze van huis was gegaan voor haar gebruikelijke bezoek aan tante Rosina, een bezoek dat als een dodenwake was geweest.

'Christus!' riep de burgemeester uit.

'Agostino!' greep Evangelia in.

'O Christus!' schreeuwde hij.

Wat had je aan een dode zondebok!

Hij zette de fles wijn met een klap op tafel.

Hij kon niet in onzekerheid blijven. Hij moest het weten, precieze informatie hebben, nu meteen.

'Renata!' beval hij.

Het was minder opvallend als hij zijn dochter naar het ziekenhuis liet gaan. Het had zelfs iets van een daad van diep gevoeld medelijden.

Maar als die kerel echt dood was...

'Zal ik de eieren nu in de pan doen?' vroeg Evangelia.

Wat nou eieren!

110

In coma, had professor Giudetti, de geneesheer-directeur van het ziekenhuis Umberto I, gezegd toen hij Ofelio Mencioni had onderzocht nadat de brandweerlieden hem hadden binnengebracht.

In coma, door de emotionele schok en het hersenletsel. De vitale functies waren echter stabiel, dus zou de jongeman, na een niet nader te bepalen tijd, eruit komen.

Pas dan zou de eventuele permanente schade vastgesteld kunnen worden.

'Voorlopig,' had hij gezegd, 'moet hij met rust gelaten worden.'

En dat had hij opgedragen aan de zuster van de afdeling spoedeisende hulp en aan Ivano Zecchinetti, de portier, een man geneigd tot een tolerante opstelling ten opzichte van strikte bezoekverboden jegens hen die hem met een fles wijn vereerden.

'Ik heb zijn verloofde al doorgelaten,' zei Zecchinetti, met een fleurige, karmozijnrode neus en waterige ogen, tegen Renata. 'Een half uur geleden.'

Verloofde? dacht Renata.

'Ik hoef hem maar even te zien,' zei ze.

De man pufte een onzichtbaar wolkje alcohol uit.

'Als de professor komt...'

'Dan zegt u hem dat het in opdracht van de burgemeester was!' snoerde Renata hem de mond.

De portier slikte.

'Eerste verdieping,' informeerde hij haar walmend. 'Kamer zevenentwintig.'

III

Verloofde.

Lulu had zich voorgesteld als de verloofde van de piloot.

Zo voelde ze zich inmiddels ook.

De portier had haar geloofd toen hij haar had zien verschijnen met een fles in de hand die hij meteen ontkurkt had.

Een half uur, niet langer, had de vrouw beloofd.

Ze stond net op het punt om weg te gaan toen Renata de kamer binnenkwam.

Een bliksemschicht van haat kruiste haar blik. Renata bleef in de deur staan.

'Bent u soms de verloofde?' vroeg ze omdat ze haar mond niet kon houden.

De telefoniste wrong nerveus haar handen: wat had ze die graag om de nek van die aanstelster gelegd.

'Hoezo?' vroeg ze.

'Weet hij dat?' pareerde Renata.

'Te zijner tijd zal hij dat weten.'

'Dan is hij dus niet dood,' concludeerde Renata.

'Spijt u dat?'

Renata deed een stap de kamer in. Ze had in Lulu's gelaatsuitdrukking, haar gebaren, de toon van haar stem de tekenen van een krolse tijgerin herkend.

‘Misschien is er tussen ons een misverstand ontstaan,’ zei ze.

Lulu hield haar vingers in bedwang.

‘Denkt u?’

‘Ja, maar dit is niet het moment om erover te praten,’ liet Renata weten.

‘Waarom niet?’ vroeg Lulu.

Waarom niet?

Omdat er nu dringender zaken waren.

‘En wanneer hij,’ zei Renata terwijl ze met een vinger naar Mencioni wees die vredig leek te liggen slapen, ‘wakker wordt moet u hem niet alleen op de hoogte brengen van zijn verloving met u, maar zou het ook handig zijn hem in te lichten over wat hem te wachten staat.’

‘Hoe bedoelt u?’ vroeg Lulu.

‘Dat zal ik nu uitleggen,’ antwoordde Renata.

112

Maandagochtend betrad de onderprefect, inspecteur Corrado Afragòla, de burelen van het gemeentehuis van Bellano zonder iemand te groeten en stelde zich pas voor toen hij voor secretaris Carrè stond die, toen hij zijn blik oprichtte van het dossier waarin hij verdiept was, hem aankeek of hij een spook zag.

Carrè stelde zich op zijn beurt voor.

'Waarmee kan ik u van dienst zijn?' vroeg hij.

Het antwoord was een revolverschot.

'Ik heb de opdracht een inspectie uit te voeren.'

Een revolverschot recht in het hart.

Zulke onaangekondigde inspecties kwamen nooit voor.

Wat had dat te betekenen?

'Op uitdrukkelijk verzoek van Zijne Excellentie de Prefect,' verklaarde Afragòla nader.

113

De dag daarvoor, zondag, had Don Contardo Coregoni, de priester van Bellagio, de mis van elf uur, waarin het vaandel van de gloednieuwe vereniging van olijventelers van het Comogebied gezegend moest worden, een half uur uitgesteld omdat Zijne Excellentie de Prefect nog niet gearriveerd was, hoewel hij zijn aanwezigheid bij de ceremonie had gegarandeerd. Hij stond bekend als een nauwgezet man, zeer punctueel, maar tegenspoed, onverwacht oponthoud kon iedereen overkomen.

De burgemeester van Bellagio had die bittere pil geslikt en zich neergelegd bij het uitstel. Hij hechtte zeer aan de aanwezigheid van de prefect maar vond het bijzonder ergerlijk dat zo'n hoge autoriteit zijn domein zou bereiken met een propagandastunt van burgemeester Meccia. Met het vliegtuig, in plaats van met de veerboot, wat veel logischer was, veel natuurlijker voor mensen die in steden en dorpen langs het meer woonden.

Om halftwaalf had de priester, zij het tot zijn spijt, de burgemeester erop attent gemaakt dat er niet langer gewacht kon worden. Want het grote aantal mensen, toegestroomd uit alle hoeken van het Comogebied, geschat op ongeveer vierhonderd man, begon luidruchtig te worden. Enkelen van hen hadden al broodjes uitgepakt en flessen ontkurkt; dat maakte de kans groot dat de mystieke spanning af zou nemen.

Met tegenzin en na een laatste keer zijn oren gespitst te hebben om een eventueel geluid van propellers of motoren in de lucht op te vangen, teken dat de prefect, zij het te laat, eindelijk bijna in Bellagio was, had burgemeester Ghislanzoni het verzoek van de priester ingewilligd.

De hoop dat Zijne Excellentie toch nog zou arriveren had hij gedurende de hele plechtigheid niet opgegeven. Maar het mocht niet zo wezen. Bij het verlaten van de mis had de grote menigte zich rumoerig verspreid over kroegen, trattoria's en bankjes. De autoriteiten, van wie de prefect nog steeds schitterde door afwezigheid, hadden zich daarentegen op weg begeven naar Grand Hotel Villa Serbelloni waar hen een zeer verfijnd banket te wachten stond.

Het onderwerp van gesprek was natuurlijk de onverklaarbare afwezigheid van het hoofd van de provincie.

De hemel mag weten waarom, hoe het toch mogelijk was, zou hij het zijn vergeten...

Een ober had hun vragen opgelost.

Terwijl hij de antipasti serveerde had hij de gesprekken van de hoge gasten opgevangen en had zich niet in kunnen houden. Hij had beleefd het woord gevraagd en verteld dat hij de dag daarvoor in Bellano was, op bezoek bij zijn zuster die daar met haar man woonde. Samen met zijn zwager had hij tegen twaalven tussen de menigte gestaan die op de kade stond te wachten op de eerste vlucht van een watervliegtuig waar het hele dorp over sprak. Zo had hij een heus en waarachtig vliegtuigongeluk meegemaakt.

Dat was de verklaring, zo had hij afgerond, dat mijnheer de prefect niet in Bellagio was aangekomen, aangezien het vliegtuig waarmee hij had zullen vliegen enkele meters onder water lag, dus zich allesbehalve hoog in de lucht kon bevinden.

Burgemeester Ghislanzoni had met moeite een tevreden grijns kunnen onderdrukken.

Net goed voor die snoever van een Meccia.

'Dat spijt me,' had hij daarentegen met luide stem gezegd, zodat iedereen het kon horen, en op bedroefde toon. Het was niets voor hem om leedvermaak te hebben.

Maar aangezien Zijne Excellentie de Prefect niet alleen bekend stond om zijn punctualiteit, maar ook om zijn nogal lange tenen, hoopte hij dat zijn Bellanese collega er flink van langs zou krijgen.

114

Er deden nog meer verhalen over Zijne Excellentie de Prefect de ronde.

Lange tenen, nauwgezet, stipt.

En sinds een paar maanden ook een beetje suf aan het worden, werd er gefluisterd.

Hij wist dat, maar liet niets merken.

Maar die zondagochtend, was de gedachte daaraan allesoverheersend, en als hij iemand te pakken had gekregen die die verhaaltjes rondstrooide, zou hij hem eigenhandig vermoord hebben.

Omstreeks half tien had een auto bestuurd door een carabiniere en geëscorteerd door nog een carabiniere hem, zoals eerder afgesproken, thuis afgehaald om hem naar de vliegclub van Como te brengen, de locatie waar was afgesproken met de piloot. Die zou vanuit Bellano vertrekken om hem daar aan boord te nemen en naar Bellagio te vliegen: dat was het programma dat burgemeester Meccia was overeengekomen met zijn persoonlijk secretaris.

Tot tien uur was alles gladjes verlopen.

De chauffeur zwijgzaam, zijn handen op het stuur, de blik strak gericht op het dal waar de zijtak van het Comomeer zijn einde vond.

Naast hem de escorterende onderofficier, aan wie was opgedragen stilte te betrachten, die alleen doorbroken mocht worden om op eventuele vragen van mijnheer de prefect antwoord te geven.

Op de achterbank, aan de rechterkant, op de plaats die hem als autoriteit toekwam, mijnheer de prefect, die alleen zijn mond had opengedaan om iets over het mooie weer te zeggen en banale vragen te stellen waarop de onderofficier alleen maar even banale antwoorden had kunnen geven.

Tot tien uur. Het moment waarop het echte wachten was begonnen.

De vliegclub van Como was die ochtend niet open. Het had dus niet kunnen missen of fout gaan. Eén enkel vliegtuig had aan de horizon moeten verschijnen, dat uit Bellano.

Om kwart over tien had in de auto het eerste kuchje geklonken: dat was van de onderofficier.

Of het nu echt was of geveinsd, had mijnheer de prefect gedacht, vast stond dat hij in het afgelopen half uur geen enkele keer had gehoest. Niemand had iets gezegd, de chauffeur was zijn stuur stevig vast blijven houden, zijn ogen hadden voortdurend de hemel afgespeurd. Er was nog een kwartier voorbij gegaan. Aan de heldere horizon van het meer, voorbode van een zachte dag, had zich geen enkele andere vleugel afgetekend dan die van een meeuw. Even na half elf had de onderofficier toestemming gevraagd uit te stappen om even zijn benen te strekken. Mijnheer de prefect had het goed gevonden maar het was hem niet ontgaan dat bij het uitstappen de carabiniere even een blik had gewisseld met zijn collega.

De onderofficier had een paar keer op en neer gelopen tussen de auto en de wijde ingang van de hangar van de vliegclub. Hij had zichzelf ook een sigaret gegund. Er was een beroep op hem gedaan door een paar toeristen die informatie nodig hadden. Hij was om kwart voor elf weer in de auto gestapt en was met een diepe zucht gaan zitten.

Op dat moment had Zijne Excellentie, om de ongemakkelijke stilte te doorbreken, naar de tijd gevraagd. Hij wist precies hoe laat het was, in ieder geval had hij het zelf kunnen zien op zijn zakhorloge met gouden ketting dat hij altijd droeg, maar had niets beters kunnen bedenken om te zeggen.

De onderofficier had geantwoord.

Het was tien uur tweeënvijftig minuten.

De overdreven precisie van het antwoord had maar één betekenis: Zijne Excellentie opmerkzaam maken op het feit dat hij al evenveel minuten in de lucht had moeten zijn. In plaats daarvan was hij nog altijd daar aan het wachten op een watervliegtuig waarvan nog geen spoor te bekennen was.

'Verdorie!' had hij uitgeroepen.

'Het spijt me dat ik jullie tijd verdoe, jongens,' had hij eraan toegevoegd.

'Maar natuurlijk niet, Excellentie!' had de onderofficier geantwoord.

Maar op een toon...

Een medelijdende toon die je gebruikt tegen oude gekken.

Mijnheer de prefect had een onbedwingbare woede voelen opborrelen. Bij de gedachte aan die klootzak van een burgemeester van Bellano. Maar ook bij de gedachte dat er om het escorte geloot was, omdat niemand het had willen doen. In zijn fantasie was het beeld opgekomen van de commandant van de kazerne die zijn ondergeschikten op de hoogte bracht van die extra dienst, wat onder de gelederen spotlust had gewekt jegens hem.

'Het spijt me jongens maar wij zijn de klos,' moest de commandant gezegd hebben. 'Ik heb twee vrijwilligers nodig, strijk met je hand over je hart,' enzovoort.

De chauffeur zat nog steeds in dezelfde houding. Maar op een zeker moment was hij in plaats van naar de horizon naar de veerboten gaan kijken die heen en weer voeren.

Nu is het mooi geweest had mijnheer de prefect gedacht.

Klokslag elf uur brengen jullie me terug naar huis.

Dat is over twee minuten had de onderofficier opgemerkt.

Klokslag elf uur, had Zijne Excellentie nog eens met nadruk gezegd.

En zo was het gegaan.

Hij was des duivels thuisgekomen.

Hij had geen rust gevonden voordat de onderprefect, inspecteur Afragòla, was bereikt.

'Morgen,' had hij bevolen, 'gaat u naar Bellano voor zo'n inspectie met alles erop en eraan. U moet ze het leven zuur maken.'

Waarna hij hem voor die avond te eten had gevraagd.

'Dan kan ik u alles haarfijn uitleggen,' had Zijne Excellentie tot slot gezegd.

115

Hoe was het mogelijk?

Hoe had het kunnen gebeuren dat burgemeester Agostino Meccia zijn afspraak met Zijne Excellentie de Prefect totaal had kunnen vergeten?

Daar moest een bevredigend antwoord op komen, zei Afragòla.

Secretaris Carrè keek wel uit om zich daarin te mengen.

Het viel niet binnen zijn bevoegdheden, verklaarde hij.

Maar, voegde hij eraan toe, hij zou er ogenblikkelijk zorg voor dragen dat de burgemeester op de hoogte werd gebracht, een taak waarmee hij de bode Sbercele belastte.

116

Schuldig, verklaarde de burgemeester zich meteen ten overstaan van de inspecteur.

Schuldig en bereid te boeten voor de onvoorstelbare nalatigheid die overigens geenszins uiting was van gebrek aan achting of respect voor Zijne Excellentie de Prefect, bekend om zijn menselijkheid en hoge moraal.

Het enige wat hij ter verdediging kon aanvoeren was wat er was voorgevallen.

De val waar hij volledig te goeder trouw in was gelopen en waarvan hij de verwikkeling alleen dankzij hard werken en een gedegen onderzoek had kunnen ontrafelen. Zonder zich te sparen, aan niets had hij meer gedacht, niet aan slaap, honger, of gezin en helaas ook niet aan mijnheer de prefect en de verplichting die hij ten aanzien van hem op zich had genomen.

Een pijnlijk en ongewild offer.

Dankzij welk, als hij het zo mocht uitdrukken, hij nu, ter schamele rechtvaardiging van wat er gebeurd was, in staat was Zijne Excellentie een gedetailleerd verslag te geven en tevens, en op dat punt aangekomen mat de burgemeester zich een blik van meedogenloze vastberadenheid aan, een schuldige die binnenkort zou boeten voor zijn euvele moed.

Hij had zijn plicht gedaan.

Hoe dan ook, hij stond altijd ter beschikking van Zijne Excellentie en zou elke beslissing die zijnerzijds over hem genomen werd accepteren.

Ten slotte, verzocht hij mijnheer de inspecteur, afgezien van het nauwgezette verslag van de onlangs voorgevallen zaken, Zijne Excellentie ook de nederige verontschuldigingen van diens trouwe dienaar over te brengen.

117

Hoe had hij verdomme de prefect kunnen vergeten?

Hij wist het niet. Het was hem ontschoten, punt uit.

Maar waar het om ging was dat hij zich ook nu weer met opgeheven hoofd uit de nesten had gewerkt.

'Jullie hadden het gezicht van de inspecteur moeten zien,' zei Agostino Meccia.

Hij zat aan tafel. Voor hem de fles wijn die hij de avond daarvoor ontkurkt had zonder er ook maar een druppel van te drinken.

Maar nu schonk hij het ene bodempje na het andere in, waardoor hij steeds spraakzamer werd.

Zo wilde zijn vrouw hem hebben, lekker op zijn praatstoel, niet somber en zwijgzaam zoals de afgelopen uren. In de stemming om te kletsen, zoals nu, want ze moest hem er absoluut aan herinneren dat er nog een zaak was, die andere!, die aangepakt moest worden. Een familiekwestie, maar niet minder belangrijk dan de publieke.

'Hoe keek hij dan?' vroeg Evangelia om het gesprek op gang te houden.

Intussen zat Renata te wachten tot haar vader klaar was met drinken, ze wilde gaan afruimen.

Ernstig, antwoordde Agostino.

Een gezicht dat begrip uitdrukte voor de moeilijkheden waarin hij zich had bevonden en tevens bewondering voor hoe briljant hij die had overwonnen.

Kortom, zei de burgemeester, Afragòla was, om het maar zo te zeggen, naar Como gekomen met de duidelijke opdracht hem flink op zijn donder te geven en was weggegaan, dat wist hij zeker, in de volle overtuiging dat zijn handelwijze juist lof verdiende.

Dus, besloot Agostino, had hij voor de tweede keer binnen een paar dagen laten zien dat iemand die hem kon belazeren nog geboren moest worden.

'En die van gisteren hoe gaat het daarmee?' vroeg hij vervolgens, doelend op de neppiloot Ofelio Mencioni, met zijn blik op zijn dochter gericht.

'Vraag je dat aan mij?' vroeg Renata.

Toen ze de avond ervoor weer thuis was gekomen met het bericht dat de piloot niet dood was, al was de prognose volgens de professor nog onder voorbehoud, had haar vader haar gevraagd hem op de hoogte te houden.

Was dat gehoorzamen aan het ouderlijk gezag?

'Ben je vandaag niet naar het ziekenhuis gegaan?' vroeg hij.

'Nee,' antwoordde Renata.

Wat kon het haar inmiddels schelen.

De truc van tante Rosina was ten dode opgeschreven. Die wel ja, in de wieg gestorven. Met Lulu erbij zou het nu niet gemakkelijk zijn Mencioni te chanteren, hem handlanger te maken. Zelfs onmogelijk: de tijgerin die schuilging in de telefoniste zou niet werkeloos toezien. Er moest dus een andere manier gevonden worden.

'Slechte zaak,' sprak de burgemeester kortaf, terwijl hij het zoveelste bodempje wijn naar binnen werkte.

'Je gaat nu,' voegde hij eraan toe.

En de fles was leeg.

118

Lulu had vorderingen gemaakt. Ze zat nu aan het hoofdeind van Ofelio's bed en hield vol tederheid zijn hand vast.

Geruisloos liep Renata de kamer in en trok de aandacht van de telefoniste.

Ze was van plan haar te begroeten en vervolgens te vragen hoe het met de jongeman ging: dat mislukte allebei.

Toen Lulu haar zag liet ze plotseling Ofelio's hand los en gebaarde met haar vingers in de lucht dat er iets sensationeels gebeurd was.

Dus wees ze naar de gang: Renata en zij konden beter daarbuiten praten.

'Ik wilde hem niet wakker maken,' legde ze uit.

'Wakker maken?' vroeg Renata verbaasd.

'Ja, hij slaapt,' bevestigde Lulu.

Ofelio Mencioni sliep, dankzij een kalmeringsmiddel dat de professor hem een uurtje geleden had laten toedienen, nadat hij plotseling ontwaakt was uit die vreemde bewusteloosheid waarin hij sinds de vorige dag gelegen had.

Ze was net binnengekomen, zei Lulu, en was aanwezig geweest bij het wonder van het ontwaken.

Zij had hem moeten uitleggen wat er gebeurd was, waarom hij daar was. Aanvankelijk was de jongeman een beetje verward.

Toen was ze snel de professor gaan waarschuwen, die meteen

gekomen was, hem uitgebreid onderzocht had en had verklaard dat er reden tot tevredenheid was: het ongeluk zou geen blijvend letsel achterlaten.

Ten slotte had hij op een gerichte vraag van haar bevestigd dat Ofelio Mencioni over twee of drie dagen, als er niets bijzonders gebeurde, weer op vrije voeten gesteld kon worden.

Die woorden hadden Lulu doen denken aan wat Renata haar de avond daarvoor had verteld.

De telefoniste had toen gewacht tot de professor zijn biezen pakte en had vervolgens de jongeman van alles op de hoogte gebracht.

'U had hem moeten zien!' riep Lulu uit.

Wat een reactie!

'En moeten horen!'

Wat een gevloek en getier!

Maar dat was niet zo gek.

Want het waren vuile leugens. De waarheid lag heel anders.

Hij was niet afgetuigd, er waren geen huurlingen geweest... allemaal kletskoek.

'Wilt u weten hoe het echt is gegaan?' vroeg Lulu.

Renata zweeg even.

Wat zou tante Rosina in zo'n hachelijke situatie gezegd of gedaan hebben?

'Zeker,' antwoordde ze.

Lulu wilde eerst nog even kijken of Ofelio rustig doorsliep.

Toen kwam ze terug in de gang.

119

'Ten lange leste!' zei de burgemeester.

In afwachting van de terugkeer van zijn dochter uit het ziekenhuis had hij zich in de leunstoel in de zitkamer genesteld.

Zodra Renata was vertrokken om aan het vaderlijk bevel te gehoorzamen had Evangelia in hoog tempo afgeruimd.

'Die was ik straks wel af,' had ze gezegd, met een blik op de borden.

Ze wilde de kans niet laten schieten.

Maar in die korte tijdspanne, twee, op zijn hoogst drie minuten, was haar man dankzij de wijn die hij aan tafel had gedronken, ingedommeld.

Hem wakker maken?

Geen denken aan. Ze zou gegrom in antwoord op haar vragen krijgen.

Een nieuwe gelegenheid afwachten, ze had geen keus.

Maar intussen ging de tijd voort, snelde voort, vlood heen...

Meer dan een uur!

Toen Renata thuiskwam schrok de burgemeester wakker en besefte dat er meer dan een uur voorbij was gegaan.

Goeie genade! Hoe lang kon het helemaal duren om op en neer naar het ziekenhuis te gaan?

Maar hij vermeed daar woorden over te krijgen.

Hij vond het belangrijker om op de hoogte gesteld te worden.

'En?'

'De prognose is nog onder voorbehoud,' meldde Renata.

Die om andere vragen te vermijden zei dat ze slaap had en zich in haar kamer terugtrok.

120

I

'De prognose is nog onder voorbehoud.'

Dat had tante Rosina opgedragen om te zeggen.

'Maar dat is niet waar,' had Lulu tegengeworpen.

'Wie de baas is heeft de waarheid in pacht,' had de oude vrouw fel gereageerd, en had haar vervolgens gesommeerd te gaan zitten en te luisteren.

II

'Ik zorg er wel voor dat de waarheid boven tafel komt!' was Lulu's strijdkreet geweest toen ze Ofelio Mencioni's versie van de feiten in zijn geheel had onthuld.

Oei! had Renata gedacht.

De woorden van de telefoniste hadden haar net op een idee gebracht. Een goed, een fantastisch idee, vond ze.

Maar ze had Oei! bij zichzelf gezegd toen Lulu haar verslag gedaan had: de tijgerin stond op het punt uit te breken en dreigde met schandalen.

Maar om het plan in werking te stellen dat zich langzaam maar zeker in haar hoofd begon te ontvouwen, had zijzelf juist behoefte aan zwijgzaamheid, geheimhouding, niemand mocht het weten...

Ze moest de telefoniste dus temmen. In haar eentje zou het haar niet lukken, daar had ze hulp bij nodig. Daarom had ze haar meegenomen naar tante Rosina. Tegenover wie Lulu haar houding geenszins had veranderd. Ze had een kwartier lang georeerd, met weidse gebaren of ze op het toneel stond, haar blik gericht op een niet bestaand publiek, haar mooie hals gestrekt in het vuur van het betoog.

Tante Rosina had haar laten begaan, ze vond het nogal vermakelijk.

Maar toen ze was uitgepraat, had ze haar oordeel gegeven.

'De prognose is nog onder voorbehoud.'

Lulu had nieuwe bezwaren willen opperen.

'Nu ben ik aan het woord,' had tante Rosina haar de mond gesnoerd.

III

'Wie zat er in het vliegtuig?' had tante Rosina gevraagd.

Lulu had haar met een blik vol onbegrip aangekeken.

Toch zeker haar verloofde, zoals de telefoniste Ofelio Mencioni inmiddels noemde?

Dus, wat de waarheid ook mocht zijn, ze moesten niet vergeten dat hij verantwoordelijk was voor wat er gebeurd was, iets waarmee wel degelijk rekening gehouden moest worden.

'Hoe dan ook,' was de vrouw doorgegaan.

Hoe dan ook, zelfs als je dat aspect van de feiten niet meetelde, hoewel het echt geen onbelangrijk detail was, besefte Lulu wel wie ze tegenover zich zou krijgen? Had ze enig idee van het kaliber van haar tegenstanders?

'Wie de baas is heeft de waarheid in pacht,' had ze toen gezegd.

En bazen, te beginnen bij de burgemeester van Bellano, om dan via Como te eindigen bij een of andere ingenieur in Rome, hoge omes zou ze in overvloed tegenover zich krijgen.

'Mensen naar wie geluisterd wordt, al kramen ze onzin uit.'

Dus was het beter goed na te denken over de te volgen strategie.

In de keuken van tante Rosina was een diepe stilte gevallen.

Op Lulu's gezicht was geen spoor meer te zien van melodrama. De woorden van de oude vrouw hadden haar onthutst en overtuigd.

De telefoniste onderbrak de stilte. 'Wat zou u doen?' had ze gevraagd.

'Voorlopig zou ik de prognose nog een tijdje onder voorbehoud laten,' was het definitieve antwoord van de tante.

121

'Het kan gebeuren,' zei professor Guidetti dinsdagavond tijdens de grote visite.

Maar met een door twijfel verscheurde stem. Want misschien had hij Ofelio Mencioni wel een te zwaar kalmeringsmiddel laten toedienen, waardoor de jongeman plotseling weer in die bewusteloosheid, of shocktoestand geraakt was, waaruit hij de dag daarvoor zo voorspoedig was ontwaakt.

Hij gaf dus instructies dat de opgeheven voorzorgsmaatregelen weer van kracht waren.

'De prognose is nog onder voorbehoud,' zei hij ten slotte, en liep door. Hij liet een intens tevreden Lulu achter.

122

Maandag was hij niet op komen dagen.

Dinsdag ook niet.

Woensdag.

Het was inmiddels bijna elf uur.

Als de burgemeester die ochtend ook niet zou verschijnen, bedacht secretaris Carrè, dan zou hij hem laten weten dat men hem op het gemeentehuis nodig had.

De voorzitter van de vliegclub Umberto I van Monza had nog geen uur geleden van zich laten horen met het dringende verzoek om een onderhoud met de lokaal verantwoordelijke van het SBOLT project.

'Er zijn heel wat zaken die besproken moeten worden,' had hij gezegd.

En de contracten spraken duidelijke taal, had hij eraan toegevoegd.

Carrè had zich van commentaar onthouden.

Hij had geen munitie meer, had zich alleen gevoeld, in de steek gelaten door de commandant, omsingeld door de vijand.

Hij had de witte vlag gehesen.

'Ik zal het aan de burgemeester doorgeven,' had hij gezegd.

'Zo snel mogelijk,' had de ander hem toegebeten.

'Vandaag nog,' had hij hem verzekerd.

Toen, om de tijd tot elf uur vol te maken en uitsluitend voor eigen gebruik, had hij de onkostenlijst opgesteld.

Voor het meedoen aan het project 7.500 lire.

Voor een periode van zes maanden, aan de steward Gerolamo Vitali, 300 lire maandelijks, in totaal 1.800 lire.

Voor het verblijf van de piloot in het Cavallino 250 lire.

Voor het transport per trein van het watervliegtuig 500 lire.

Voor de huur van de haven van Gavazzi 70 lire.

Voor de benzine 40 lire.

Voor het telefoongesprek van de piloot naar Rome 3,5 lire.

Al 10.163 lire en 50 cent, op de kop af tweederde van de reservefondsen, was opgesoupeerd.

Maar daarbij, daar nog eens bovenop, was er dat geval dat nu al meer dan drie dagen onder water lag.

Hoeveel kostte zo'n ding?

Hoe duur zou het zijn om het te bergen?

En de ziekenhuiskosten van het slachtoffer?

Wie zou dat betalen? vroeg secretaris Carrè zich af.

Híj wist het wel.

De contracten spraken duidelijke taal. Er liep een rilling over zijn rug.

123

Even na elven liep hij het gemeentehuis in, ook hem liep een rilling over de rug.

'Frisjes hè?' zei de burgemeester met luide stem.

Het voorjaar liet op zich wachten.

De secretaris hoorde hem wel, maar kon zijn oren niet geloven.

Maakte hij zich druk over de lente die laat was?

Hij stond op, vastbesloten hem meteen op de hoogte te stellen van hetgeen hem te wachten stond, niks lente.

Bijna botste hij tegen hem op toen de ander net zijn kantoor binnen wilde lopen.

'Secretaris, goedemorgen. Kunt u even naar mijn kamer komen?'

'Heel graag,' was het antwoord.

124

Het was zes uur 's avonds.

Renata was net terug uit het ziekenhuis en ging meteen de tafel dekken.

'Nee,' zei Evangelia op een gegeven moment.

Renata keek haar zonder iets te zeggen aan.

Evangelia bedoelde dat het niet nodig was ook voor Agostino te dekken. Die avond, had hij gezegd voor hij wegging, hoefden ze met het eten niet op hem te wachten: op zijn programma stond een buitengewone vergadering die naar het zich liet aanzien lang zou duren. Mocht hij nog honger hebben, dan zou hij zelf wel iets nemen, als hij eenmaal thuis was. En zij had nog wel besloten dat ze niet nog een avond het moment zou uitstellen om eindelijk de zaak, de andere!, aan te pakken, die haar man kennelijk was vergeten.

Renata had in haar hand nog het bord dat ze op haar vaders plaats had willen zetten, aan het hoofd van de tafel...

Ze keek naar haar moeder.

Toen naar de lege plek van haar vader. Het beeld van Vittorio, aan het hoofd van de tafel, maar dan in hun eigen huis, kwam haar voor ogen. Ze keek goed naar zijn gezicht, het straalde bezorgdheid, ongeduld uit, een uitdrukking die haar de laatste dagen in de enkele minuten dat ze elkaar hadden gezien bij tante Rosina niet was ontgaan.

De gelegenheid aangrijpen, fluisterde de stem van haar tante haar in.

Het moment was daar, dit was de juiste gelegenheid.

125

'Ik moet nog even naar tante Rosina,' meldde Renata na het eten.

'Hoezo?' vroeg haar moeder.

Was ze er 's middags niet geweest?

'Jawel.'

Maar omdat ze op straat een vriendin was tegengekomen die een hele tijd met haar had staan kletsen en ze nog meer tijd had verloren omdat ze braaf naar het ziekenhuis was gegaan, wat van haar vader moest, was ze maar heel kort bij haar tante geweest, in plaats van een tijdje te blijven zoals ze anders altijd deed.

'Ik ben even boven geweest en toen meteen weer weg,' legde Renata uit. 'Alleen maar even dag gezegd. Ik heb haar niet eens de tijd gegeven om te zeggen dat ze iets nodig had. Ik heb het haar niet eens gevraagd!'

Ze moest die laksheid goedmaken. Nu meteen.

'Anders kan ik niet rustig slapen.'

'Goed,' zei Evangelia. 'Toe maar. Ik ruim wel af.'

'Dank je, mama,' antwoordde Renata. 'Ik moet nog even naar mijn kamer en dan ga ik.'

Eenmaal alleen, terwijl haar dochter nog in haar kamer was, glimlachte Evangelia.

Malle meid, dacht ze. Ze was echt dol op onze Rosina.

Ja, mompelde Evangelia met half toegeknepen ogen en plotseling ernstig: Renata had een groot hart, ze was edelmoedig, onstuimig. Maar ze was nog jong, te jong om de gevaren van het leven in te zien, de valstrikken, het bedrog alom.

Ze zuchtte.

Jong, onstuimig, edelmoedig...

En onvoorspelbaar, voegde ze daaraan toe toen ze haar na een laatste groet het huis zag verlaten.

Renata had haar baret opgezet.

Evangelia moest weer glimlachen. Die had ze haar de vorige winter cadeau gegeven. En het was haar nooit, maar dan ook nooit gelukt haar over te halen hem op te zetten, al stond hij haar nog zo goed.

En nu, de hemel mag weten welke gedachte of gril daaraan ten grondslag lag, had het meisje hem uit zichzelf op haar hoofd gezet.

Malle meid...

126

Lulu had haar best gedaan, de opdrachten letterlijk opgevolgd. De prognose moest onder voorbehoud blijven voor Ofelio Mencioni maar ook voor Ivano Zecchinetti die voor hen op een juist niveau van dronkenschap moest blijven om het plan uit te kunnen voeren. Daarom moest hij voorzien worden van zijn lievelingselixer, de wijn van Lena.

Toen Renata de afdeling van de spoedeisende hulp opliep, hing Ivano over de portiersbalie met zijn hoofd op zijn gekruiste armen. Zijn ogen achter de afhangende oogleden leken op die van een oude jachthond.

Renata liep op hem af.

'Ik weet 't, ik weet 't,' mummelde hij, 'opdracht van de burgemeester.'

Voor de zekerheid haalde Renata vanonder haar jas een nieuwe dosis wijn vandaan, die Ivano, opgepept bij die aanblik, weggriste en in een oogwenk liet verdwijnen.

Een geluksavond, zei hij bij zichzelf.

Met de fles die hij van huis had meegenomen, als troost voor de saaie uren van de nachtdienst, was dat de derde.

127

Toen zuster Eteria hem de volgende morgen, na de mis in de kapel van het ziekenhuis, een kopje koffie bracht, probeerde Zecchinetti al de balans op te maken.

Verborgen onder de balie – want als de professor het zou merken zou hij hem op staande voet ontslaan – stonden drie flessen wijn. Leeg, uiteraard, maar dat deed er niet toe.

Een die hij van huis had meegenomen.

De tweede was die de telefoniste voor hem had meegenomen.

De derde was die de dochter van de burgemeester voor hem had meegenomen.

Die overigens de enige twee personen waren die de vorige avond het ziekenhuis hadden bezocht. En die hij, zo tegen een uur of half acht, kwart voor acht, gearmd had zien weggaan.

Alleen, en dat was waar het niet klopte, was de dochter van de burgemeester hem weer onder ogen gekomen. Zo tegen een uur of acht, kwart over acht had hij haar naar buiten zien lopen.

Door dat harde nadenken liet hij zijn koffie koud worden. Misschien, redeneerde hij, had hij zich de vorige avond te veel laten gaan.

Maar iets... er was iets dat...

Hij nam een slok van het lauwe bocht.

Toegegeven, ging zijn redenatie verder, hij had een beetje meer gedronken dan anders. Het was heus niet zijn schuld dat hij er niet vanaf kon blijven. Hij hield van wijn, maar als hij die niet had, kon hij heel goed zonder. Maar als ze het voor zijn neus zetten... En bovendien kon hij er altijd heel goed tegen, zo makkelijk was hij niet dronken te voeren. Want als hij echt dronken was geweest was hem vast dat detail niet opgevallen, de baret.

De dochter van de burgemeester had hem op toen ze binnen was gekomen.

Ze had hem op toen ze gearmd met de telefoniste was weggegaan.

Ze had hem niet meer op toen ze alleen was weggegaan, de tweede keer.

Dat kon toch niet?

Maar als het niet klopte, waar zat de fout dan?

Ivano sloeg de inmiddels koude koffie in een teug achterover.

Wat kon het ook schelen, mompelde hij op het moment dat de ontzagwekkende figuur van professor Guidetti op hem af kwam.

128

Om kwart over acht ging er een trein naar Milaan.

Dat wist Ofelio Mencioni maar al te goed.

En om tien voor half twaalf ging er een van Milaan naar Parijs, via Domodossola.

Parijs? was de jongeman uitgevaren.

Waarom?

Lulu had voor hem in hoofdlijnen de les van tante Rosina herhaald, Renata had haar bijgestaan. In Italië kon hij niet blijven. Hij zou een te gemakkelijk doelwit zijn, hij kon niemand om hulp vragen, terwijl de anderen tot in de hoogste regionen hulp konden inroepen.

Dus kon hij zich alleen overgeven en voor de anderen boeten, of naar het buitenland vluchten.

Naar welk buitenland, daar had tante Rosina niet over gerept.

Parijs had zij, Lulu, uitgekozen.

Sterker nog, *Paris*.

'We gaan samen,' had ze gezucht terwijl ze Ofelio met vurige ogen aankeek.

'Maar nu,' had ze er meteen aan toegevoegd, 'moet je je verkleden.'

'Verkleden?' had Ofelio gevraagd.

Natuurlijk, had Renata geantwoord.

Wilde hij soms het gevaar lopen door iemand herkend en op het hoogtepunt tegengehouden te worden?

Intussen had Renata de jas uitgetrokken waaronder ze een rok en een trui had verstopt, en een paar schoenen die ze had gepikt uit de kast van haar moeder, die wat voeten betreft beslist flink geschapen was.

'Hier,' had ze gezegd.

'Hier?' had Ofelio herhaald.

Lulu had ingegrepen.

'Schiet nou op,' had ze gezegd en op dat moment wist Renata heel zeker dat de jongeman Lulu nooit meer zou ontglippen.

Beiden hadden vervolgens met een kritische blik gekeken of aan de vermomming eventueel iets ontbrak.

In het donker, had Renata als commentaar gegeven, konden die kromme benen nog wel onopgemerkt blijven. Maar het kapsel niet. Dat had niets vrouwelijks.

'En wat nu?' had Lulu gevraagd.

Geen probleem, had Renata geantwoord, die vervolgens haar baret had afgenomen en die op Ofelio's hoofd had gezet.

Nu hoefden ze alleen nog maar tot actie over te gaan.

In de donkere, stille ziekenhuiskamer hadden de drie elkaar zonder iets te zeggen aangekeken.

'Ik weet niet hoe ik u moet bedanken,' had Lulu gezegd. 'Als ik iets terug kan doen voor de hulp die u ons hebt gegeven...'

'Dat doet u al,' had Renata geantwoord.

'Hoe dan...' had de telefoniste willen weten.

'Hup, hup,' had Renata haar onderbroken. 'De tijd dringt. Jullie moeten gaan.'

Ofelio Mencioni had met zijn hoofd geschud.

'Laten we hopen dat alles goed gaat,' had hij gezegd.

Diep in zijn hart was hij bang voor die verdomde stationschef.

Debiel, had hij een half uur later daarentegen aan diens adres gemompeld toen de spoorwegbeambte als een man van de wereld de twee mooie dames een goede reis had gewenst.

129

Renata hoorde de trein fluiten toen ze halverwege het ziekenhuis en haar huis was.

Halverwege, bedacht ze tevreden, en op de helft van het karwei. Ze slaakte een zucht van verlichting. Maar riep zich meteen weer tot de orde. Het was niet het moment om te ontspannen, het meeste moest nog gebeuren. Maar alleen al het feit dat Lulu en haar verloofde in veiligheid waren gaf haar de nodige zekerheid dat met een beetje geluk alles gesmeerd zou gaan.

Ze keek omhoog naar de hemel die schitterde van de sterren; daar tussen die miljarden lichtende puntjes stonden ook hun sterren, die van haar en die van Vittorio.

Bij de gedachte aan de jongeman kreeg Renata de neiging niet meteen naar huis te gaan. Op dat uur was hij zeker aan het werk; ze kon hem gaan verrassen, even naar hem toe gaan en hem een zoen geven, even warm als de kadetjes die hij uit de oven haalde.

Dat zou leuk zijn, maar...

Beter van niet. Ze moest geen enkel risico nemen. Zelfs Vittorio mocht niet weten wat er bekokstoofd was.

Ze stuurde een klinkende zoen naar de hemel en naar die ster en liep gewoon door toen ze vlak langs Via Porta kwam, waar de bakkerij was, en van waaruit al een warme broodlucht opsteeg.

Haar moeder was nog op, zag Renata aan het verlichte raam van de zitkamer.

Op, bij wijze van spreken dan.

Toen Renata was vertrokken had Evangelia, terwijl ze het gesprek dat ze, hoe laat het ook werd, met haar man zou voeren opnieuw repeteerde, zich genesteld in de leunstoel van haar schoonvader en was binnen een half uur, omhuld door de diepe stilte van het huis, in slaap gevallen.

'Mama!' maakte Renata haar wakker.

Evangelia sperde haar ogen open.

'En Rosina?' vroeg ze.

'Goed hoor,' stelde het meisje haar gerust.

Maar was het niet beter, merkte ze vervolgens op, om naar bed te gaan in plaats van daar in de stoel te blijven zitten?

Evangelia stemde in. Het meisje mocht absoluut niet weten wat ze van plan was.

Ze gingen beiden naar hun respectieve kamers.

Maar na een half uur verliet Evangelia, die zich niet had uitgekleed, haar kamer en liep op blote voeten, met haar schoenen in de hand en zonder zelfs het licht aan te doen, terug naar de zitkamer waar ze de leunstoel weer in beslag nam.

130

De raadsvergadering was laat afgelopen, na middernacht.

Toen Agostino Meccia eindelijk weer alleen op straat stond had hij honger en de geur van pasgebakken brood die hem na een paar passen richting huis omhulde versterkte die alleen maar.

Goed, zei hij bij zichzelf, een paar eieren bakken kon zelfs hij nog wel.

Maar hij had niet op de hinderlaag van zijn vrouw gerekend.

Het zwak verlichte zitkamerraam alarmeerde hem, het was het enige licht op de hele weg langs het meer. Instinctief ging hij langzamer lopen en ter hoogte van zijn huis gluurde hij plat tegen de muur gedrukt naar binnen.

Evangelia zat daar in de leunstoel, helemaal aangekleed, met haar hoofd op haar schouder. Ze lag diep te slapen.

Wat nu?

Het was duidelijk dat zijn vrouw de bedoeling had gehad zijn thuiskomst af te wachten.

Waarom?

Dat was ook duidelijk. Het andere akkefietje dat hij dag na dag door alle toestanden had uitgesteld.

De burgemeester haalde zijn neus op. Een vleugje van de geur van vers brood die hij net had opgesnoven was nog blijven hangen.

Eigenlijk had hij niet zo'n honger, zei hij bij zichzelf.

Geruisloos deed hij de voordeur open en eenmaal binnen gauw weer dicht en zijn schoenen uit. Zonder het licht aan te doen ging hij snel naar de slaapkamer. Hij had een lange en moeizame vergadering achter de rug en geen enkele zin in nog een gesprek. En bovendien had hij niet het idee dat een paar uur uitstel de stand van zaken zou veranderen.

Slaap lekker, mompelde hij alsof Evangelia naast hem lag, waarna hij als een blok in slaap viel.

131

Boekhouder Erminio Giovannini, wethouder verantwoordelijk voor het budget en administrateur van het ziekenhuis Umberto I, hield ervan om vroeg naar bed te gaan.

Toen hij naar huis ging suisden zijn oren. Afgezien van de gedachte aan de verloren uren slaap, wat genoeg was om hem een slechte nachtrust te bezorgen, maalde die naam als een deuntje door zijn hoofd, Ofelio Mencioni, tot misselijkmakends toe door de burgemeester herhaald tijdens de raadsvergadering die belegd was om de beleidslijn van het gemeentebestuur vast te stellen.

De accountant, herhaaldelijk verleid om aan de lokroep van de slaap gehoor te geven, had met moeite de woorden van de burgemeester gevolgd en kon niet met zekerheid zeggen dat hij alle hoe's en waaroms helder voor ogen had. In ieder geval had hij net als de anderen ingestemd met het voorstel de zogenaamde piloot Ofelio Mencioni aan te geven als enig verantwoordelijke, straf- en civielrechtelijk, voor wat er gebeurd was.

Net als de anderen had hij noch de zin en net zo min de bewijzen om ook maar de geringste twijfel te koesteren over wat Meccia hun had verteld.

Toen Giovannini dacht dat de vergadering was afgelopen, had hij zich echter de interventie moeten laten welgevallen van secretaris Antonino Carrè, die het woord had gevraagd om een lijst op te sommen die hij 'prangende kosten' had genoemd: geld dat al was aanbesteed in vorige raadsbesluiten en waarvan het totaalbedrag gelijkstond aan tweederde van de reservefondsen.

Maar gelukkig had de burgemeester zich clement getoond jegens allen. Kortaf had hij de secretaris geantwoord dat het hem niet opportuun leek de avond nog vermoeiender te maken en had verzocht het onderwerp naar een volgende vergadering te verdagen. Iedereen had daarmee ingestemd en eindelijk hadden ze allemaal naar huis kunnen gaan.

Het was in de stilte buiten dat die naam in zijn oor was gaan gonzen en met geen mogelijkheid uit was te bannen. Hij had er ook van gedroomd en het was niet te verklaren dat je over een naam kon dromen. Toch was het gebeurd en hij was slechtgehumeurd wakker geworden en slechtgehumeurd naar zijn werk in het ziekenhuis vertrokken.

Maar hij had nog geen twee stappen in de hal van het ziekenhuis gezet of hij was ook daar over die naam gestruikeld.

Ofelio Mencioni. Ofelio Mencioni.

Die naam rolde als een wachtwoord over de lippen van zusters, verpleegsters, patiënten en artsen.

Ofelio Mencioni, in het niets verdwenen.

132

In het niets, bevestigde boekhouder Giovannini ten overstaan van de burgemeester.

Het was inmiddels bijna avond, vijf uur 's middags.

In de salon van de burgemeester verspreidde de staande lamp een zacht licht waar de boekhouder zich als een mot toe aangetrokken voelde. Maar hij moest verslag uitbrengen zoals Meccia hem die ochtend had gevraagd, nadat bekend was geworden dat Ofelio Mencioni uit het ziekenhuis was gevlucht.

De afgelopen dag in het ziekenhuis Umberto I was, zachtjes uitgedrukt, hectisch geweest.

Professor Guidetti had eerst verplegers en zaalhulpen erop uitgestuurd om het hele gebouw te doorzoeken, in alle hoeken en gaten te kijken, in de veronderstelling dat Mencioni, ontwaakt uit zijn diepe slaap maar nog niet volledig bij zinnen, in ruimte en tijd gedesoriënteerd, verdwaald was. Het had niets opgeleverd. Toen de theorie vaste vorm had aangenomen dat de patiënt zich niet meer binnen de muren van het gebouw bevond maar elders, de hemel mocht weten waar!, had de professor een intern onderzoek in gang gezet in een poging te ontdekken of iemand iets gezien of gehoord had dat zou kunnen bijdragen tot de reconstructie van de toedracht van de onbegrijpelijke verdwijning.

De hoofdverdachte was Ivano Zecchinetti, die bizarre en elkaar tegensprekende verklaringen had afgelegd, vooral toen van hem gevraagd werd nauwkeurig verslag uit te brengen over het doen en laten van eventuele bezoekers of patiënten die in de hal voorbijgekomen waren.

Zecchinetti leek bij die vraag in de war te raken en had verteld, iets wat natuurlijk niet zomaar aangenomen kon worden, dat hij alleen de telefoniste Lulu aan de arm van de dochter van mijnheer de burgemeester naar buiten had zien gaan, zo tegen half acht, kwart voor acht.

'Mijn dochter?' onderbrak de burgemeester de boekhouder.

Ja, bevestigde Giovannini. Maar dat was een verklaring die met een korreltje zout genomen moest worden, ontkracht door een andere verklaring van Zecchinetti waarin hij had beweerd weer de dochter van de burgemeester het ziekenhuis te hebben zien verlaten, zo om een uur of acht, kwart over acht. Kortom hij had haar één keer zien binnenkomen en twee keer zien weggaan.

Om de verklaringen van de portier nog onbetrouwbaarder te maken was er ook nog een verhaal van een baret die het meisje volgens hem op had toen ze het ziekenhuis binnen was gekomen maar toen ze weg was gegaan niet meer. Maar wat het hele verhaal vooral als onbetrouwbaar had gebrandmerkt was de ontdekking, gedaan door zuster Eteria, van drie lege wijnflessen die de portier in zijn hok had proberen te verbergen. Een vondst waardoor dezelfde Zecchinetti op staande voet ontslagen was, zo had professor Guidetti bepaald.

Er viel een diepe stilte in de salon.

Boekhouder Giovannini had nog een ding te zeggen toen de stem van Renata hen vanuit de gang bereikte.

'Ik wip even bij tante Rosina langs,' zei het meisje tegen haar moeder.

'Doe haar de groeten van me,' zei Evangelia.

En toen met kinderlijke onschuld:

'Hè, Renata,' viel ze uit op een vrolijk bestraffende toon.

Malle meid, had ze nu alweer genoeg van haar baret, dat ze hem nu niet op had?

'Het stond je gisteravond zo goed.'

Er ging een schok door de burgemeester heen.

Hij hoorde de deur dichtslaan en zag door het raam dat uitkeek op de weg langs het meer Renata's silhouet voorbijgaan.

Het viel boekhouder Giovannini op dat zijn gezicht versomberde, een grimas of hij pijn in zijn buik had.

Dus besloot hij dat het eigenlijk niet zo dringend was hem mede te delen dat hij in zijn hoedanigheid van administrateur van het ziekenhuis Umberto I, de rekening voor de opnamekosten van Ofelio Mencioni naar de gemeente zou moeten sturen.

133

Baretten en onderbroeken.

De kwestie van de onderbroek had hij al een tijdje voor zich uit geschoven, peinsde de burgemeester.

Met de baret kon hij niet hetzelfde doen.

Misschien was nu de gelegenheid daar zijn dochter onder vier ogen eens flink aan de tand te voelen.

De woorden van boekhouder Giovannini.

De verklaringen van Zecchinetti, die nog wel eens niet zo onsamenhangend konden zijn.

De naïeve onschuld van zijn vrouw Evangelia die nergens van op de hoogte was: heerlijk, wat niet weet wat niet deert.

Alles, redeneerde Meccia, ja werkelijk alles droeg ertoe bij een sluier van raadselachtigheid te werpen over het gedrag van Renata.

Hij stond op uit zijn stoel, ijsbeerde door de zitkamer, wierp een blik op de weg, die er donker en verlaten bij lag.

Het meisje moest aangepakt worden.

Dat zou een heleboel heisa kunnen geven, met dat willetje van haar...

Agostino Meccia haalde zijn schouders op: het viel nog maar te bezien wie het gelag zou betalen.

Maar alvorens een besluit te nemen wilde hij nog een laatste controle.

Hij liep naar de keuken, waar Evangelia druk in de weer was aan het fornuis.

De vrouw, die het grootste gedeelte van de nacht in de leunstoel van haar schoonvader had doorgebracht, had de hele dag de standvastigheid van de avond daarvoor gezocht, die op de vlucht was geslagen bij het daglicht, en nu de avond begon te vallen langzamerhand terug begon te keren. Ze wou alleen dat ze wist of ze haar man beter voor of na het eten kon aanspreken, oftewel rauw op de maag moest vallen of juist niet, toen hij de keuken binnenkwam.

'Hoor eens,' zei Agostino gehaast, 'is Renata gisteren toevallig naar tante Rosina gegaan?'

De vrouw stond raapjes te snijden voor in een boerenomelet.

Sneed hij het onderwerp aan?

Prima!

'Jazeker,' zei ze beslist, zonder hem aan te kijken, 'zoals elke dag.'

'En weet je nog hoe laat ze is gegaan?'

Evangelia hield het mes even stil.

Ze richtte haar blik op naar haar man.

'Ze is gisteravond na het eten nog een keer gegaan,' antwoordde ze. "s Middags had ze niet veel tijd aan haar kunnen besteden omdat...'

'Al goed, al goed,' brak Agostino haar af terwijl hij alweer terugliep naar zijn studeerkamer en zijn vrouw stomverbaasd achterliet.

Alea iacta est, mompelde de burgemeester, en liet zich in de stoel van zijn vader vallen.

134

'Kan ik de omelet gaan maken?' vroeg Evangelia.

Ze had besloten dat ze haar man beter erna kon toespreken, op een volle maag.

'Nee,' antwoordde Agostino. 'Ik moet eerst met Renata spreken.'

'Met mij?' vroeg het meisje.

Een knik met zijn hoofd, haar vader bevestigde het.

'En kan je dat niet onder het eten doen?' merkte Evangelia op.

Weer nee, dat kon niet.

In de zitkamer.

En hij deed de deur dicht.

Misschien, overwoog Evangelia, was het moment daar.

Je weet maar nooit, dacht ze en ging zitten om de gebeurtenissen af te wachten.

Renata haalde diep adem.

De juiste gelegenheid.

Even eerder had tante Rosina het nog gezegd: de juiste gelegenheid. Als die zich aandiende, hem aangrijpen, of scheppen. Het moment was daar, het ijzer was heet, het stel ver uit de buurt, al vrijwel ongrijpbaar.

Haar vader daarentegen was nu kwetsbaar.

Dit was de gelegenheid, Renata voelde het in alle hevigheid.

Haar vader had haar net gevraagd wat ze de vorige avond na het eten voor leuks had gedaan.

Ze had het niet gehoord.

'Hè?' zei ze.

De burgemeester herhaalde zijn vraag.

Renata had bijna de waarheid verteld, maar hield zich op tijd in. Beter dat hij als eerste zijn kaarten op tafel legde.

'Bij tante Rosina,' loog ze glimlachend.

Agostino zuchtte.

'Bij tante Rosina...' bauwde hij haar na.

'En ben je daar je baret vergeten?' vroeg hij direct daarop.

Ah! dacht Renata.

Hij wist dus wat. En hij probeerde met haar te spelen, zoals een kat met een muis.

Maar de kat was zij. En nog verliefd ook.

'Dat zou kunnen,' zuchtte ze.

'Dat zou kunnen,' herhaalde haar vader.

Dat zou kunnen!

Wist ze wel dat vanochtend een arme man waarschijnlijk zijn baan was kwijtgeraakt omdat niemand had willen geloven wat hij had verteld: namelijk dat hij haar gisteravond het ziekenhuis had zien binnenkomen met een heuse baret op en haar zonder had zien weggaan?

Renata trok een onschuldig gezicht.

En misschien, sloeg de burgemeester weer toe, wist ze ook niets van de ernstige en vreemde zaak die zich in het ziekenhuis had afgespeeld: de vlucht, want je kon het niet anders noemen dan een regelrechte vlucht, van de zogenaamde piloot die de gemeente zo veel schade had berokkend; de gemeente, de gedupeerde, die hem zodra hij genezen was zou laten boeten voor zijn wandaden.

'Over de omvang daarvan bestaat geen enkele twijfel,' zei de burgemeester. 'En zou die er al zijn, dan volstaat zijn vlucht als een impliciete schuldbekentenis van O...'

Nu! dacht Renata te horen.

Achter haar.

De stem van tante Rosina.

Helder, hoog, geen enkel spoor van de tweeëntachtig jaar.

Nu, nu de O nog in de lucht zweefde.

'Als je de waarheid niet weet, papa,' zei Renata.

Evangelia, die het gebrom van haar mans stem niet meer hoorde, dacht dat ze klaar waren.

Ze ging bij de deur van de zitkamer staan.

'Kan ik de omelet gaan doen?'

Nu was het Renata die nee zei.

Nu was het haar beurt om te praten.

'De waarheid, papa,' zei ze.

Waarmee handig was gesjoemeld om uiteindelijk één persoon, de domste, ervoor op te laten draaien.

Maar er waren in dit verhaal meerdere domkoppen.

'Weet je nog, papa, van die knoop, een C of een O?' vroeg Renata.

Was het niet een beetje onnadenkend geweest daar blind op te vertrouwen?

Was het niet veel te aanmatigend geweest om naar niemand te luisteren?

'En als de waarheid van de zogenaamde piloot boven tafel was gekomen?' vroeg Renata.

Als die boven tafel was gekomen, ging ze verder, terwijl hij ver weg was, onvindbaar, verdwenen; hadden ze dan niet een andere zondebok moeten vinden?

Na Mencioni de zwakste in de schakel.

'En wie zou dat dan zijn?' mompelde de burgemeester.

'Jij, papa,' verklaarde Renata.

'Maar hoe ben jij...'

‘Daar achter gekomen?’ vroeg Renata. ‘Ik weet het gewoon. Ik weet het, en zou het voor me kunnen houden.’

De burgemeester sperde zijn ogen open.

‘Zou?’ vroeg hij nadrukkelijk. ‘Wat heeft dat te betekenen?’

Renata glimlachte.

‘Mijn zwijgen heeft een prijs.’

‘Een prijs?’

Evangelia had, zonder het nog aan iemand te vragen, de eieren in de pan gedaan.

De rapen waren gaar.

Wie wilde eten moest aan tafel komen, riep ze.

Epiloog

1

Het huwelijk tussen de burgemeestersdochter en de bakker Vittorio Barberi werd voltrokken op een zonovergoten zondag in juni 1931.

Om de waarheid te zeggen had Renata, nadat ze de toestemming daarvoor van haar vader had losgepeuterd, nog best een paar maanden willen wachten; ze voelde zich nu rustig.

Tante Rosina had haar overtuigd dat uitstel geen zin had.

'Als je zeker weet dat Vittorio de man van je leven is,' had ze gezegd, 'trouw dan met hem en denk er niet meer over na. Twee of drie maanden meer of minder maken niets uit. Voor je vader wel: je hebt hem nu onder de duim maar over een tijdje misschien wel niet meer. Het is niet verstandig om dat risico te lopen.'

Renata had het advies opgevolgd zoals zovele andere en het was in dat gesprek geweest dat er een vraag op het puntje van haar tong had gelegen. Maar ze had hem niet gesteld, ervan overtuigd, al had ze niet kunnen zeggen waarom, dat tante Rosina haar daarop geen antwoord zou hebben gegeven.

Het werd natuurlijk een huwelijk dat een heleboel volk aantrok, nog afgezien van zo'n honderd genodigden.

Onder de nieuwsgierigen die zich verdrongen voor de kerk om het bruidspaar te zien bevonden zich ook de bode Sbercele en Gerolamo Vitali, die op hete kolen zat omdat zijn tijdelijke baan ten einde liep en hij beducht was weer zonder werk te komen zitten. Hij beklaagde zich daar dagelijks over bij zijn zwager. Die dagelijks herhaalde dat hij zich geen zorgen hoefde te maken. Want sinds hij in dienst was bij de gemeente had hij nog nooit meegemaakt dat een tijdelijk aangesteld ambtenaar op straat werd gezet, tenzij diegene dat zelf wilde. Dat hij rustig kon blijven, hij zou uiteindelijk dezelfde loopbaan hebben als hijzelf: van een tijdelijke naar een vaste aanstelling, in het begin misschien als schoonmaker of conciërge en daarna misschien wel bode, wanneer ook voor hemzelf een promotie zou aanbreken.

De burgemeester had zich lang voorbereid om zijn rol in de trouwerij te kunnen verdragen: hij zou een hele dag zij aan zij moeten doorbrengen met zijn vroegere liefje en met de stuurman uit even vroeger tijden die haar van hem had afgepikt.

Hij zou voor de tweede keer met haar voor het altaar staan: dat was de gedachte die hem kwelde.

De spanning van dat vooruitzicht werd verzacht toen eind mei de uitspraak van het hof van Lecco kwam inzake de aanklacht ingediend door de gemeente tegen Ofelio Mencioni. De piloot was schuldig bevonden aan fraude, oplichting, aanzetten tot geweld, onrechtmatig verkregen vergoedingen en wat niet al. De getuigenissen van de twee Mazzagrossa's, vader en zoon, waren essentieel geweest net als die van enkele goed voorbereide getuigen die hun versie van de feiten hadden ondersteund.

Mencioni was hard aangepakt: tien jaar gevangenisstraf en vergoeding van alle schade, met inbegrip van het watervliegtuig. Maar hij had verstek laten gaan.

'Wat maakt het uit!' had burgemeester Meccia als commentaar gegeven.

Waar het om ging was dat hij schuldig was en een hof hem als zodanig had verklaard. Dus, met die uitspraak in gedachten die een panacee voor zijn eigenwaarde was geweest, had hij ook met een licht gemoed het huwelijk tegemoetgezien.

Dat op het moment zelf minder pijnlijk was geweest dan voorzien. Zelfs hem, besefte hij, kostte het inmiddels moeite zich precies te herinneren wat er zo lang geleden had plaatsgevonden, ooit op die zondag in maart 1902.

Maar zijn gedachten werden voornamelijk afgeleid door iets wonderbaarlijks, iets dat onlangs gebeurd was... met tante Rosina.

Hoe was het verdomme mogelijk, zei hij bij zichzelf, zonder er acht op te slaan dat hij in de kerk zat, toen hij haar in de getuigenbank zag, wat zijn dochter zo had gewild.

Hoe was het verdomme mogelijk dat ze zich zo snel had hersteld, nadat hij haar thuis wekenlang had horen beklagen door zowel Evangelia als Renata?

Jezus, ze stond toch al bijna met één been in het graf?

Een wonder, had Evangelia gezegd, het was niet te geloven.

Maar in wonderen geloofde hij eigenlijk niet.

Toen de priester naar het altaar liep, liet de burgemeester alle gedachten varen.

Renata, aan zijn zijde, zag bleek van emotie.

'Rustig maar,' mompelde tante Rosina.

Renata bedankte haar met een glimlach.

Toen boog ze zich naar haar over.

'Ik heb je nooit gevraagd waarom mijn vader zo tegen Vittorio was,' fluisterde ze in het oor van de oude vrouw.

Tante Rosina glimlachte.

'Ga nu maar eerst trouwen,' antwoordde ze. 'Ik vertel het je later. Dat is mijn huwelijkscadeau.'

II

Twee dagen voor Kerstmis van dat jaar gebeurde er iets uitzonderlijks: tante Rosina kreeg voor het eerst in haar lange leven een brief.

Zo uitzonderlijk dat Rosina twijfelde of die wel voor haar was en samen met de postbode controleerde of het adres wel klopte.

Dat klopte, als een bus.

Dus zat er niets anders op dan hem te lezen; hetgeen ze deed, aan de keukentafel. Toen ze de eerste regels had gelezen bedacht ze dat het niet zozeer een brief als wel een echt kerstcadeau was.

Lieve mevrouw Rosina,
ik wend me tot u omdat ik dagelijks aan u denk sinds de avond dat ik met mijn verloofde Italië heb verlaten.
Italië! Ik weet, wij weten maar al te goed, dat we nooit meer terug kunnen keren omdat we anders moeten boeten voor die valse beschuldigingen. Maar ik moet bekennen dat we het niet eens zo missen. Ook Frankrijk, Parijs, is lang niet slecht.
Ik moet u nog bedanken voor alle wijze raad. Dankzij u kunnen we nu vredig en zorgeloos leven, met een gerust hart naar de toekomst kijkend. Want ik ben blij u te mogen vertellen dat Ofelio en ik over een paar maanden onze situatie zullen wettigen door in het huwelijksbootje te stappen. Het gaat ons goed, lieve mevrouw, het ontbreekt ons aan niets. Ofelio heeft werk gevonden als elektricien en ik werk op een groenteveiling. Maar, en ik hecht er zeer aan u dat te laten weten, ik ben ook geëngageerd door een kleine amateurtoneelgroep. Vooralsnog heb ik bijrollen maar als ik mijn artiestennaam, Lulu l'Amour, leuk hè, op de affiches zie staan, heb ik zo het gevoel dat de toekomst voor mij nog een verrassing in petto heeft.

En hoe dan ook, als dat niet zo is, zal ik niets te klagen hebben.
Ik houd van mijn verloofde en toekomstige man, en hij houdt van mij.
Alles draait om de liefde.
Is het niet?
Veel liefs, Lulu

P.S.
Ik zou u willen vragen lieve Renata de groeten te doen en haar alle geluk te wensen. Ik hoop dat ze net zo gelukkig zal worden als ik.

Tante Rosina deed meer, ze beperkte zich niet tot het overbrengen van de groeten aan de dochter van de burgemeester zoals Lulu haar had gevraagd.

Ze liet haar de brief lezen.

Renata had zich vaak afgevraagd hoe het met die twee was afgelopen.

Nu wist ze het.

Ze wist inmiddels alles.

'Mooi zo,' zei ze, terwijl ze de brief teruggaf aan haar tante.

Het betekende dat alles goed was afgelopen, niemand had onder de hele toestand geleden.

Zelfs Ivano Zecchinetti niet, die door persoonlijk ingrijpen van de burgemeester in zijn functie was hersteld.

Serena Libri

Marta Morazzoni, *De zaak Courrier*
isbn 90 76270 015

Leonardo Sciascia, *De dag van de uil*
isbn 90 76270 031

Carlo Lucarelli, *Guernica*
isbn 90 76270 023

Carlo Emilio Gadda, *Gepaard met verstand*
isbn 90 76270 04x

Leonardo Sciascia, *De verdwijning van Majorana*
isbn 90 76270 058

Alessandro Perissinotto, *Het jaar dat ze Rosetta vermoordden*
isbn 90 76270 066

Andrea Camilleri, *De stem van de viool*
isbn 90 76270 074

Italo Calvino, *En dan komt de raaf*
isbn 90 76270 082

Andrea Camilleri, *De vorm van water*
isbn 90 76270 090

Renata Viganò, *Agnese moest sterven*
isbn 90 76270 104

Andrea Camilleri, *De gestolen twaalfuurtjes*
isbn 90 76270 112

Andrea Camilleri, *De loop der dingen*
isbn 90 76270 120

Nadia Fusini, *Het mooist vond ik haar mond*
isbn 90 76270 163

Piero Chiara, *De donderdagen van mevrouw Julia*
isbn 90 76270 139

Alessandro Perissinotto, *Het lied van Colombano*
isbn 90 76270 147

Leonardo Sciascia, *Een duidelijke zaak*
isbn 90 76270 171

Giuseppe Ferrandino, *Pericles de Zwarte*
isbn 90 76270 18x

Andrea Camilleri, *Het uitstapje naar Tindari*
isbn 90 76270 155

Andrea Camilleri, *De hond van terracotta*
isbn 90 76270 198

Carmine Abate, *De Moto Guzzi van Skanderbeg*
isbn 90 76270 201

Diego De Silva, *Moordkinderen*
isbn 90 76270 228

Andrea Camilleri, *De geur van de nacht*
isbn 90 76270 21X

Leonardo Sciascia, *Ieder het zijne*
isbn 90 76270 236

Carlo Lucarelli, *Laura uit Rimini*
isbn 90 76270 260

Andrea Camilleri, *Het ronden van de boei*
isbn 90 76270 252

Camilla Baresani, *Achteloze minnaar*
isbn 90 76270 244

Leonardo Sciascia, *Todo modo*
isbn 90 76270 279

Andrea Camilleri, *Het geduld van de spin*
isbn 90 76270 295

Marta Morazzoni, *Het huis*
isbn 90 76270 287

Leonardo Sciascia, *De Raad van Egypte*
isbn 90 76270 325

Alessandro Perissinotto, *Aan mijn rechter*
isbn 90 76270 333

Andrea Camilleri, *De maan van papier*
isbn 90 76270 341

Diego de Silva, *De onverwachte gast*
isbn 90 76270 368

Eraldo Baldini, *Mal'aria*
isbn 90 76270 007

Andrea Camilleri, *De angst van Montalbano*
isbn 978 90 76270 371

Andrea Camilleri, *Luigi Pirandello*
Biografie van een verwisselde zoon
isbn 978 90 76270 388

Leonardo Sciascia, *De dood van Raymond Roussel*
Het theater van het geheugen
isbn 978 90 76270 395

Andrea Camilleri, *Het medaillon*
isbn 978 90 76270 401

Eraldo Baldini, *Nevel en as*
isbn 978 90 76270 418

Corrado Alvaro, *Verhalen uit Aspromonte*
isbn 978 90 76270 425

Serena Libri, Vossiusstraat 21, 1071 AD Amsterdam • serena@xs4all.nl
www.serenalibri.nl

Corrado Alvaro
Verhalen uit Aspromonte

Vertaald door Jan vd Haar, Anthonie Kee, Els vd Pluijm

978 90 76270 425 paperback in stofomslag, 230 blz, €€ 18,90€

De jaren dertig van de vorige eeuw. Het leven van de straatarme herders en boeren in de Aspromonte, de bergachtige streek in de punt van de laars, is keihard. Hun denken wordt beheerst door bijgeloof en fatalisme, hun bestaan door tegenslagen en de grillen van feodale landeigenaren. Argiro, een herder, aanvaardt de vernederingen niet en ontworstelt zich aan zijn lot. Als zijn zoon priester wordt zal niet hij voor de *padrone* moeten buigen maar de padrone voor zijn zoon.

'Alvaro geeft een schitterende beschrijving van een verdwenen land en beschaving, van een primitieve feodale gemeenschap, waar het moeizame leven slechts bij momenten draaglijk is.'

Ronald de Rooy, *Trouw*, januari 2008

Andrea Camilleri
Luigi Pirandello: biografie van een verwisselde zoon

Vertaald door Manon Smits

978 30 76270 388 paperback met stofomslag, 279 blz met fotokatern, €€ 22,75€

Een biografie, niet van Pirandello de geniale toneelschrijver, maar van Pirandello de 'verwisselde zoon'.
Een nieuwsgierige en toegewijde studie van de botsingen met zijn overheersende vader, het huwelijk met de later krankzinnig geworden Antonietta en de moeizame verhouding met zijn kinderen.
Camilleri schetst de man die niet de zoon van zijn vader wilde zijn met warmte maar niet zachtzinnig.

'Camilleri schrijft over Pirandello alsof hij steeds achter de deur stond mee te luisteren. Dat levert een verleidelijke biografie op.'
Joyce Roodnat, *NRC Handelsblad*, augustus 2007

Leonardo Sciascia
De dood van Raymond Roussel & Het theater van het geheugen

Vertaald door Frans Denissen en Tom de Keyzer

978 90 76270 395 jubileumuitgave, 169 blz, €€ 10,00€

De gezondheid van de welgestelde monsieur Roussel, die onwaarschijnlijke hoeveelheden kalmerende middelen slikt, is niet goed. Om op krachten te komen neemt hij, vergezeld van zijn maîtresse madame Fredez, zijn intrek in het Grand Hotel des Palmes in Palermo: het Siciliaanse klimaat zou hem goed doen. Dat blijkt niet het geval. Op de ochtend van de 14e juli 1933 wordt hij dood aangetroffen op een matras op de vloer van zijn kamer. Een natuurlijke dood?

'Een Siciliaan weet beter dan wie ook dat de waarheid duizend vermommingen heeft.'
Edwin Krijgsman, *de Volkskrant*, januari 2008

Eraldo Baldini
Nevel en as

Vertaald door Aafke van der Made

978 30 76270 418 paperback, 215 blz, €€ 17,95€

Een schoolbus rijdt door het platte, nevelige land van de Po-delta ten noorden van Ravenna. De chauffeur is Bruno, een 40-jarige vrijgezel. Hij had eigenlijk schrijver willen zijn, maar dat is niet gelukt en hij kan goed met de kinderen overweg.
Ook de liefde is nog niet gelukt: de vrouw van wie hij mateloos houdt, heeft nog niet ingezien dat ze bij elkaar horen. Zij moet het inzien. Stap voor stap, onafwendbaar, voert zijn onvermogen tot een gruwelijk einde.

'De troosteloze en mistige landschappen van Emilia Romagna spelen een grote rol. Bruno's geest wordt meer en meer beneveld door zijn waanideeën, tot het onvermijdelijke gebeurt.'
Bernhard Huyvaert, *NBD Biblion*, december 2007